LA ISLA DEL
TESORO

ALMA CLÁSICOS ILUSTRADOS

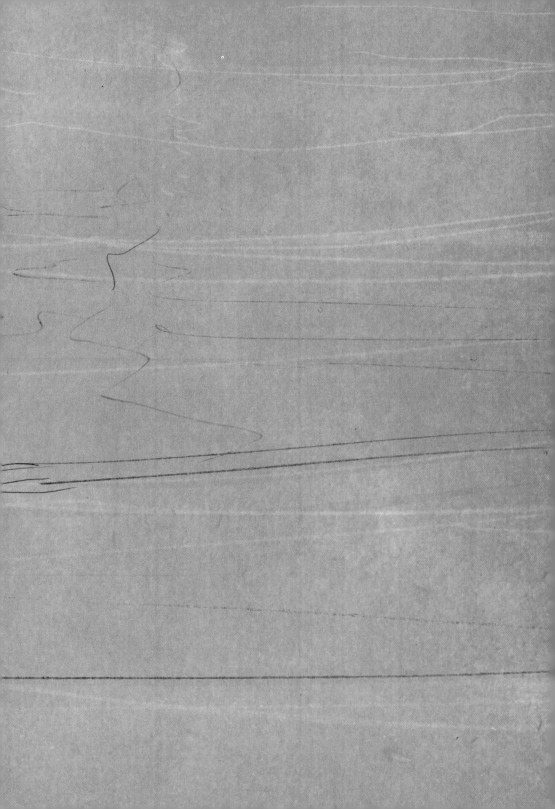

LA ISLA DEL TESORO

R. L. STEVENSON

Ilustrado por
Jordi Vila Delclòs

Título original: *Treasure Island*

© de esta edición:
Editorial Alma
Anders Producciones S.L., 2021
www.editorialalma.com

 @almaeditorial

© de la traducción: Manuel Márquez de la Plata
Traducción cedida por Editorial Edaf, S.L.U.

© de las ilustraciones: Jordi Vila Delclòs

Diseño de la colección: lookatcia.com
Diseño de cubierta: lookatcia.com
Maquetación y revisión: LocTeam, S.L.

ISBN: 978-84-18395-19-2
Depósito legal: B128-2021

Impreso en España
Printed in Spain

Este libro contiene papel de color natural de alta calidad que no amarillea (deterioro por oxidación) con el paso del tiempo y proviene de bosques gestionados de manera sostenible.

ÍNDICE

PRIMERA PARTE

EL VIEJO
BUCANERO

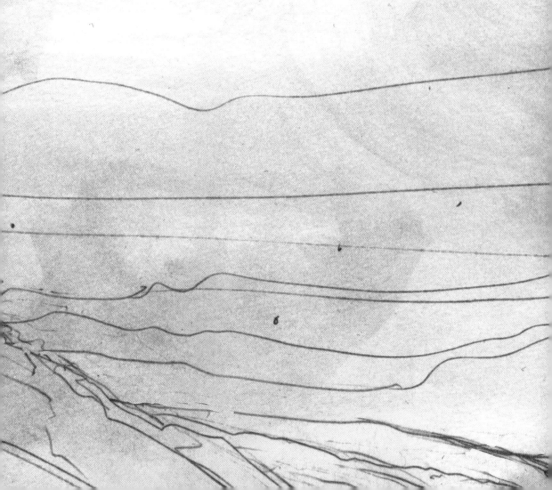

I

EL VIEJO LOBO DE MAR EN LA POSADA DEL ALMIRANTE BENBOW

El caballero Trelawney, el doctor Livesey y otros señores me han encargado escribir todo lo referente a la isla del Tesoro, de principio a fin, sin dejar nada en el tintero excepto la ubicación de la isla, y ello porque parte del tesoro aún está enterrado allí. Así pues, tomo la pluma para remontarme al año de gracia de 17..., época en que mi padre era el dueño de la posada del Almirante Benbow, y el viejo lobo de mar, cuyo moreno y curtido rostro estaba cruzado por un sablazo, se hospedó bajo nuestro techo.

Lo recuerdo todo como si hubiera sido ayer. Llegó, caminando a duras penas, a la puerta de la posada. Tras él había una carretilla con un cofre de marinero. Era un hombre alto, recio y corpulento, de color avellana. La coleta alquitranada le caía sobre los hombros de la casaca azul, cubierta de manchas. Tenía las manos agrietadas y llenas de cicatrices, con las uñas negras y rotas. La cuchillada que le cruzaba la mejilla había dejado un costurón lívido, de sucia blancura. Recuerdo cómo paseó la mirada por la ensenada mientras silbaba entre dientes. Después rompió a cantar una antigua saloma, que después volví a oír con frecuencia:

Quince hombres van en el cofre del muerto.
¡Ay, ay, ay, la botella de ron!

con su voz bronca y vacilante que parecía haber sido ejercitada y entonada en las barras del cabrestante. Llamó a la puerta con un palo parecido a un espeque que llevaba en la mano. Cuando acudió mi padre, pidió con brusquedad un vaso de ron. Se lo sirvieron. Bebió con parsimonia, degustándolo como un catador, demorándose mientras lo paladeaba, pero sin dejar de mirar tanto a los acantilados como al cartel que colgaba sobre la puerta.

—Esta ensenada es muy accesible —dijo al fin—. Y el emplazamiento de la taberna es el ideal. ¿Viene mucha clientela por aquí, camarada?

Mi padre le respondió que no. Por desgracia, acudía poca gente.

—Muy bien. Pues entonces, atracaré aquí. ¡Oye, tú! —le gritó al hombre que empujaba la carretilla—. Deja eso aquí al costado y ayúdame a subir el cofre. Me hospedaré aquí unos días. Soy un hombre de gustos sencillos. Me las arreglo con ron, tocino y huevos, y con aquella roca, allá arriba, que me servirá de atalaya para ver pasar los barcos. ¿Que cómo me debéis llamar? Podéis llamarme capitán. ¡Sí! ¡Ya veo lo que pasa por vuestras cabezas! ¡Ahí lo tenéis! —Y arrojó tres o cuatro monedas de oro en el umbral—. Ya me avisaréis cuando os lo hayáis acabado —añadió, altivo como un almirante.

Y lo cierto era que, por mala que fuera su ropa y tosca su manera de expresarse, no tenía ni por asomo la apariencia de un simple marinero raso, sino la de un primer oficial o un capitán acostumbrado a hacerse obedecer so pena de recibir una somanta. El hombre que empujaba la carretilla nos dijo que aquella misma mañana se había apeado de la diligencia en el Royal George, y que allí había preguntado qué posadas había por la costa. Después, parece que oyó buenas referencias de la nuestra y que era solitaria, y por eso la había elegido para fijar la residencia. Eso fue todo lo que conseguimos saber de nuestro huésped.

Por lo general era un hombre muy callado. Se pasaba el día vagabundeando por la ensenada o por el acantilado, con un catalejo de latón. Al anochecer se sentaba en un rincón de la sala de la taberna, junto al fuego, y bebía un ron muy cargado con agua. Casi nunca respondía cuando se le dirigía la palabra. Se limitaba a levantar la cabeza, lanzar una mirada fuera y resoplar por la nariz como una sirena de barco. Tanto nosotros como los que frecuentaban la posada pronto aprendimos a no cruzarnos con él. Todos los días, al volver de sus caminatas, preguntaba si había pasado por la carretera algún marinero. Al principio lo atribuíamos a que echaba de menos la compañía de gente de su oficio; pero al fin caímos en la cuenta de que lo que trataba era precisamente de esquivarla. Cuando algún navegante se detenía en el Almirante Benbow —como ocurría, de tiempo en tiempo, con los que se dirigían a Bristol por la carretera de la costa—, lo observaba, antes de entrar en la sala, por entre las cortinas de la puerta. Siempre estaba más callado que un muerto cuando había forasteros. Para mí, al menos, aquello no era ningún secreto, pues, en cierto modo, yo también era partícipe de sus alarmas. En cierta ocasión me había llevado aparte y me había prometido una moneda de plata de cuatro peniques, el primer día de cada mes, «solo por estar ojo avizor y avisarlo en cuanto viera aparecer un navegante con una sola pierna». Muchas veces, al llegar el día convenido y pedirle mi salario, se contentaba con darme un bufido y mirarme con tal cólera que me obligaba a bajar la vista; pero no dejaba pasar la semana sin pensárselo mejor, y al final me llevaba mi pieza de cuatro peniques y repetía la orden de que estuviera alerta por si aparecía «el marinero con una sola pierna».

Huelga decir que este personaje me perseguía en sueños. En las noches borrascosas, cuando el vendaval sacudía las cuatro esquinas de la casa y la marejada bramaba en la ensenada y embestía contra el acantilado, lo veía bajo mil formas y con mil gestos a cual más diabólico. A veces tenía la pierna cercenada a la altura de la rodilla; otras, por la cadera; a veces era un ser monstruoso que siempre tuvo una sola pierna, y además en medio del tronco. Pero la peor de las pesadillas era verlo saltar, correr y perseguirme por matas y barrancos. Los cuatro peniques que me pagaba no compensaban esas visiones tan abominables.

Pese al terror que me infundía la idea del navegante cojo, yo era tal vez quien menos miedo le tenía de cuantos lo conocían. Algunas noches bebía más ron de lo que su cabeza podía soportar. Cuando esto ocurría, se sentaba a cantar sus viejas salomas, impías y brutales, sin hacer caso de nadie. En otras ocasiones, pedía una ronda y obligaba a su trémulo auditorio a

escuchar sus historias y a corear sus cánticos. Con frecuencia sentía estremecerse toda la casa con el «¡Ay, ay, ay, la botella de ron!», en el que tomaban parte todos los vecinos, a la desesperada, sobrecogidos por un miedo mortal. Cada uno de ellos cantaba de manera más desaforada que el otro, para evitar que se fijase en él. Porque en esos arrebatos, era el más avasallador contertulio que jamás se ha visto: pegaba manotazos en la mesa para imponerle silencio a todo el mundo y estallaba en cólera si se le hacía alguna pregunta o si no se le hacía ninguna, pues de ello deducía que su auditorio no le prestaba atención. Tampoco permitía que nadie abandonara la posada hasta que, borracho a más no poder y más dormido que despierto, se iba a la cama dando tumbos.

Pero lo que más asustaba a todo el mundo eran las historias que contaba. Aquellos terroríficos relatos de ahorcados y de gente que «paseaba por la tabla», de borrascas en el mar, de la isla de la Tortuga y de terribles hazañas y extraños parajes en la América española. Por lo que él mismo contaba, debía de haberse pasado la vida entre las personas más desalmadas que jamás hubieran surcado los mares. El lenguaje con el que refería esas aventuras escandalizaba a nuestra sencilla gente rural tanto como los crímenes que relataba. Mi padre no se cansaba de decir que aquel hombre iba a ser la ruina de la posada, porque la gente se cansaría de ir allí a que la tiranizasen y humillaran, a irse a la cama despavorida y trémula. Pero no me cabe duda de que su presencia nos favoreció. La clientela se asustaba al principio, pero al recapitular acerca de la experiencia, esta les compensaba. Era un apetecible contrapunto a sus vidas aburridas. Incluso algunos vecinos, los más mozos, fingían admirarlo y lo llamaban «verdadero lobo de mar», «viejo tiburón» y cosas por el estilo. Según ellos, eran los hombres como aquel los que habían cimentado la formidable fama de Inglaterra en la mar.

Por un lado, al menos, es cierto que hizo cuanto pudo por arruinarnos, pues el hospedaje en nuestra posada se prolongó semana tras semana y, después, un mes tras otro. Aunque hacía ya mucho tiempo que el dinero que nos había dado al principio estaba más que gastado, mi padre no tenía nunca bastante valor como para conminarlo a que nos diera más. Si en alguna ocasión se lo insinuaba, el capitán resoplaba con tal fuerza por la nariz que parecía lanzar bramidos, y clavaba los ojos en mi padre hasta que este, desconcertado, salía del cuarto. Más de una vez lo vi retorcerse las manos después de estas derrotas, y estoy seguro de que el enojo y el terror en que vivía aceleraron en gran medida su prematura y desgraciada muerte.

En todo el tiempo que vivió con nosotros, el capitán no se cambió de ropa, con la única excepción de unas medias que le compró a un buhonero. Se le soltó una de las alas del sombrero de tres picos, y a partir de entonces la dejó colgando, pese a ser un engorro cuando soplaba el viento. Aún recuerdo el aspecto de su casaca, que él mismo remendaba cuando subía a su cuarto, y que terminó convertida en un puro remiendo. Nunca escribió ni recibió carta alguna. Solo hablaba con algunos vecinos, y nada más que cuando había bebido. Ninguno de nosotros vio jamás abierto el gran cofre de marinero.

Solo entabló pelea en una ocasión, cerca ya del final, cuando mi padre languidecía en un estado de postración casi absoluta. El doctor Livesey vino un día, al atardecer, a visitar al enfermo. Se tomó un refrigerio que le había ofrecido mi madre e hizo tiempo en la sala para fumarse una pipa mientras le traían el caballo desde el caserío, ya que en el viejo Benbow no teníamos cuadra. Lo seguí al interior de la sala. Aún recuerdo cuán chocante me pareció el contraste entre, por un lado, aquel pulcro y atildado doctor, con su peluca empolvada, blanca como la nieve, los ojos negros azabachados y unos modales exquisitos y, por otra parte, los demás lugareños y, en concreto, aquel espantapájaros que era nuestro pirata: sucio y abotargado, harto de ron, la mirada perdida y los brazos echados sobre la mesa. De pronto, este —me refiero al capitán— arrancó a cantar su sempiterna canción:

Quince hombres van en el cofre del muerto.
¡Ay, ay, ay, la botella de ron!
La bebida y el diablo dieron con el resto.
¡Ay, ay, ay, la botella de ron!

Al principio había yo imaginado que «el cofre del muerto» era el propio y enorme baúl que estaba arriba, en su habitación. Esa idea se entremezclaba en mis pesadillas con la del marinero cojo. Pero a esas alturas ninguno de nosotros le hacía caso a la canción, y aquella noche solo le resultaba novedosa al doctor Livesey. Observé que no le causaba la menor gracia, pues levantó la vista un instante, muy enojado, antes de retomar la conversación con el viejo Taylor, el jardinero, sobre un nuevo remedio para el reuma. Entretanto, el capitán se había ido animando poco a poco con su música, y al fin dio un manotazo en la mesa, señal que, como todos sabíamos, significaba que debíamos guardar silencio. Todas las voces se acallaron de repente, menos la del doctor Livesey, que siguió hablando como antes, con voz clara y amable, y dando chupadas a la pipa entre frase y frase. El capitán se lo quedó mirando un rato descaradamente, volvió a dar un manotazo, lo miró de nuevo con mayor encono y, al cabo, soltó un juramento villano y grosero:

—¡Silencio ahí en el entrepuente!

—¿Hablaba usted conmigo? —preguntó el doctor.

Y cuando el rufián, soltando otro juramento, le contestó que así era, el médico le replicó:

—Tan solo le diré una cosa: que si sigue bebiendo ron, el mundo se verá bien pronto libre de un sucio forajido.

La cólera del viejo fue terrible. Se puso en pie, sacó y abrió una navaja marinera y, empuñándola, amenazó al doctor con clavarlo en la pared. El doctor ni se inmutó. Le siguió hablando como antes, de reojo y con el mismo tono de voz, aunque más alto, para que se oyera en toda la sala; eso sí, haciendo gala de una calma y una firmeza inconmovibles.

—Si en este mismo instante —prosiguió— no se mete usted esa navaja en el bolsillo, juro por mi honor que lo ahorcarán en la próxima reunión del tribunal del condado.

A continuación sobrevino un duelo de miradas, pero el capitán no tardó en cejar, se guardó el arma y volvió a sentarse mientras gruñía como un perro apaleado.

—Y ahora, caballero —continuó el doctor—, puesto que ya sé que hay en mi distrito un sujeto como usted, no le quepa duda de que no lo perderé de vista. Soy magistrado además de médico. Si llega a mis oídos una sola queja, aunque sea por un comportamiento indecoroso como el de esta noche, tomaré las medidas que considere necesarias para que lo detengan y no vuelva por aquí. Y eso es todo.

Poco después trajeron el caballo a la puerta de la posada, y el doctor Livesey montó y se fue, pero el capitán guardó silencio aquella noche y muchas otras después.

II

PERRO NEGRO LLEGA
Y SE VA

Poco tiempo después de esta escena sobrevino el primero de los misteriosos acontecimientos que a la postre nos libraron del capitán, pero no de sus enredos, como verá el lector. Era un invierno de una crudeza excepcional, con muchas heladas y fuertes temporales, y saltaba a la vista que mi pobre padre no llegaría a la primavera. Cada día estaba peor, y mi madre y yo teníamos que cargar con todo el peso de la posada. Bastante atareados estábamos como para preocuparnos de nuestro intolerable huésped.

Fue una mañana de enero, muy temprano, en un amanecer crudo y helado. La ensenada estaba totalmente blanca de escarcha; la leve ondulación del agua lamía con suavidad las piedras de la playa, y el sol, aún muy bajo, apenas iluminaba las cimas de los cerros y resplandecía en el mar, hacia el horizonte. El capitán había madrugado más que de costumbre. Se encaminó hacia la playa, con el machete oscilando bajo los anchos faldones de la vieja casaca azul, el catalejo de latón bajo el brazo y el sombrero echado hacia atrás. Aún recuerdo que el vaho dejaba un reguero de nubecillas a su paso, como una humareda. El último ruido que le oí al dar la vuelta a la roca grande fue un fuerte relincho de indignación, como si aún se acordara del doctor Livesey.

Lo cierto es que mi madre estaba en el piso de arriba con mi padre, y yo preparaba la mesa para que el capitán desayunara a su regreso. En ese momento se abrió la puerta y entró un hombre a quien no había visto en la vida. Era de una palidez sebosa, le faltaban dos dedos de la mano izquierda y, aunque llevaba machete, no parecía un hombre pendenciero. Como yo estaba siempre ojo avizor en espera de que llegase algún marinero, cojo o con ambas piernas, recuerdo que este me llamó la atención. No tenía aspecto de marinero y, sin embargo, parecía oler a mar.

Le pregunté en qué podía servirle y respondió que tomaría ron; pero cuando me disponía a llevárselo, se sentó en la mesa y me hizo señas para que me acercase. Me quedé quieto donde estaba, con la bayeta en la mano.

—Ven aquí, hijito —me dijo—. Acércate más.

Di un paso hacia él.

—¿Esa mesa de ahí es para mi compadre Bill? —preguntó con una mueca burlona.

Le respondí que no conocía a su amigo Bill, y que aquello era para un hombre que se hospedaba con nosotros, a quien llamábamos «el capitán».

—Estupendo —dijo—. No tiene nada de particular que a mi compadre Bill lo llamen «capitán». Tiene una cicatriz en una mejilla y un carácter campechano y encantador, sobre todo cuando está bebido. Así es mi compadre Bill. Demos por supuesto, y solo es un suponer, que vuestro capitán tiene una cuchillada en una mejilla, y también, si lo prefieres, que esa mejilla es la derecha. ¡Ah, estupendo! Lo que yo decía. Y ahora, dime, ¿está aquí en esta casa mi compadre Bill?

Le contesté que andaba de paseo.

—¿Por dónde, hijito? ¿Por dónde ha ido?

Y después de señalar hacia la roca y contarle por dónde podría ver al capitán y cuánto podría tardar, le contesté a otras preguntas, y entonces me dijo:

—¡Ay! ¡Cómo se va a relamer de gusto mi compadre Bill!

El gesto que puso mientras decía esto no era precisamente de placer, y tuve razones para pensar que el forastero se equivocaba si decía todo aquello en serio. Pero pensé que no era asunto mío y, además, me hallaba en un brete. El hombre siguió caminando de aquí para allá, al lado de la puerta de la posada y acechando por la esquina como un gato que acecha a un ratón. Se me ocurrió salir a la carretera, pero de inmediato me ordenó que entrase. Como no obedecí todo lo rápido que le habría gustado, su cara sebosa se transformó de una manera terrible y me mandó entrar mientras soltaba tal juramento que di un salto de la impresión. En cuanto me tuvo a su lado, recobró el talante entre zalamero y burlón, y me dio palmaditas en el hombro mientras me decía lo buen chico que era y que se había encaprichado conmigo.

—Tengo un hijo, ¿sabes? Os parecéis como dos gotas de agua, y es el orgullo de mi corazón —prosiguió—. Pero lo que necesitan los chicos es disciplina, hijito, disciplina. Si hubieras navegado con Bill, no habrías esperado para entrar a que te lo dijeran dos veces. Eso te lo aseguro. Ni Bill ni los que navegaban con él tenían esas costumbres. Y aquí viene, sin duda, mi compadre Bill con su catalejo bajo el brazo. ¡Dios bendiga su alma! Entremos en la sala, hijito, y escondámonos tras la puerta. Ya verás qué sorpresa se lleva Bill... ¡Dios lo bendiga! —repitió.

Dicho esto, entró conmigo en la sala y me puso tras él en el rincón, de modo que la hoja de la puerta pudiera ocultarnos a ambos. Como cabe suponer, todo aquello me inquietaba y alarmaba. El hecho de que el desconocido tuviera miedo no hacía sino aumentar el mío. Soltó la empuñadura del machete y corrió y descorrió la hoja en la vaina. Estuvo tragando saliva durante toda nuestra espera, como si notase lo que podríamos llamar un nudo en la garganta.

Por fin entró el capitán, cerró la puerta de golpe y, sin mirar a ninguna parte, cruzó la habitación directo al lugar donde le esperaba el desayuno.

—¡Bill! —dijo el forastero, tratando de darle a su voz un tono firme y atrevido, o eso me pareció.

El capitán giró sobre los talones y se nos quedó mirando. Tenía el rostro demudado, y hasta la nariz le cambió de color. Parecía como si hubiera visto una aparición, al demonio mismo o incluso algo peor, si ello es posible. Confieso que me compadecí de verlo así, tan envejecido y alterado de un momento para otro.

—¡Vamos, Bill, vamos! Ya me conoces. ¿O acaso no te acuerdas de un antiguo camarada de tripulación? —dijo el forastero.

El capitán permaneció boquiabierto, y al fin exclamó:

—¡Perro Negro!

—¿Y quién querías que fuera? —contestó el otro, por fin más tranquilo—. ¡El mismo Perro Negro de siempre, que ha venido a ver a su antiguo camarada Billy a la posada del Almirante Benbow... ¡Ay, Bill, Bill! ¡La de cosas que hemos visto los dos en todo este tiempo, desde que perdí estas dos garras!

Y levantó la mano mutilada.

—¡Está bien! —dijo el capitán—. Me has atrapado al fin, y aquí estoy. Bueno. En tal caso, dime lo que tengas que decir. ¿Qué te propones?

—¡El mismo Bill de siempre! —contestó Perro Negro—. Tienes mucha razón, Bill. Este niño querido que está aquí, y con quien tanto me he encariñado, va a traerme un vaso de ron, y después nos sentaremos, si te apetece, y hablaremos a calzón quitado, como viejos camaradas.

Cuando volví con el ron, estaban ya sentados a la mesa donde iba a desayunar el capitán, uno a cada lado, y Perro Negro en el asiento más cercano a la puerta y de lado, supuse que para no quitarles ojo ni a su antiguo compinche ni a una posible retirada.

Me ordenó que me fuera y que dejase la puerta abierta de par en par, y añadió:

—Ni se te ocurra escuchar por el ojo de la cerradura, hijito.

Así pues, los dejé juntos y me quedé tras la barra.

Pese a mis esfuerzos por escuchar, durante un buen rato apenas pude oír otra cosa que un apagado susurro. Después alzaron las voces y distinguí alguna palabra que otra, en su mayor parte juramentos del capitán.

—¡No, no y no! ¡Y no hay más que hablar! —gritaba una y otra vez—. Si hay acabar en la horca..., ¡que nos ahorquen a todos!

Y de pronto sobrevino un tropel de juramentos y golpes. La mesa y las sillas rodaron por el suelo con gran estrépito; se oyó el entrechocar de los aceros y, un instante después, vi a Perro Negro huir a toda prisa. Tras él iba capitán. Ambos blandían los machetes. Del hombro del primero manaba sangre, producto de una herida. Al llegar a la puerta, el capitán descargó sobre el fugitivo un último y fiero tajo que a buen seguro lo habría partido en dos de no haber topado con el letrero del Almirante Benbow. Todavía hoy puede verse la muesca en el lado inferior del marco.

Aquel golpe fue el último de la contienda. Una vez en el camino, Perro Negro dijo pies para qué os quiero y, a pesar de su herida, desapareció en un santiamén tras la cima del cerro. El capitán, por su parte, se quedó mirando el letrero como atontado; después se pasó varias veces la mano por los ojos y al final entró en la posada.

—¡Jim, ron! —me dijo mientras se tambaleaba un poco y se sostenía apoyando una mano en la pared.

—¿Está usted herido? —le pregunté.

—¡Ron! —repitió—. Tengo que huir de aquí. ¡Ron, ron!

Corrí a buscarlo, pero estaba tan nervioso por lo que acababa de suceder que rompí un vaso y taponé la espita de la barrica. Mientras trataba de serenarme, se oyó el golpe de una caída en la sala. Fui a toda prisa y vi al capitán tendido cuan largo era en el suelo. En aquel momento mi pobre madre, asustada por la pelea y los gritos, acudió presurosa en mi auxilio. Entre los dos levantamos la cabeza del capitán. Respiraba con estrépito y cadencia fatigosa, pero tenía los ojos cerrados y la cara de un color espantoso.

—¡Ay de mí! ¡Ay de mí! —clamaba mi madre—. ¡Qué mancha para esta casa! ¡Y con tu pobre padre tan enfermo!

Entretanto, no sabíamos qué hacer con el capitán, ni se nos pasó por la cabeza otra cosa sino que le hubiera asestado alguna herida mortal en el curso de la pelea. Llevé el ron tan rápido como pude y traté de hacérselo tragar, pero tenía los dientes muy apretados y las quijadas parecían de hierro. Cuando se abrió la puerta y vimos aparecer al doctor Livesey, que venía a visitar a mi padre, creímos que nos lo enviaba la Providencia.

—¡Doctor! —exclamamos—. ¿Qué podemos hacer? ¿Dónde está herido?

—¿Herido? —dijo el doctor—. Está tan herido como usted o como yo. Lo que tiene es un simple ataque, tal y como le advertí. Y ahora, señora Hawkins, haga el favor de regresar al lado de su marido y, si es posible, que no se entere de nada de esto. Yo, por mi parte, estoy obligado a hacer lo que pueda para salvar la inútil vida de este sujeto. Jim, tráeme una jofaina.

Cuando volví con ella, el doctor había cortado de arriba abajo una manga del capitán y dejado al descubierto un gran brazo nervudo. Tenía varios tatuajes. Los del antebrazo decían, con grandes letras claras: «A la buena suerte», «Viento favorable» y «Billy Bones, su capricho». Más arriba, junto al hombro, vi el tatuaje de una horca con un hombre colgado. La factura, entendí, era primorosa.

—¡Profético! —dijo el doctor, poniendo un dedo sobre el dibujo—. Y ahora vamos a ver de qué color tiene usted la sangre, señor Billy Bones, si es así como se llama. ¿Te asusta la sangre, Jim?

—No, señor —contesté.

—Bueno, pues entonces, sostén la jofaina.

Dicho esto, tomó la lanceta y le abrió una vena.

Le extrajo mucha sangre antes de que pudiese abrir los párpados y lanzarnos una mirada turbia. Primero reconoció al doctor y frunció el ceño. Pareció tranquilizarse cuando me vio, pero de pronto se le mudó el color y trató de incorporarse, gritando:

—¿Dónde está Perro Negro?

—El único Perro Negro que hay aquí es el que usted lleva dentro del pellejo —contestó el doctor—. Ha bebido y bebido ron y le ha dado un ataque, tal y como le previne. Y justo en este instante, totalmente en contra de mi voluntad, acabo de sacarlo de la tumba por los mismísimos pelos. Y ahora, señor Bones...

—Yo no me llamo así —interrumpió.

—Me tiene sin cuidado —replicó el doctor—. Es el nombre de un bucanero a quien conozco, y lo llamo a usted así para abreviar. He aquí lo que tenía que decirle: un vaso de ron no lo matará, pero si bebe uno, beberá después otro, y me apuesto la peluca a que, si no lo deja de una vez, morirá a no mucho tardar. ¿Lo entiende? Morirá, y se irá al lugar que le corresponde, como asevera aquel hombre de la Biblia. Vamos, haga ahora un esfuerzo y lo ayudaré, por esta vez, a irse a la cama.

Entre los dos, y con grandes esfuerzos, conseguimos subirlo por las escaleras y tumbarlo en la cama. La cabeza cayó sobre la almohada como si acabara de desmayarse.

—Y ahora, mucho ojo con lo que le voy a decir —dijo el doctor—. Quiero irme con la conciencia tranquila. La palabra «ron» es la muerte para usted.

Y dicho esto, me agarró del brazo y nos fuimos a ver a mi padre.

—No tiene nada —me dijo tan pronto como cerró la puerta—. Le he sacado la suficiente sangre para que se esté quieto una temporada. Tendrá que quedarse ahí una semana, por lo menos; pero, si le repite el ataque, es hombre muerto.

III
LA MOTA NEGRA

A eso del mediodía llegué a la puerta del cuarto del capitán con bebidas frescas y medicinas. Estaba más o menos como lo había dejado, aunque se había incorporado un tanto, y parecía al mismo tiempo más débil y más excitado.

—Jim —me dijo—, aquí tú eres el único que sirve para algo; y ya sabes que siempre he sido bueno contigo. Ni un mes he dejado de darte cuatro peniques de plata para ti solo. Y ahora ya me ves aquí, camarada, sin ánimo y abandonado por todos; y tú, Jim, vas a traerme un cortadillo de ron. Vamos, camarada, ¿me lo traerás?

—El médico... —empecé a decir.

Pero arrancó a maldecir al doctor con voz apagada, aunque sin perder la fiereza.

—Los médicos son todos unos farsantes. ¿Y qué me dices del que tenéis? ¿Qué sabrá él de cosas de marineros? He estado yo en sitios tan calientes como pez hirviendo, con los camaradas que morían como moscas por la fiebre amarilla y los terremotos que sacudían la maldita tierra como si fuera el mar. ¿Qué sabrá el médico ese de tierras así? Te juro que el ron era mi razón de ser. Ha sido mi comida y mi bebida, mi padre y mi hermano. Y si me lo quitan ahora, no seré más que una pobre barca vieja a merced de las olas, y mi sangre caerá sobre tu cabeza, Jim, y sobre la de ese médico charlatán.

Y volvió a maldecir de todas las maneras posibles.

—Mira, Jim, cómo me tiemblan las manos —siguió con tono plañidero—. No puedo tenerlas quietas. No he probado gota en todo el santo día. Te digo que ese médico es imbécil. Si no echo un trago de ron, Jim, comenzaré a delirar de un momento a otro. Me parece ver al viejo Flint en aquel rincón, detrás de ti. Y si comienzo a delirar, yo, que soy de la estirpe de Caín, puedo ser muy malo. Tu médico ha dicho que un vasito no me haría daño. Te daré una guinea de oro por un trago, Jim.

Cada vez estaba más excitado, y aquello me alarmaba por mi padre, que aquel día estaba muy mal y necesitaba reposo. Además, las instrucciones del médico aplacaban mis escrúpulos y me hacían sentir ofendido por aquel intento de soborno.

—El único dinero que quiero es el que le debe usted a mi padre —le dije—. Le traeré un vaso y nada más.

Cuando se lo llevé, lo agarró con avidez y se lo despachó en un visto y no visto.

—¡Ay, ay! —dijo—. Ya me siento mejor; ni que decir tiene. Y ahora, amigo, ¿dijo el doctor cuánto tiempo tendría que estar en este catre?

—Una semana, por lo menos.

—¡Truenos! ¡Una semana! Eso no puede ser. Para entonces, esos ya me habrán echado la mota negra. Esos gandules ya me siguen los pasos. Son unos haraganes que no han sabido conservar lo que tenían y quieren echarle el guante a los bienes ajenos. Y yo me pregunto: ¿los marineros decentes se comportan así? Pero siempre he sido de natural ahorrador. Nunca despilfarré mi dinero, ni tampoco lo perdí. Volveré a engañarlos. No les tengo miedo. Largaré otro rizo y se quedarán otra vez con un palmo de narices.

Mientras hablaba, se había incorporado no sin dificultades, aferrándose a mis hombros con tal fuerza que casi me hizo chillar y moviendo las piernas como un peso muerto. Sus palabras animosas contrastaban con su hilillo de voz lastimero. Se sentó en el borde de la cama y se detuvo.

—Ese médico me ha matado —murmuró—. Me zumban los oídos. Ayúdame a tumbarme de nuevo.

Pero se desplomó en el sitio antes de que pudiera ayudarlo y allí se quedó un rato en silencio.

—Jim —dijo al cabo—. ¿Viste hoy al marinero?

—¿Perro Negro? —pregunté.

—¡Ah! Perro Negro. Es malo, pero los otros son peores. Mira, si no consigo escapar y me echan la mota negra, recuerda que andan detrás de mi cofre. Entonces, te montas en un caballo... ¿Sabes montar? Sí, te montas en un caballo y vas donde viva ese maldito matasanos y le dices que junte a todos los magistrados y gente así, y que los atrapen a todos en el Almirante Benbow..., a toda la tripulación del viejo Flint, del primero al último; todo lo que queda de ella. Yo era el segundo de a bordo, el segundo de Flint, sí, el primer oficial; y soy el único que conoce el lugar. Me lo dio en Savannah cuando agonizaba, como si yo me fuera a morir ahora, ¿sabes? Pero tú no vas a abrir el pico, a menos que consigan echarme la mota negra, o a menos que veas otra vez a ese Perro Negro, o a un marinero con una sola pierna, Jim; sobre todo a ese.

—Pero ¿qué es la mota negra, capitán? —pregunté.

—Es un aviso, camarada. Ya te lo diré, si me la echan. Pero tú sigue ojo avizor, Jim, e iremos a partes iguales. Tienes mi palabra.

Siguió divagando un rato, la voz cada vez más débil. Pero apenas le di la medicina, que se tomó como un niño, dijo: «Si ha habido un marinero que necesite medicinas, ese soy yo» y cayó en un pesado sueño, como si se hubiera desmayado. Lo dejé en esa tesitura. No sé qué habría hecho de haber ido todo bien; probablemente le habría contado toda la historia al médico, porque tenía un miedo mortal de que el capitán se arrepintiera de sus confesiones y le diera por acabar conmigo. Pero esa misma noche mi padre falleció de repente, y me olvidé de todo lo demás. Nuestro comprensible duelo, las visitas de los vecinos, los preparativos del funeral y el día a día de la posada me tuvieron tan atareado que apenas tuve tiempo para pensar en el capitán, y aún menos para tenerle miedo.

A la mañana siguiente ya había regresado a la sala y comió como de costumbre, aunque con moderación, si bien se excedió con su ración de ron, pues él mismo se servía en el mostrador con aire amenazador y dando bufidos por la nariz. Nadie se atrevía a llevarle la contraria. La noche antes del funeral estaba tan borracho como siempre. Era un verdadero escándalo oírlo vociferar su odiosa balada marinera en una casa como la nuestra, que estaba de duelo. Pese a su debilidad, todos le teníamos un miedo mortal. El médico estaba haciendo una visita a muchas millas de distancia, por lo que no lo tuvimos por casa después de la muerte de mi padre. He dicho que el capitán estaba débil y lo cierto era que, en lugar de recuperar las fuerzas, se le veía cada vez más débil. Le costaba subir y bajar las escaleras, iba y volvía de la sala a la barra, y en ocasiones asomaba la nariz a la puerta para olfatear el olor del mar, apoyándose en las paredes para andar y respirando fuerte y de prisa, como quien asciende una montaña. No hablaba conmigo a solas, y creo de verdad que se había olvidado por completo de sus confidencias; pero su genio era aún más veleidoso, y si se tenía en cuenta su debilidad, más violento que nunca. Había adoptado el hábito poco tranquilizador de desenvainar el machete cuando estaba ebrio y ponerlo delante de él sobre la mesa. Sin embargo, se mostraba indiferente ante los demás, y parecía sumido en sus pensamientos e incluso algo perturbado. En cierta ocasión, y para nuestro asombro, empezó a canturrear una tonada diferente, una especie de canción de amor campesina que debió de haber aprendido en su mocedad antes de hacerse a la mar.

Así siguieron las cosas hasta la víspera del funeral, cuando, a eso de las tres de una tarde cruda, brumosa y helada, me asomé un momento a la puerta y vi que alguien se acercaba despacio por el camino. Sin duda alguna era ciego, porque tanteaba con un bastón y llevaba un gran parche verde que le tapaba los ojos y la nariz. Caminaba encorvado, o bien por la edad o bien por desfallecimiento, y se cubría con un enorme capote de mar viejo y andrajoso, con capucha, que lo hacía parecer deforme. En mi vida había visto una figura más terrible. Se detuvo en las inmediaciones de la posada, y alzando la voz al aire con un extraño soniquete:

—¿No habrá un alma caritativa que quiera decirle a un pobre ciego que ha perdido el precioso don de la vista en la defensa de Inglaterra, su patria, ¡Dios bendiga al rey Jorge!, en qué lugar de esta tierra se encuentra?

—Está usted, buen hombre —le dije— en el Almirante Benbow, en la ensenada del cerro Negro.

—Oigo una voz —respondió—. La voz de un mozo. ¿Quieres darme la mano, buen amigo, y llevarme adentro?

Le tendí la mano, y aquel ser horrible, meloso y sin ojos la tomó de pronto, apretándola como con un torniquete. Estaba tan asustado que traté de zafarme; pero el ciego dio un tirón y me arrastró hacia él.

—Anda, muchacho —me dijo—, llévame a donde está el capitán.

—Señor —repuse—, de veras que no me atrevo.

—¡Ah! —exclamó, con sorna—. ¿Eso te pasa? Llévame allí ahora mismo o te parto el brazo.

Y al decirlo me lo retorció de tal manera que solté un alarido.

—Señor, se lo digo por su bien. El capitán ya no es el que era. Anda siempre con el machete desenfundado. Otro caballero...

—¡Vamos, en marcha! —me cortó en seco. Nunca había oído una voz tan cruel, fría y estremecedora como la de aquel ciego. Me atemorizó aún más que el propio dolor, y le obedecí al instante. Fui derecho hacia la puerta y a la sala donde nuestro bucanero, viejo y enfermo, se sentaba, hasta arriba de ron. El ciego seguía pegado a mí, agarrándome con un puño como de hierro, y cargaba sobre mi cuerpo la mayor parte de su peso.

—Llévame derecho adonde esté y, cuando lleguemos, di alto: «Aquí hay un amigo que le busca, Bill». Si no obedeces, te haré esto...

Y me volvió a retorcer el brazo de tal modo que creí desmayarme.

Entre una cosa y otra, el mendigo ciego me asustaba tanto que olvidé mi miedo del capitán. Nada más abrir la puerta de la sala, repetí en voz alta y trémula lo que se me había ordenado.

El pobre capitán levantó los ojos y una sola mirada bastó para disipar los efectos del ron. Sobrio e inmóvil, su gesto mostraba hondo pesar antes que miedo. Trató de levantarse, pero dudo que le quedasen fuerzas en el cuerpo.

—Y ahora, Bill, sigue sentado donde estás —lo apremió el mendigo—. Es cierto que no puedo ver, pero soy capaz de escuchar hasta el menor roce de un dedo. Vamos al asunto. Alarga la mano derecha. Muchacho: tómale la mano por la muñeca y acércamela.

Los dos obedecimos al pie de la letra, y vi que el ciego pasaba algo del hueco de la mano en que tenía el bastón a la palma de la del capitán, la cual se cerró al punto sobre lo que fuera.

—Hecho está —sentenció el ciego. No bien lo hubo dicho me soltó y, con increíble seguridad y presteza, se deslizó fuera de la sala y salió al camino, mientras oí alejarse el tap, tap, tap del bastón. Yo seguía paralizado.

Pasó algún tiempo antes de que el capitán y yo saliéramos de nuestro estupor, pero al fin, y casi al mismo tiempo, solté su muñeca, que aún tenía asida, y él se acercó la mano a los ojos y miró un instante a lo que tenía en ella.

—¡A las diez! —exclamó—. ¡Seis horas! Aún podemos huir de ellos.

Y se puso en pie.

Pero al hacerlo dio un traspiés y se llevó la mano a la garganta. Se tambaleó durante un momento y después, con un extraño ruido, cayó de bruces al suelo.

Me precipité hacia él, llamando al mismo tiempo a mi madre. Pero ya no tenía sentido apresurarse: el capitán había caído muerto de una apoplejía fulminante. Y cabe destacar que, si bien nunca me había gustado aquel hombre —aunque comenzaba a inspirarme compasión—, nada más verlo muerto rompí a llorar. Era la segunda muerte que había visto, y el dolor de la primera aún estaba fresco en mi corazón.

IV
EL COFRE

Ni que decir tiene que me faltó tiempo para confesarle a mi madre todo cuanto sabía. A buen seguro debí contárselo antes. No tardamos en reparar en que nos hallábamos en una situación peligrosa y difícil. Aquel hombre nos debía parte de su dinero —suponiendo que lo tuviera—, pero no era probable que los camaradas de nuestro capitán, sobre todo los dos ejemplares con quienes me las había visto, Perro Negro y el mendigo ciego, accedieran de buen grado a renunciar a parte del botín para saldar las deudas del difunto. De haber huido a caballo para acudir en busca del doctor Livesey, tal como me había sugerido él, habría dejado a mi madre sola y desamparada. Ni me planteaba cumplir aquel deseo. De hecho, me resultaba inconcebible que pudiéramos permanecer por más tiempo en la casa. El mero sonido de la caída de los carbones en la rejilla del fogón o el tictac del reloj nos causaban espanto. Por todas partes nos parecía oír pasos que se acercaban en silencio. La idea de que el siniestro mendigo ciego rondase por los alrededores dispuesto a reaparecer en cualquier momento hacía que se nos pusiera la carne de gallina. Había que tomar una decisión de inmediato. Se me ocurrió que podríamos marcharnos juntos a pedir auxilio en la aldea más cercana. Dicho y hecho. Y así, con lo puesto y a pesar de que refrescaba, echamos a correr en la oscuridad, cada vez más densa, del crepúsculo y de la bruma helada.

La aldea no estaba muy lejos, aunque no la veíamos desde la posada, pues se hallaba al otro lado de la ensenada. Lo mejor de todo era que se ubicaba en dirección opuesta a aquella por donde había llegado el ciego y por la que cabía suponer que se habría marchado. Llegamos en unos minutos, aunque nos detuvimos algunas veces. Abrazados, prestábamos atención, pero no se oía ningún ruido que se saliera de lo común. Solo nos llegaban el ligero susurro de la playa y los graznidos de los cuervos en el bosque contiguo.

Las luces ya estaban encendidas cuando llegamos a la aldea. Jamás olvidaré cómo me animaron las luces amarillentas en puertas y ventanas, pero más tarde comprobamos que esa era toda la ayuda que podíamos esperar. Porque nadie estaba dispuesto a regresar con nosotros al Almirante Benbow. Es más, la idea parecía avergonzar a todo el mundo. Cuantos más detalles de nuestras desgracias les proporcionábamos, más predispuestos veíamos a hombres, mujeres y niños a refugiarse en sus casas. Aunque el nombre del capitán Flint me resultaba desconocido, a muchos de los lugareños les causaba espanto. Quienes tenían sus campos de labor más allá del Almirante Benbow recordaban, además, que habían visto forasteros en el camino y huido de ellos, al tomarlos por contrabandistas. Al menos uno de ellos había visto un lugre pequeño fondeado en lo que llamábamos el Agujero de Kitt. Quienquiera que fuera aquel antiguo camarada del capitán les infundía un terror invencible. Y ello se traducía en que, si bien hubo quien se ofreció a llevarnos a caballo a casa del doctor Livesey, que estaba en la dirección opuesta, nadie quiso ayudarnos a defender la posada.

Dicen que la cobardía es contagiosa. En cambio, todos se envalentonan a la hora de discutir. Así, después de que cada cual expusiera su opinión, mi madre les largó un discurso. Declaró que no estaba dispuesta a perder el dinero que le pertenecía a su hijo, huérfano de padre.

—Si ninguno de vosotros se atreve —dijo—, Jim y yo sí que nos atrevemos. Así que nos volvemos por donde hemos venido, y muchas gracias a vosotros, hombrones con alma de gallina. Abriremos el cofre, aunque nos cueste la vida. Y le agradecería a usted, señora Crossley, que me prestase esa bolsa para traernos nuestro dinero legal.

Yo, por supuesto, dije que iría con mi madre. Y, por supuesto también, todos clamaron contra nuestra temeraria locura. Ni aun entonces hubo quien se quisiera venir con nosotros. Tan solo nos ofrecieron una pistola cargada, por si nos atacaban, y la promesa de tener caballos ensillados ante la eventualidad de que nos persiguieran a la vuelta. Un muchacho se ofreció a ir a casa del doctor Livesey para solicitar refuerzos armados.

El corazón me latía desbocado cuando los dos emprendimos aquella aventura tan peligrosa bajo la noche fría. La luna llena empezaba a levantarse y asomaba rojiza sobre la niebla. Razón de más para darnos prisa: antes de nuestro regreso, todo estaría tan claro como si fuera de día y no podríamos escapar al escrutinio de algún posible espía. Nos deslizamos en silencio y deprisa por los setos sin ver indicio alguno que pudiera confirmar nuestros temores, y no nos detuvimos hasta que, con enorme alivio, cerramos tras nosotros la puerta del Almirante Benbow.

Me apresuré a correr el cerrojo, y nos quedamos un momento en la oscuridad, sin movernos, jadeantes, solos en la casa con el cuerpo del difunto capitán. Mi madre buscó una vela en la barra y, tomados de las manos, entramos en la sala. El cadáver estaba tal como lo habíamos dejado, tumbado de espaldas, con los ojos abiertos y un brazo estirado.

—Corre las persianas, Jim —murmuró mi madre—, no vayan a regresar y vernos desde fuera. Y ahora debemos encontrar la llave de eso. A ver quién se atreve a tocarlo.

Nada más decirlo se le escapó un sollozo.

Acto seguido me arrodillé junto al capitán. En el suelo, cerca de su mano, había un círculo de papel ennegrecido por un lado. Sin duda, aquello era la mota negra. Al agarrarla vi un escueto aviso escrito en el dorso con caligrafía impecable y clara: «Tienes hasta las diez de esta noche».

—Tenía hasta las diez, madre.

Y no bien lo decía, nuestro viejo reloj empezó a dar la hora. El inesperado ruido nos causó un terrible susto, pero la noticia que nos daba era grata: aún no eran más que las seis.

—Vamos, Jim, esa llave...

Registré los bolsillos uno tras otro: algo de calderilla, un dedal, un poco de hilo y unas agujas gordas, un rollo de tabaco mordido por una punta, la navaja con el mango corvo, una brújula de bolsillo y un eslabón y yesca. Eso era todo. Empecé a desesperar.

—Podría llevarla colgada del cuello —aventuró mi madre.

Luchando contra mi aversión, le desgarré la camisa por el cuello, y allí, colgada de un bramante embreado, que corté con su navaja, encontramos la llave. Aquel triunfo nos infundió esperanzas, y nos apresuramos a subir al cuarto en el que el capitán se había alojado durante tanto tiempo y de donde el cofre no se había movido desde el día de su llegada.

Por fuera era indistinguible de cualquier otro cofre de marinero. Tenía una «B» marcada en la tapa con un hierro candente, y las esquinas aplastadas y maltrechas debido al paso del tiempo y las inclemencias.

—Dame la llave —me urgió mi madre.

Y aunque la cerradura no estaba en buenas condiciones, la abrió en un instante y levantó la tapa.

Un fuerte olor a tabaco y a brea salió del interior, pero solo se veía encima un traje completo muy bueno, cuidadosamente cepillado y doblado. «Estaba sin estrenar», dijo mi madre. Debajo de aquello había todo un batiburrillo: un cuadrante, un vaso de estaño, varios rollos de tabaco, dos pares de hermosísimas pistolas, un trozo de lingote de plata, un antiguo reloj español y algunas baratijas de escaso valor y de traza extranjera, un par de brújulas montadas en latón y media docena de caracolas de las Antillas. Muchas veces he pensado después en cuán extraño resultaba que llevase consigo aquellas caracolas en su vida errante de crímenes y persecuciones. Por lo demás, no vimos nada de valor, con excepción de la plata y las vajillas, pero ni una ni otras nos podían ser de utilidad. Debajo había un capote viejo de tela embreada, blanqueado por la sal del mar al pasar más de una barra. Mi madre tiró de él colérica y aparecieron las últimas cosas que quedaban dentro del cofre: un paquete envuelto en hule, que parecía contener papeles, y un saco de lona que, al tocarlo, dejó oír un tintineo de oro.

—Voy a enseñarles a esos forajidos que soy una mujer honrada —dijo mi madre—. Me cobraré la deuda que legítimamente me corresponde, ni un penique más. Sostén la bolsa de la señora Crossley.

Y empezó a contar la cantidad que nos debía el capitán, echándola de la bolsa del marinero a la que yo tenía en las manos.

Era una tarea larga y dificultosa, porque había monedas de todos los países y tamaños: doblones y luises de oro y guineas y doblones de a ocho y qué sé yo cuántas más, todas ellas mezcladas y revueltas. Las guineas, además, eran las más escasas y solo con ellas sabía mi madre echar cuentas.

Aún no estábamos ni a mitad de la tarea cuando la agarré de pronto del brazo, pues había oído en el aire, silencioso y helado, un ruido que hizo que el corazón me subiese a la garganta: el tap, tap, tap del bastón del ciego sobre el suelo congelado del camino. Se acercaba cada vez más y más mientras seguíamos sentados, conteniendo el aliento.

Poco después sonó un fuerte golpe en la puerta de la posada. Entonces oímos cómo se levantaba la falleba y que rechinaba el cerrojo como si aquel miserable engendro tratase de entrar; y luego hubo un gran intervalo de silencio dentro y fuera de la casa. Al fin, el tap, tap, tap se oyó de nuevo y, para nuestra inmensa alegría, se extinguió poco a poco a lo lejos, hasta que dejó de oírse.

—Madre —dije—, agarra todo el saco y vámonos.

No me cabía duda de que al dejar la puerta cerrada habíamos levantado sus sospechas y aquello traería a todo el avispero sobre nuestras cabezas. Nadie que no hubiese visto a aquel terrible ciego podría imaginarse la alegría que nos llevamos al oírlo alejarse.

Pero mi madre, a pesar de su sobresalto, no consentía en llevarse ni una moneda de más, aunque se empecinaba en no cobrarse de menos. Faltaba mucho para que dieran las siete. Conocía sus derechos y estaba dispuesta a defenderse. No habíamos terminado de discutir cuando oímos un silbido corto y apagado a lo lejos, sobre el cerro. Aquella señal nos bastó y nos sobró.

—Me llevaré nada más que lo que ya me he cobrado —dijo mientras se incorporaba de un salto.

—Y yo agarraré esto para redondear la cantidad —contesté mientras aferraba el envoltorio de hule.

Un momento después bajamos las escaleras a tientas y dejamos la vela junto al cofre vacío. Acto seguido abrimos la puerta y emprendimos veloz retirada. La hora se nos echaba encima. La niebla se disipaba muy deprisa. La luna lo iluminaba todo desde las alturas y tan solo en la hondonada del barranco y en torno a la puerta de la posada flotaban aún unas tenues hilachas que nos podrían franquear la huida. A menos de medio camino del edificio, muy poco más allá del fondo de la cuesta, teníamos que salir a plena luz de la luna. Pero eso no era todo: el rumor de gente que venía corriendo llegaba a nuestros oídos. Al mirar hacia atrás, en aquella dirección, vimos una luz que oscilaba de un lado para otro y que se acercaba a toda prisa. Eso significaba que uno de ellos traía una linterna.

—Hijo mío —dijo de pronto mi madre—, toma el dinero y echa a correr, porque voy a desmayarme.

Pensé que aquel sería nuestro fin. ¡Cómo maldije la cobardía de los vecinos y cómo culpé a mi pobre madre por su honradez y su codicia, por su pasada temeridad y su presente apocamiento! Tuvimos la inmensa fortuna de llegar al puente. La ayudé, aunque caminaba a trompicones, a llegar al borde del terraplén, pero una vez allí dio un suspiro y se desplomó sobre mi hombro. No sé de dónde saqué las fuerzas, pero, me temo que de una manera un tanto brusca, logré arrastrarla por la pendiente y ocultarla bajo el arco del puente. Más allá no pude verla, porque el arco era demasiado bajo y solo me permitía andar a rastras. No nos quedaba más remedio que seguir allí: mi madre, casi enteramente a la vista, y los dos muy cerca de la posada.

V

LA MUERTE DEL CIEGO

Lo cierto es que, en cierto modo, la curiosidad se impuso al temor, pues, incapaz de quedarme donde estaba, volví a subir a lo alto del talud, desde donde, oculto tras un matorral de retama, se veía el camino delante de la puerta. Nada más instalarme allí comenzaron a llegar siete u ocho enemigos que avanzaban presurosos. Se oía el golpear descompasado de sus pasos en el duro suelo del camino. El hombre de la linterna iba algo adelantado. Tres de ellos corrían juntos, tomados de las manos, y percibí, incluso a través de la neblina, que el de en medio era el mendigo ciego. Un momento después, su voz me demostró que no me había equivocado.

—¡Echad la puerta abajo! —gritó.

—¡Echad la puerta abajo! —contestaron dos o tres.

Y se lanzaron al asalto del Almirante Benbow, con el de la linterna yendo a la zaga. Noté que se detenían y cuchicheaban, como si los hubiera sorprendido encontrar la puerta abierta. Pero la pausa fue corta, pues el ciego volvió a impartir órdenes. Su voz se oía más recia y aguda, como si ardiera de impaciencia y rabia.

—¡Adentro, adentro, adentro! —gritó, maldiciéndolos por su tardanza.

Cuatro o cinco de ellos obedecieron enseguida, y dos se quedaron en la carretera con el formidable mendigo. Sobrevino el silencio, después se oyó un grito de sorpresa y una voz procedente del interior:

—¡Bill está muerto!

Pero el ciego rompió otra vez a blasfemar por la tardanza.

—¡Que alguno de vosotros lo registre! ¡Gandules! ¡Y los demás, subid a por el cofre! —gritó de nuevo.

Me llegó el estruendo de las recias pisadas en nuestra vetusta escalera. Toda la casa parecía temblar. Poco después se alzaron nuevas voces de asombro: la ventana del cuarto del capitán se abrió de golpe, con gran estrépito de cristales rotos, y un hombre asomó la cabeza y los hombros bajo la claridad de la luna, y le dijo al ciego, que estaba abajo en el camino:

—Pew, nos han tomado la delantera. Alguien ha vaciado el cofre y lo ha revuelto todo de arriba abajo.

—¿Está ahí eso? —preguntó.

—El dinero sí está aquí.

El ciego maldijo el dinero; no era lo que buscaba.

—¡No es eso! ¡Me refiero al escrito de Flint!

—No lo vemos por aquí —contestó el hombre.

—¡Ah, los de abajo! ¿Lo tiene Bill? —gritó otra vez el ciego.

Al oírlo otro de ellos, sin duda el que se había quedado abajo para registrar al capitán, salió a la puerta de la posada diciendo:

—A Bill le han dado ya un recorrido. No han dejado nada.

—¡Ha sido la gente de la posada! ¡Ha sido aquel chico! ¡Ojalá le hubiera sacado los ojos! —clamó el ciego—. Estaban ahí hace un momento... Corrieron el cerrojo mientras yo trataba de abrir la puerta. ¡Dispersaos y buscadlos!

A continuación sobrevino un tremendo maremágnum que inundó toda la pobre posada: pisadas y golpes por todos lados, muebles volcados y puertas hundidas a patadas. El estruendo parecía resonar en las rocas vecinas. Luego salieron en fila y aseguraron que no había ni rastro de nuestra presencia. Y justo entonces se oyó de nuevo, claro y agudo en aquella noche silenciosa, el mismo silbido que nos había alarmado a mi madre y a mí mientras contábamos el dinero del capitán. Pero ahora sonó dos veces. Yo había pensado que sería la corneta del ciego, por así decir, llamando a su tripulación al asalto. Entonces comprendí que lanzaban una señal desde la cuesta colindante con la posada. A juzgar por el efecto que causó en los bucaneros supe que era una alerta contra posibles peligros.

—Ahí está Dirk otra vez —dijo uno de ellos—. ¡Dos veces! Hay que moverse, camaradas.

—¡Muévete tú, haragán! —gritó Pew—. Dirk siempre fue un bestia y un cobarde... ¡No le hagáis caso! Tienen que estar por aquí cerca. No pueden haber ido lejos. Los tenéis al alcance de la mano. Dispersaos y buscadlos. ¡Perros, más que perros! ¡Ay, maldita sea mi suerte! ¡Ojalá tuviera ojos!

Esa arenga surtió efecto, porque dos o tres empezaron a mirar aquí y allá entre la leña, pero me pareció ver que con desgana y sin dejar de pensar en el peligro que corrían. Los demás seguían indecisos en el camino.

—Tenéis una fortuna en vuestras manos, idiotas, y os asustáis de vuestra sombra. Si lo encontrarais, seríais tan ricos como reyes. Sabéis que está aquí y os hacéis los remolones. Ninguno de vosotros se atrevía a plantarle cara a Bill, y yo lo hice..., ¡yo!, ¡un ciego! ¡Y voy a perder mi fortuna por vuestra culpa! Me veo en la obligación de llevar una vida de miserable pordiosero y no probar el ron más que suplicándolo, cuando podría ir en carroza. Si tuvierais la valentía de una mosca, aún podríais atraparlos.

—¡Que se vayan al diablo, Pew! Ya tenemos los doblones —refunfuñó uno de ellos.

—Habrán escondido el maldito escrito —dijo otro—. Toma las guineas, Pew, y basta ya de alaridos.

«Alaridos» fue la palabra que mejor definió la rabia que invadió a Pew al oír aquello. La ira se adueñó de su ser y, ciego como estaba, empezó a dar golpes a diestro y siniestro, y sonaron los palos en las costillas de algunos de ellos. Estos, a su vez, le devolvían los insultos al ciego, le lanzaban las más terribles amenazas y trataban, en vano, de arrebatarle el bastón de las manos.

Esa disputa fue nuestra salvación, porque, en el fragor del combate, llegó otro ruido procedente de lo alto de la cuesta: el galopar de caballos, como un redoble de tambor. Casi al mismo tiempo, el resplandor y la detonación de una pistola surgieron del borde del camino. Y aquella era, sin duda, la última señal de peligro, pues los bucaneros dieron media vuelta y echaron a correr, dispersándose en todas direcciones; uno, hacia el mar, a lo largo de la ensenada; otro, atravesando el cerro, y así los demás. Al cabo de medio minuto ya no quedaba por allí más rastro de ellos que Pew. Lo abandonaron, no sé si por mera cobardía o como venganza por sus insultos y golpes. Pero allí se quedó rezagado, dando palos de ciego con el bastón de un lado a otro del camino, invadido por el frenesí, y dando bastonazos a tientas mientras llamaba a sus camaradas. Al fin se decidió y tomó la dirección contraria a la que debía, y pasó corriendo por delante de mí, camino de la posada, gritando:

—¡Johnny! ¡Perro Negro! ¡Dirk! ¡No iréis a abandonar a vuestro pobre Pew..., al viejo Pew!

En aquel momento, el ruido de los caballos rebasó la cima de la cuesta, y cuatro o cinco jinetes aparecieron a la luz de la luna y se lanzaron cuesta abajo a galope tendido.

Pew comprendió entonces su error. Dio la vuelta chillando y echó a correr en dirección a la cuneta, donde cayó dando tumbos. Pero al cabo de un instante se levantó otra vez y de nuevo se lanzó a correr, ya del todo desorientado, hasta meterse debajo del caballo que venía delante.

El jinete trató de salvarlo, pero fue en vano. Pew cayó dando un grito, que sonó trágico en medio de la noche: los cuatro cascos del animal lo pisotearon, revolcándolo, y pasaron de largo. Quedó tendido sobre un costado; después se desplomó, con suavidad, de cara al suelo, y ya no se movió más.

Me puse en pie y les grité a los jinetes. Trataban de refrenar las monturas, horrorizados por el accidente, y enseguida vi quiénes eran. Uno, que se había quedado rezagado del resto, era el muchacho que había acudido a la casa del doctor Livesey, y los demás eran agentes de aduanas a quienes había encontrado en el camino y con los cuales había tenido la buena idea de regresar de inmediato. El superintendente Dance había oído algo del lugre que había en el Agujero de Kitt, y eso le había hecho ponerse en marcha aquella noche en dirección a nuestra casa. Mi madre y yo nos libramos de una muerte segura gracias a esa decisión.

Pew estaba como una piedra. En cuanto a mi madre, la llevamos a la posada. Le aplicamos un poco de agua fresca y unas sales. No tardó en volver en sí, sin más secuelas que el susto, aunque aún se lamentaba por haber perdido parte de lo que le adeudaban. Por su parte, el superintendente y los suyos salieron a toda prisa hacia el Agujero de Kitt; pero los agentes de aduanas tuvieron que desmontar y bajar a tientas por el terraplén, llevando a los caballos sujetos de la brida, expuestos a sufrir una emboscada. Por eso no es de sorprender que, para cuando llegaron al fondo de la quebrada, el lugre ya se hubiera hecho a la mar, aunque aún estaba a tiro. El señor Dance los llamó a gritos, pero una voz le contestó: «Como no se aparte de la luz de la luna se va a llevar algo de plomo en el cuerpo», al mismo tiempo que una bala silbaba junto a su brazo. Poco después la embarcación dobló el cabo y desapareció. El señor Dance se quedó apesadumbrado, «como pez fuera del agua», según sus propias palabras, y apenas pudo hacer otra cosa que enviar a uno de los agentes de aduanas para dar aviso al buque guardacostas.

—Esto y nada son lo mismo. Nos la han jugado y punto. Solo me alegro de haberle echado a perder el plan al amigo Pew.

Hablaba así porque ya estaba al corriente de mi historia.

Volví con él al Almirante Benbow, y no es posible imaginar mayores destrozos que aquellos. Hasta nuestro viejo reloj estaba en el suelo, pues, furiosos como estaban al no hallarnos ni a mi madre ni a mí, no habían dejado nada en pie. Tampoco se llevaron ninguna pertenencia, excepto la bolsa que contenía el dinero del capitán y algunos objetos de plata que había en la barra. Saltaba a la vista que estábamos arruinados. El señor Dance no daba crédito.

—¿No dices que se llevaron el dinero? Pues entonces, Hawkins, ¿qué demonios andaban buscando, más dinero aún? Sería eso.

—No, señor; yo creo que no era dinero —contesté—. Creo que buscaban lo que llevo en el bolsillo del pecho. Para serle sincero, querría ponerlo en lugar seguro.

—Muy bien, muchacho; tienes razón. Yo te lo guardaré si quieres.

—Había pensado que tal vez el doctor Livesey... —me atreví a decir.

—Por supuesto —me interrumpió, con tono jovial—. Por supuesto: es un caballero y un magistrado. Ahora que lo pienso, debería dar parte de lo ocurrido, o bien a él, o bien al caballero. El caso es que el amigo Pew ha muerto. No puedo decir que lo lamente, pero la gente aprovechará que ha muerto para cargar contra los recaudadores de Su Majestad. Por eso te digo, Hawkins, que si quieres puedes venir conmigo.

Le agradecí de corazón el ofrecimiento y caminamos hasta la aldea, donde estaban los caballos. Aún no había acabado de decirle a mi madre lo que pensaba hacer cuando ya estaban todos sobre las sillas.

—Dogger —dijo el señor Dance—, tú que tienes un buen caballo, lleva a este muchacho a la grupa.

Y en cuanto subí y me agarré al cinturón de Dogger, el superintendente dio la señal y la cabalgata salió a trote ligero hacia la casa del doctor Livesey.

VI
LOS PAPELES DEL CAPITÁN

Cabalgamos a buen paso hasta detenernos a la puerta del doctor. La fachada de la casa estaba a oscuras.

El señor Dance me dijo que me apeara y llamase, y Dogger me dejó el estribo para bajarme. Una doncella acudió solícita a abrir la puerta.

—¿Está el doctor Livesey? —pregunté.

Me dijo que no. Había estado por la tarde, pero se había ido a la mansión a comer y a cenar con el caballero.

—Pues vamos allá, muchachos —dijo el señor Dance.

Como la distancia era corta no monté, sino que fui corriendo, asido a la correa del estribo de Dogger, hasta las puertas del parque, y después, por la larga avenida de árboles desnudos iluminada por la luna, hasta las blancas construcciones que formaban la mansión, flanqueada por grandes jardines centenarios. Allí desmontó el señor Dance y entramos en la mansión.

El criado nos llevó por un pasillo alfombrado y nos indicó que entrásemos en una impresionante biblioteca rodeada de estanterías con bustos colocados encima. Vimos allí al caballero y al doctor Livesey, sentados mientras fumaban sus pipas, a ambos lados de la chimenea encendida.

Nunca había visto al caballero tan de cerca. Era un hombre de gran estatura, de más de seis pies de alto y muy fornido, y tenía una cara ruda y áspera, toda curtida, enrojecida y arrugada en sus largos viajes. Las cejas eran muy negras y no dejaba de moverlas, lo que le hacía parecer, si no iracundo, al menos despierto y alborotado.

—Pase usted, señor Dance —dijo con gran ceremonia y cierto tono de condescendencia.

—Buenas noches, Dance —añadió el doctor, saludándolo con la cabeza—. Y buenas noches, mi pequeño amigo Jim. ¿Qué viento favorable os trae por aquí?

El superintendente se cuadró y, rígido y tieso, contó lo ocurrido como quien recita una lección. La estampa era digna de ver: los dos señores se inclinaban hacia delante, mirándose el uno al otro. Ni se acordaban del tabaco, tan asombrados estaban. Cuando oyeron cómo mi madre había vuelto a la posada, el doctor Livesey se dio una gran palmada en el muslo y el caballero gritó: «¡Bravo!», y golpeó la larga pipa contra la parrilla de la chimenea. Antes de que se acabase el relato, el señor Trelawney —que, como se recordará, era el nombre del caballero— se había levantado de su asiento y recorría la habitación dando zancadas, y el doctor, como para oír mejor, se había despojado de la empolvada peluca y seguía escuchando. Por cierto que parecía muy raro, al verlo con su propia cabellera, negrísima y cortada al rape.

Finalmente, el señor Dance terminó su relato:

—Señor Dance —dijo el caballero cuando este hubo acabado—, es usted un hombre de provecho. En cuanto a la manera en que atropelló a aquel villano y desalmado forajido, ¿qué quiere que le diga? Lo consideraré un acto virtuoso, como aplastar una cucaracha. Este mozo, Hawkins, es una joya, por lo que veo. Hawkins, ¿quieres tirar de la campanilla? A Dance le irá bien tomar un trago.

El doctor me interpeló entonces.

—En resumidas cuentas, Jim, llevas encima lo que andaban buscando, ¿verdad?

—Aquí lo tiene, señor —le dije, y le di el envoltorio de hule.

El doctor lo escrutó de arriba abajo, como tratando de refrenar la impaciencia de sus dedos por abrirlo. En su lugar, se lo metió tranquilamente en el bolsillo de la casaca.

—Caballero —dijo—, cuando el señor Dance se haya terminado la bebida se reincorporará al servicio de Su Majestad; pero opino que Jim Hawkins debe quedarse a dormir en mi casa, y, con tu permiso, propongo que suban una ración de empanada y que cene.

—Como quieras, Livesey —concedió el caballero—. Hawkins se ha hecho acreedor de ella.

Llevaron una enorme empanada de pichón que colocaron en una mesita. Cené en abundancia, pues tenía un hambre de lobo, mientras el señor Dance recibía más parabienes. Al cabo, se despidió.

—Y ahora, caballero... —dijo el doctor.

—Y ahora, Livesey... —dijo el caballero al mismo tiempo.

—Cada cosa a su debido tiempo, cada cosa a su debido tiempo —rio el doctor—. Supongo que has oído hablar de ese Flint, ¿verdad?

—¡Que si he oído hablar de Flint! —gritó el caballero—. ¡Que si he oído hablar de él, dices! Era el pirata más sanguinario que jamás haya surcado los mares. Barbanegra era un niño de pecho, comparado con él. Los españoles le tenían tal miedo que a veces me enorgullecía de que fuese inglés. He visto en persona su gavia perderse en el horizonte, a la altura de la isla de Trinidad, y el cobarde renegado con quien yo navegaba dio la vuelta y se refugió en Puerto España.

—Bueno, también he oído hablar de él en Inglaterra —reconoció el doctor—. Pero la cuestión es si tenía dinero.

—¡Dinero! —volvió a gritar el caballero—. ¿No has oído lo que se dice? ¿Qué otra cosa buscaban esos bellacos más que dinero? ¿Por qué se preocupaban si no era por dinero? ¿Por qué otro motivo arriesgaban sus miserables vidas?

—Eso lo sabremos a su debido tiempo —contestó el doctor—. Pero te exaltas tanto y eres tan charlatán que no me dejas meter baza. Solo necesito saber una cosa. Supongamos que guardo en el bolsillo alguna indicación de dónde enterró Flint su tesoro. ¿A cuánto llegaría ese tesoro?

—¡Llegar! —exclamó el caballero—. Llegaría a esto. Si tenemos la indicación de la que hablas, fleto y pertrecho un barco en los muelles de Bristol y os llevo a ti y a Hawkins conmigo. Me haré con ese tesoro, aunque tenga que pasarme un año buscándolo.

—Muy bien —dijo el doctor—. Ahora, pues, si Jim consiente, vamos a abrir el paquete.

Y lo puso ante él en la mesa.

El envoltorio estaba cosido, y el doctor tuvo que sacar su caja de instrumentos y cortar las puntadas con las tijeras quirúrgicas. Contenía dos cosas: un libro y un sobre sellado.

—Vamos a empezar por el libro —dijo el doctor.

El caballero y yo nos mirábamos a sus espaldas, mientras él lo abría, porque el doctor Livesey me había hecho señas de que me acercase, desde la mesita donde había cenado, para gozar del placer de la investigación. En la primera página había algunos retazos de escritura, tales como los que se hacen por mera ociosidad o para ejercitar la mano. Uno de ellos decía lo mismo que el tatuaje: «Billy Bones, su capricho»; después seguían: «El señor Bones, segundo de a bordo», «Se acabó el ron», «A la altura de Cayo Palma recibió el golpe» y otros garabatos, la mayor parte palabras sueltas e incomprensibles. No pude menos de pensar quién sería el que «recibió el golpe» y qué «golpe» fue; tal vez el de un cuchillo, y por la espalda.

—La verdad es que no aclara gran cosa —dijo el doctor Livesey, pasando la hoja.

En las diez o doce páginas siguientes había una curiosa serie de asientos. En un extremo de cada renglón figuraba una fecha, y en el otro una cantidad de dinero, como en todos los libros de cuentas; pero en lugar de palabras explicativas entre una y otra, solo había un número variable de cruces. Así, el 12 de junio de 1745, por ejemplo, era evidente que se le había asignado a alguien una suma de 70 libras esterlinas, pero solo había seis cruces para indicar el motivo. En algunos casos, es cierto, se añadía el nombre de un lugar, como «A la altura de Caracas», o una mera indicación de latitud y longitud, como 62o 17' 20", o 19o 2' 40".

Las cuentas abarcaban unos veinte años, y las cantidades que aparecían en cada asiento aumentaban conforme transcurría el tiempo. Al final se había sacado el total, después de cinco o seis sumas equivocadas, y se le había añadido estas palabras: «Bones, su botín».

—De aquí no se puede sacar nada en limpio —dijo el doctor Livesey.

—Pues para mí está claro como el agua —exclamó el caballero—. Este es el libro de cuentas de aquel perro desalmado. Las cruces representan los nombres de navíos o de ciudades que echaron a pique o que saquearon. Las cantidades son la parte que le tocó al bandido, y cuando tenía alguna confusión añadía algo más preciso. «A la altura de Caracas» indica que tomaron al abordaje algún barco desventurado en aquellas costas. Dios tenga compasión de las pobres almas que tripulaban la nave..., ya hace mucho tiempo enterrada en el coral.

—¡Cierto! —dijo el doctor—. Véase de cuánto sirve el haber sido un viajero. ¡Cierto! Y las cantidades crecían a medida que él ascendía en rango.

Poco más había en el libro, con la salvedad de unas pocas situaciones geográficas de lugares, anotadas en las últimas páginas en blanco, y una tabla de equivalencias de valor de monedas francesas, inglesas y españolas.

—Hombre ordenado y ahorrativo —observó el doctor—. No era de los que se dejan engañar.

—Y ahora —dijo el caballero—, pasemos a la otra cosa. El sobre estaba lacrado en varios sitios y sellado con un dedal. Tal vez fuera el mismo dedal que yo había encontrado en el bolsillo del capitán. El doctor abrió los sellos con gran cuidado y apareció el mapa de una isla, con latitudes y longitudes, indicaciones de sondajes, nombres de colinas, bahías y calas, y todos los detalles necesarios para que una nave pudiera fondear sin ningún problema en sus costas. Tenía unas nueve millas de largo por cinco de ancho, y podría decirse que la forma de un dragón rampante y obeso. Había en ella dos puertos naturales y, en la parte central, un cerro denominado el Catalejo. Se veían varias adiciones posteriores; pero, sobre todo, tres cruces, dos en el norte de la isla y una en el sudoeste, y junto a esta última, escritas con la misma tinta y con letra muy fina y diferente

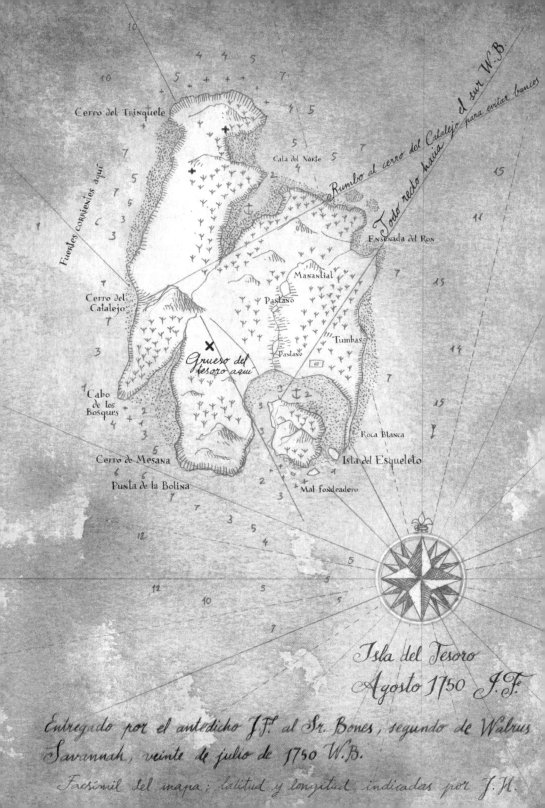

Isla del Tesoro
Agosto 1750 J.F.

Entregado por el antedicho J.F. al Sr. Bones, segundo de Walrus
Savannah, veinte de julio de 1750 W.B.

Facsímil del mapa; latitud y longitud indicadas por J.H.

de los torpes garabatos del capitán, las siguientes palabras: «Grueso del tesoro, aquí».

En el dorso y de la misma letra, aparecían estos otros datos:

> Árbol alto, cerro del Catalejo demorando una cuarta al N. de NNE.
> Isla del Esqueleto, ESE, y una cuarta al E.
> Diez pies.
> El lingote de plata está en escondite norte; puede encontrarse en dirección último montículo, diez brazas sur del peñasco negro que tiene una cara.
> Las armas se hallarán en la duna N., punta del cabo norte de la cala, rumbo E. y una cuarta N.
>
> J. F.

Y eso era todo, pero, pese a su brevedad y a parecerme incomprensible, colmó de alegría al caballero y al doctor Livesey.

—Livesey —dijo el caballero—, vas a abandonar de inmediato esa manera tan mezquina de ejercer como médico. Mañana mismo salgo para Bristol. En tres semanas..., dos semanas..., diez días, tendremos el mejor barco, sí, señor, y a la primera tripulación de Inglaterra. Hawkins irá como grumete, y ¡vaya grumete serás, Hawkins! Tú, Livesey, médico de a bordo; yo seré el almirante. Llevaremos con nosotros a Redruth, Joyce y Hunter. Tendremos vientos propicios, travesía rápida y ninguna dificultad para encontrar el sitio, y después, dinero para comerlo..., para revolcarnos en él..., para jugar con él a las tabas, por siempre jamás.

—Trelawney —dijo el doctor—. Iré contigo, y salgo fiador de ello, y también irá Jim y será una honra para la empresa. Solo hay una persona a quien temo.

—¿Y quién es él? —gritó el caballero—. ¿Cómo se llama ese canalla?

—Tú —replicó el doctor—, porque no eres capaz de refrenar esa lengua. No somos los únicos que saben de este papel. Esos hombres que han atacado la posada esta noche (a buen seguro, gente que no conoce el miedo y que está dispuesta a todo) y los que se quedaron en el lugre, y me figuro que también otros que no andaban lejos, están decididos a apoderarse de ese dinero, cueste lo que cueste. Ninguno de nosotros debe andar solo hasta que nos hagamos a la mar. Jim y yo no nos separaremos en lo sucesivo. Debes llevar contigo a Joyce y a Hunter cuando vayas a caballo a Bristol, y ninguno de nosotros dirá ni una sola palabra de nuestro descubrimiento.

—Livesey —contestó el caballero—, tienes razón, como siempre. Estaré más callado que un muerto.

SEGUNDA PARTE

EL COCINERO DE A BORDO

I

VOY A BRISTOL

Pasó mucho más tiempo de lo que el caballero calculaba antes de que estuviéramos listos para zarpar, y ninguno de nuestros planes —ni siquiera el del doctor Livesey de tenerme a su lado— pudo llevarse a cabo tal como lo habíamos planeado. El doctor tuvo que ir a Londres en busca de un médico que se encargase de su clientela, el caballero trabajaba sin descanso en Bristol y yo vivía en su mansión al cuidado del viejo Redruth, el guardabosques, casi como un prisionero, pero soñando en todo momento con el mar, imaginando placenteros viajes para vivir aventuras en islas remotas. Me pasaba las horas dándole vueltas al mapa, cuyos detalles recordaba sin fallo alguno. Sentado junto al fuego en el cuarto del ama de llaves, llegué a aquella isla, con la fantasía, desde todas las direcciones posibles. No dejé por explorar ni un rincón de su superficie. Subí mil veces al alto cerro llamado del Catalejo, y contemplé las vistas más extraordinarias desde su cima. A veces la isla estaba llena de salvajes con los que combatimos; otras, hervía en peligrosas alimañas que nos perseguían; pero ninguna de mis fantasías me preparó para las trágicas y extrañas aventuras que vivimos en la vida real.

Así pasaron las semanas, hasta que un buen día llegó una carta dirigida al doctor Livesey, con la siguiente advertencia: «Para que, en caso de ausencia, la abran o bien Tom Redruth o bien el joven Hawkins». Obedeciendo esta orden, hallamos —o mejor dicho, hallé, porque el guardabosques apenas si sabía leer otra cosa que no fuera la letra impresa— estas importantes nuevas:

Posada del Áncora Vieja. Bristol, 1 de mayo de 17...

Querido Livesey:

Como no sé si estás ya en casa o todavía en Londres, remito por duplicado la presente a ambas direcciones. El barco está comprado y pertrechado. Está anclado y listo para zarpar. No podrías imaginar una goleta más hermosa. Hasta un niño podría manejarla. Pesa doscientas toneladas y se llama Hispaniola.

La adquirí por mediación de mi antiguo amigo Blandly, que ha demostrado en todo el negocio ser una verdadera joya. Este hombre admirable me está sirviendo prácticamente como un esclavo y puedo decir que lo mismo ha hecho todo el mundo en Bristol tan pronto como oyeron algo del puerto de nuestro destino... «Tesoro», quiero decir.

En ese punto interrumpí la lectura.

—Redruth, esto no le va a gustar al doctor Livesey. Parece que el caballero se ha ido de la lengua.

—Bueno, ¿y quién tiene más derecho que él? —gruñó el guardabosques—. ¡Estaría bueno que el caballero no pudiera hablar porque se lo ordenase el doctor Livesey! Vamos, creo yo.

Al oírlo, desistí de todo intento de comentarlo y seguí leyendo:

El propio Blandly descubrió la Hispaniola, y se manejó con tan gran habilidad que la hemos adquirido por cuatro chavos. Hay gente en Bristol que le tiene ojeriza a Blandly. Dicen incluso que este hombre íntegro es capaz de cualquier cosa por dinero, que la Hispaniola era suya, y que me la ha vendido por un precio exorbitante... ¡Puras calumnias! Ninguno de ellos, sin embargo, se atreve a negar los méritos del barco.

Hasta ahora no ha habido ni un tropiezo. Es cierto que los obreros —aparejadores y demás— se lo han tomado todo con una calma desesperante, pero eso se fue remediando poco a poco. Lo que más me preocupaba era la tripulación.

Quería reunir una veintena de hombres —por si hubiera encontronazos con indígenas, bucaneros o esos abominables franceses—, y me las vi y me las deseé para encontrar no más de media docena, hasta que el más extraordinario golpe de suerte me hizo dar con el hombre que necesitaba.

Estaba parado en el muelle cuando, por pura casualidad, entablé conversación con él. Supe que había sido marinero, que tenía una taberna y que conocía a toda la gente de mar de Bristol; había perdido la salud en tierra y buscaba un buen empleo, como cocinero, para volver a navegar. Había caído por allí aquella mañana, me dijo, para respirar el olor del mar.

Me sentí muy conmovido —lo mismo te habría pasado a ti— y, por pura lástima, lo contraté allí mismo como cocinero del barco. Lo llaman John Silver el Largo, y ha perdido una pierna. Considero este detalle como un mérito a su favor, puesto que la ha perdido en defensa de su país, sirviendo las órdenes del inmortal Hawke. ¡Y no cobra pensión, Livesey! ¡En qué tiempos abominables nos ha tocado vivir!

Pues bien, creí que no había encontrado más que un cocinero, pero había descubierto una tripulación. Entre Silver y yo, en apenas unos pocos días, hemos reunido una partida de viejos lobos de mar, gente recia donde la haya. Su aspecto no invita a recrearse en su contemplación, pero, a juzgar por sus trazas, se les presume el coraje. Con gente así podríamos batirnos incluso con una fragata.

John el Largo despidió, además, a dos de los seis o siete a quienes yo había contratado. Me hizo ver en un momento que solo eran marineros de agua dulce, la gente capaz de convertir una aventura de este calibre en una pesadilla.

Gozo de gran salud y excelentes ánimos; mi estómago no tiene fondo, duermo como un tronco y, sin embargo, no disfrutaré un momento hasta que oiga a mis viejos tiburones dando vueltas al cabrestante. ¡A la mar! ¡Qué me importa el tesoro! Es la gloria del mar la que me trastorna la cabeza. Así pues, Livesey, apresúrate en venir. No pierdas ni una hora, si es que me estimas en algo.

Que el joven Hawkins vaya enseguida a ver a su madre, escoltado por Rebruth, y después se vengan los dos a Bristol, lo más deprisa que puedan.

John Trelawney

P. S. No te he comentado que Blandly —de quien te diré de paso que ha quedado en mandar un barco en nuestra busca si no sabe de nosotros a finales de agosto— había encontrado un sujeto admirable para capitán de derrota, un poco reservado, eso sí, lo cual lamento, pero en otros conceptos un verdadero tesoro. John Silver el Largo ha desenterrado un hombre muy capacitado para ejercer de segundo al mando, un tal Arrow. Tengo un contramaestre que toca la gaita. Podemos decir que, a bordo de la Hispaniola, parecerá como si estuviéramos en un navío de la armada.

Se me olvidó decirte que Silver es hombre de recursos. Me consta que tiene cuenta en un banco y que nunca ha estado en descubierto. Le deja a su esposa la gestión de la taberna. Al ser una mujer de color, un par de solterones como tú y yo tenemos derecho a pensar que vuelve a recorrer mundo tanto por su mujer como por motivos de salud.

J. T.

P. P. S. Hawkins se puede quedar una noche con su madre.

J. T.

Es fácil imaginar cómo me puso aquella carta. No cabía en mí de contento. Si alguna vez miré a alguien con desprecio fue al viejo Tom Redruth, que no paraba de gruñir y lamentarse. Cualquiera de sus subordinados, los demás guardas, se habría cambiado gustoso por él; pero no era esa la voluntad del caballero, y los deseos de este eran ley para ellos. Solo alguien como el viejo Redruth se habría atrevido a rechistar.

A la madrugada siguiente, él y yo marchamos a pie al Almirante Benbow, y allí encontré a mi madre bien de salud y de ánimos. El capitán, que por tanto tiempo había sido causa de molestias para nosotros, se había ido adonde los malos ya no pueden hacer daño. El caballero había ordenado repararlo todo, y tanto nuestra habitación como las de los huéspedes estaban recién pintadas. Había añadido algunos muebles; sobre todo, una buena butaca para mi madre junto a la barra. También había buscado un muchacho que hiciera las veces de dependiente para ayudarla en mi ausencia.

Nada más ver a aquel muchacho fui consciente de mi situación. Hasta entonces solo había pensado en las aventuras que me aguardaban. Ni por un solo instante había pensado en el hogar que abandonaba. Al ver a aquel zafio desconocido que iba a quedarse allí, en mi lugar, junto a mi madre, rompí a llorar por primera vez. Sé que por mi culpa tuvo un día de perros, pues, como no estaba habituado a aquellos menesteres, me daba mil ocasiones para enmendar lo que hacía y ponerlo en ridículo, y creo que no le dejé pasar ni una.

Al día siguiente, después de comer, Redruth y yo emprendimos otra vez la marcha... Me despedí de mi madre y de la ensenada, donde había vivido desde que nací, y a nuestro buen Almirante Benbow, que, recién pintado, ya no me resultaba tan agradable. Uno de mis últimos pensamientos fue para el capitán, a quien tantas veces había visto caminar por la playa con un sombrero de tres picos, su cicatriz de sable en la mejilla y el maltrecho catalejo. Un instante después, tras una revuelta del camino, perdí mi casa de vista.

Tomamos la diligencia en el Royal George. Me tocó ir encajonado entre Redruth y un señor anciano y obeso. A pesar del movimiento rápido y del aire frío de la noche, debí de quedarme adormilado enseguida y dormir después como un tronco, mientras subía montes y bajaba valles. Cuando al fin me despertaron con un golpe en las costillas y abrí los ojos, estábamos parados frente a un gran edificio en la calle de una ciudad, y el día ya muy avanzado. El señor Trelawney se hospedaba en una posada allá abajo, en el muelle, para vigilar las obras de la goleta. Allá nos encaminamos, yendo, con gran deleite mío, a lo largo de los muelles y junto a la gran multitud de navíos de todos los tamaños, aparejos y nacionalidades. En uno, los marineros cantaban a coro mientras maniobraban; en otros, estaban subidos allá en lo alto, colgando de cuerdas que parecían no más gruesas que hilos de araña. Aunque siempre había vivido en la costa, me parecía que nunca había estado tan cerca del mar como entonces. El olor de la brea y del agua salada era como cosa nueva. Vi los más pasmosos mascarones de proa, que seguramente habían navegado por todos los mares. Vi, además, muchos marineros veteranos, con pendientes en las orejas y las patillas rizadas en bucles y el caminar oscilante y torpe de los marineros. No habría estado más contento ni aunque hubiera visto otros tantos reyes y arzobispos.

Yo también iba a hacerme a la mar; a la mar en una goleta, con un contramaestre gaitero y marineros cantarines y con coleta; a la mar, en busca de una isla desconocida y a descubrir tesoros enterrados.

Aún seguía maravillado por esta ensoñación tan apacible cuando nos encontramos de pronto frente a una gran posada y dimos con el caballero Trelawney, vestido de arriba abajo como un oficial de la marina, de recio paño azul, que salía a la calle con cara sonriente y remedando con gran arte la andadura marinera.

—¡Ya estáis aquí! —exclamó—, y el doctor llegó anoche de Londres. ¡Bravo! ¡La tripulación ya está completa!

—Señor —le dije—, ¿cuándo zarpamos?

—Mañana —contestó—. Zarparemos mañana.

II
EN LA POSADA DEL CATALEJO

Cuando acabé de desayunar, el caballero me dio una nota dirigida a John Silver, en la posada del Catalejo, y me dijo que no tardaría en dar con él si seguía por el muelle hasta encontrar una taberna cuyo letrero era un catalejo de latón. Eché a andar, loco de contento, por tener ocasión de ver aún más los barcos y los marineros. Me abrí camino por entre una muchedumbre de gente, carros y mercancías, pues era aquel el momento de más tráfico en los muelles, hasta que hallé la taberna que buscaba.

Era un establecimiento pequeño y agradable. La posada estaba recién pintada, las ventanas tenían unas hermosas cortinas rojas y el suelo estaba limpio y cubierto de arena. Tenía una calle por un lado y sendas puertas abiertas en cada una, lo cual le daba bastante claridad a la sala, grande y baja de techo, a pesar de que flotaban en ella densas nubes de humo de tabaco. Casi todos los parroquianos eran marineros y hablaban con tales voces que me detuve en la puerta, casi temeroso de entrar.

Mientras esperaba, salió un hombre de otra habitación lateral y, en cuanto lo vi, estuve seguro de que era John el Largo. Le habían amputado la pierna izquierda casi a la altura de la cadera, y bajo el brazo derecho llevaba

una muleta que manejaba con maravillosa destreza, saltando de aquí para allá como un pájaro. Era muy alto y muy fuerte, con una cara tan grande como un jamón, fea y pálida, pero despierta y sonriente. Se veía que estaba del mejor talante, pues no dejaba de silbar, mientras iba de una mesa a otra, con una palabra jovial o una palmada en el hombro para sus parroquianos favoritos.

Pues bien, para no ocultar nada, he de decir que desde la primera mención de John el Largo en la carta del caballero Trelawney, se me había metido en la cabeza el temor de que pudiera ser el propio marinero de una sola pierna que me había tenido tanto tiempo en guardia en el Almirante Benbow. Pero me bastó con echarle una sola mirada al hombre que tenía delante. Había visto al capitán y a Perro Negro y al ciego Pew, y sabía yo bien cómo era un bucanero: todo lo contrario, reflexioné, que aquel tabernero amable y limpio. Así que me armé de valor, crucé el umbral y fui derecho adonde estaba el hombre, que hablaba con un parroquiano, apoyado en la muleta.

—¿Es usted John Silver? —le pregunté mientras le tendía la misiva.

—Sí, hijo mío —contestó—. Ese soy yo. ¿Y quién eres tú?

Entonces, al ver la carta del caballero, me pareció ver cómo se llevaba un sobresalto.

—¡Ah! Ya veo —dijo en alta voz y ofreciéndome la mano—. Tú eres el nuevo grumete. ¡Cómo me alegro de verte!

Y me estrechó la mano entre la suya, grande y firme. En aquel mismo instante, uno de los parroquianos, en el otro extremo de la sala, se levantó de pronto y escapó hacia la puerta. Como estaba cerca de ella, ganó la calle en un momento. Pero me llamó la atención y lo reconocí enseguida. Era el hombre de la cara sebosa y dos dedos de menos a quien había visto en el Almirante Benbow.

—¡Detenedlo! —grité—. ¡Es Perro Negro!

—Me da igual quién sea —exclamó Silver—. Pero se ha ido sin pagar la consumición. ¡Harry, ve tras él y atrápalo!

Uno de los parroquianos que estaba junto a la puerta se lanzó en su persecución.

—¡Tendría que pagar la consumición aunque fuera el mismísimo almirante Hawke! —gritó Silver. Después me soltó la mano y me preguntó—: ¿Quién has dicho que era? Perro... ¿qué?

—Negro —respondí—. ¿No le ha hablado el señor Trelawney de los bucaneros? Ese era uno de ellos.

—¿De veras? —exclamó Silver—. ¡En mi taberna! ¡Ben, corre a ayudar a Harry! Era uno de esos granujas, ¿verdad? ¿Estabas tú bebiendo con él, Morgan? Ven aquí.

El hombre a quien llamó Morgan —un marinero viejo, de pelo canoso y cara de caoba— se acercó con aire de cordero degollado, enrollando un trozo del tabaco que solían masticar.

—Vamos a ver, Morgan —dijo John el Largo con aire severo—. No habrías visto antes a ese Perro... Perro Negro, ¿cierto? Contesta.

—Yo no, señor —respondió, con una inclinación de cabeza.

—¿No sabrías cómo se llama, no?

—No, señor.

—¡Por lo más sagrado, Morgan, dale gracias a Dios! —exclamó el tabernero—. Si hubieras andado en compañía de hombres como ese, ten por seguro que no te dejaría volver a poner los pies en mi casa. ¿De qué estábamos hablando?

—La verdad es que no lo sé.

—¿Y llamas cabeza a eso que llevas sobre los hombros, o no es más que una condenada vigota? «La verdad es que no lo sé...» Seguro que tampoco sabes de qué estabas hablando tú, ¿verdad? Vamos, dime, de qué hablaba... ¿Travesías, capitanes, barcos? Venga, desembucha, ¿de qué asunto hablaba?

—Pues hablábamos de pasar por debajo de la quilla —contestó Morgan.

—De pasar por la quilla, ¿eh? La verdad es que era un asunto de lo más pertinente. Anda, Tom, pedazo de patán, vuelve a tu sitio.

Y mientras Morgan regresaba a su silla con paso tembloroso, Silver añadió, hablándome al oído en tono confidencial, lo que consideré un enorme cumplido:

—Este Tom Morgan es muy buen hombre, pero estúpido. Y ahora —prosiguió en voz alta—, vamos a ver... ¿Perro Negro? No, no conozco tal nombre.

Y, sin embargo, me da la impresión de que conozco de algo a ese canalla. Sí, alguna que otra vez ha venido por aquí con un ciego, eso es.

—Vendría con él, no le quepa a usted duda —dije—. También conocí yo al ciego, y se llamaba Pew.

—¡Cierto! —gritó Silver, muy emocionado—. ¡Pew! Así se llamaba y tenía toda la pinta de un tiburón. ¡Es cierto! Si atrapamos a este Perro Negro, ¡vaya sorpresa le daremos al capitán Trelawney! Ben corre como un gamo. Pocos marineros le ganan. Lo traerá arrastrándolo por el cogote. Conque hablaba de pasar por la quilla, ¿eh? ¡A ver si es él quien pasará por la quilla!

Mientras soltaba aquel discurso se movía sin parar, renqueando con la muleta, de un lado a otro de la taberna, dando puñetazos en las mesas y con tales muestras de indignación que habrían convencido incluso al juez más perspicaz. El hecho de encontrar a Perro Negro en El Catalejo reavivó mis sospechas, de modo que espié al cocinero con gran atención y cautela. Pero era demasiado astuto y taimado para mí. Para cuando regresaron jadeantes los dos hombres, asegurando que le habían perdido la pista entre la muchedumbre, y que los habían insultado por las calles como si de ladrones se tratara, habría puesto la mano en el fuego por la inocencia de John Silver el Largo.

—Ya lo ves, Hawkins —dijo—, ¿no te parece esto un infortunio para un hombre como yo? Ahí está el capitán Trelawney... ¿Qué dirá cuando se entere? Ese maldito hijo de mala madre viene aquí y se sienta en mi propia casa a beber mi propio ron. Vienes tú y me lo cuentas todo, sin omitir el menor detalle, y voy yo y le dejo que nos dé esquinazo delante de mis propios ojos. Ahora, Hawkins, justifícame delante del capitán. Apenas eres un chiquillo, pero listo como el hambre. Lo noté en cuanto te eché la vista encima. Y el asunto es el siguiente: ¿qué podía yo hacer agarrado a ese leño que me sostiene? De haber sucedido esto cuando aún era un marinero en plenitud de facultades, le habría dado alcance en un santiamén, lo habría trincado, y de un par de zarandeos... ¡Pero ahora...!

Y se calló de pronto, boquiabierto, como si se hubiera acordado de algo.

—¡La cuenta! —exclamó—. ¡Tres vasos de ron! ¡Que me ahorquen si no se me había olvidado la cuenta!

Y, desplomándose sobre un banco, rio hasta que se le salieron las lágrimas. No pude menos que reír yo también. Reímos los dos a un tiempo, una carcajada tras otra, hasta el punto de alborotar toda la taberna.

—¡Vaya pieza que estoy hecho! —dijo al fin, enjugándose las lágrimas—. Hawkins, tú y yo vamos a hacer una buena pareja, pues lo cierto es que me encantaría enrolarme como grumete. Pero ¡listos para la maniobra! Esto no va a ninguna parte: el deber es lo primero, camaradas. Voy a buscar mi buen tricornio y me iré contigo a ver al capitán Trelawney y rendirle cuentas de la expedición. Pues fíjate en que esto era serio, joven Hawkins, y no puede decirse que hayamos salido airosos del lance. Eso te incluye a ti, amigo mío. Vaya pareja. Pero ¡caramba, que ha estado bien lo de la cuenta!

Y volvió a reír de tan buena gana que, aunque yo no le veía la gracia, no me quedó más remedio que secundarlo.

En nuestra corta caminata por los muelles la compañía de Silver me resultó de lo más instructiva, pues me daba todo tipo de detalles sobre los diferentes barcos que veíamos, sus aparejos, tonelaje y nacionalidad, y de las maniobras que en cada uno se hacían; en uno estaban descargando, en otro recibiendo el cargamento y, en un tercero, preparándose para zarpar. Y de cuando en cuando me contaba algún lance marinero, o me repetía alguna expresión náutica, hasta que me la aprendía de memoria. Comprendí al punto que no podía desear mejor camarada de viaje.

Cuando llegamos a la posada, el caballero y el doctor Livesey estaban trasegándose una cerveza y una tostada, antes de subir a bordo de la goleta para realizar una visita de inspección.

John el Largo contó todo lo ocurrido, con ingenio y sin apartarse un punto de la verdad. «Así es como pasó, ¿no es verdad, Hawkins?», decía de vez en cuando, y siempre corroboraba su versión.

Los dos señores lamentaron que Perro Negro hubiese escapado, pero todos convinimos en que ya no podía hacerse nada al respecto. Después de recibir sus felicitaciones, John el Largo agarró la muleta y se fue.

—¡Todo el mundo a bordo esta noche a las cuatro! —le gritó el caballero cuando se marchaba.

—Muy bien, señor —contestó el cocinero desde el pasillo.

—Bien, caballero —dijo el doctor Livesey—. Por lo general, no tengo gran fe en tus descubrimientos, pero debo confesar que John Silver me parece bien.

—Ese hombre es un filón —declaró el caballero.

—Supongo —añadió el doctor— que Jim vendrá con nosotros a bordo.

—¡No faltaba más! Toma el sombrero, Hawkins, y vamos a ver el barco.

III
PÓLVORA Y ARMAS

La Hispaniola estaba fondeado a cierta distancia de los muelles. Tuvimos que pasar bajo los mascarones de proa y dar la vuelta a las popas de otros navíos. Sus cables rozaban a veces por debajo de nuestro bote, y otras veces se mecían sobre nuestras cabezas. Llegamos por fin junto a ella y salió a recibirnos y darnos la bienvenida el segundo, el señor Arrow, un marinero viejo y curtido, con pendientes en las orejas y bizco. Él y el caballero estaban a partir un piñón, pero pronto me di cuenta de que no ocurría lo mismo entre el señor Trelawney y el capitán.

Este último era un hombre de aire precavido y astuto, y todo cuanto pasaba a bordo parecía enojarlo. No tardamos en saber el motivo, pues nada más bajar al camarote entró detrás de nosotros un marinero con el siguiente mensaje:

—El capitán Smollet desea hablar con el señor.

—Estoy siempre a las órdenes del capitán. Que pase —dijo el caballero.

El capitán, que seguía de cerca a su mensajero, entró acto seguido y cerró la puerta.

—Bien, capitán Smollet, ¿qué tiene usted que decirme? Espero que todo marche bien, listo para hacernos a la mar y al mejor estilo marinero.

—Señor mío —dijo el capitán—, creo que más vale hablar claro, aun a riesgo de ofender. No me gusta este viaje, no me gusta la tripulación y no me gusta mi segundo. Se lo digo con toda claridad.

—Dígame que por lo menos le gusta el barco —replicó el caballero, muy enojado a mi entender.

—Poco puedo decirle a ese respecto, ya que aún no lo he puesto a prueba. Parece un barco muy apto para navegar, y eso es lo único que puedo decir.

—Y ahora me va a decir que tampoco le gusta el propietario...

En este punto se interpuso el doctor Livesey.

—¡Alto ahí! —dijo—. ¡Alto ahí! Con preguntas así vamos a acabar muy mal. El capitán ha dicho más de la cuenta, o tal vez demasiado poco. Le aclaro que sus palabras exigen una explicación. Dice usted que no le gusta este viaje. Cuéntenos por qué.

—Señor mío, me contrataron, bajo una modalidad que se suele llamar «órdenes selladas», para conducir este buque adondequiera que este caballero tenga a bien decirme que lo lleve. Hasta ahí, nada que objetar. Pero ahora resulta que toda la tripulación sabe más que yo. Eso no me parece lo que se dice correcto, ¿y a usted?

—Tampoco me lo parece a mí —dijo el doctor Livesey.

—Y por si fuera poco —añadió el capitán—, también he descubierto que vamos en busca de un tesoro... Y me entero por mis propios marineros, fíjese usted... Pues bien, eso de los tesoros es un asunto muy escabroso. No me gustan los viajes para buscar tesoros, bajo ningún concepto, y me gustan menos aún cuando se hacen en secreto y, con perdón del señor Trelawney, el secreto lo sabe hasta el loro.

—¿El loro es Silver? —preguntó el caballero.

—Solo era una manera de hablar —contestó el capitán—. Quiero decir que todo el mundo lo sabe. Señores, me da la impresión de que ninguno de ustedes comprende lo que trae entre manos, pero voy a decirles lo que opino: corren ustedes un gran riesgo con esta expedición; de hecho, se juegan la vida.

—Todo eso está claro y no me cabe duda de que es muy cierto —replicó el doctor—. Aceptamos el riesgo, pero no somos tan ignorantes como usted cree. Vayamos a lo importante. Dice usted que no le gusta la tripulación. ¿Acaso no son buenos marineros?

—No me gustan, señor —contestó el capitán—. Y creo que tendrían que haberme dejado escoger la tripulación, si vamos a eso.

—Tal vez esté usted en lo cierto. Tal vez mi amigo debió contar con usted, pero el desaire, si es que lo ha habido, no ha sido intencionado. ¿Y no le gusta a usted el señor Arrow?

—No, señor. Creo que es un buen marino, pero se toma con la tripulación más libertades que las que corresponderían a un buen oficial. Un piloto debe saber guardar su puesto, no puede beber en el mismo vaso con los marineros.

—¿Quiere usted decir que bebe? —gritó el caballero.

—No, señor, solo que se toma demasiadas libertades.

—Bueno, pues ahora, vayamos al grano: ¿adónde pretende usted ir a parar, capitán? —preguntó el doctor.

—Pues bien, señores, ¿están ustedes decididos a emprender este viaje?

—Por encima de cualquier otra consideración —contestó el caballero.

—Perfecto —repuso el capitán—. Puesto que me han oído perfectamente decir cosas que no podía probar, óiganme ahora unas pocas más. Están colocando la pólvora y las armas en la bodega de proa, cuando hacerlo debajo de la cámara es una opción aún mejor. ¿Por qué no hacerlo? Eso, para empezar. Además, traen ustedes a cuatro personas de su entera confianza y me dicen que algunos de ellos se alojarán en el castillo de proa con la tripulación. ¿Por qué no darles los camarotes que están aquí junto a la cámara? Ese es el segundo punto.

—¿Hay alguno más? —preguntó el señor Trelawney.

—Solo uno —respondió el capitán—. Ya hemos hablado demasiado.

—Y se queda usted corto —convino el doctor.

—Les diré a ustedes lo que ha llegado a mis oídos —prosiguió el capitán—. Tienen un mapa de una isla. Hay cruces en el mapa que señalan dónde está el tesoro. Además, la isla está... —e indicó la latitud y la longitud exactas.

—¡Eso no se lo he dicho a nadie! —exclamó el caballero.

—Pues dígame cómo es que los marineros lo saben, señor.

—Livesey, esto habéis tenido que contarlo Hawkins o tú —gritó el caballero.

—Eso es lo de menos —replicó el doctor.

Comprobé que ni él ni el capitán prestaban la menor atención a las protestas del caballero. Ni tampoco yo, pues lo cierto era que tenía la lengua muy suelta. Sin embargo, creo que en ese caso tenía razón y que no le había confiado a nadie la ubicación de la isla.

—Bueno, caballeros —prosiguió el capitán—, no sé quién tiene ese mapa, pero considero imprescindible que ni el señor Arrow ni yo lo veamos. En caso contrario, les ruego acepten mi renuncia al cargo.

—Ya veo —dijo el doctor—. Me está diciendo que guardemos el secreto y convirtamos la popa del barco en un fortín defendido por el círculo de confianza de mi amigo y provisto de todas las armas y pólvora que haya a bordo. En otras palabras: que le preocupa que se produzca un motín.

—Señor mío —dijo el capitán Smollet—, no me daré por ofendido, pero le ruego encarecidamente que no ponga en mis labios algo que no he dicho. Ningún capitán se haría nunca a la mar si tuviera motivos fundados para creer eso. En cuanto al señor Arrow, confío plenamente en su honradez. Y también en la de algunos de los tripulantes. Hasta donde sé, tal vez en la de todos. Pero yo soy el responsable de la seguridad del barco y de todos los que van a bordo. Y estoy viendo cosas que, en mi opinión, no marchan como debieran. Por eso les ruego que adopten ciertas precauciones, o de lo contrario acepten mi renuncia. Y eso es todo.

—Capitán Smollet —dijo el doctor con una sonrisa—, ¿no ha oído alguna vez la fábula de la montaña y el ratón? Perdóneme que se lo diga, pero cuando lo escucho me acuerdo de ella. Me apuesto la peluca a que, cuando entró aquí, sus intenciones eran diferentes.

—Doctor, es usted hombre agudo. Cuando entré aquí tenía la idea de forzar un despido. No creí que el señor Trelawney consintiera en escucharme.

—Tampoco yo —exclamó el caballero—. De no estar aquí Livesey, lo habría mandado a usted al infierno. El caso es que lo he oído. Accederé a su petición, pero no ha ganado usted ni un ápice de respeto, a mi entender.

—Como usted guste. Pero, como verá, cumplo con mi deber.

Y dicho eso, se despidió.

—Trelawney —dijo el doctor—, en contra de todas mis ideas, creo que has conseguido traerte a bordo contigo a dos hombres honrados: ese hombre y John Silver.

—No te quepa duda en cuanto a Silver, pero, en lo relativo a ese insoportable farsante, dudo que su conducta sea propia de un hombre, de un marino y, sobre todo, de un inglés.

—Bueno —zanjó el doctor—, ya veremos.

Cuando volvimos sobre cubierta, los marineros habían empezado ya a sacar la pólvora y la armas, acompasando con gritos sus esfuerzos, mientras el capitán y el señor Arrow no dejaban de inspeccionar lo que hacían.

Estaba muy satisfecho con la nueva disposición. La goleta había sido reparada en su integridad. Se habían construido seis camarotes a popa donde antaño se ubicara el extremo de la bodega principal. Los nuevos camarotes solo comunicaban con la cocina y con el castillo de proa a través de un pasillo construido a babor. En un principio se había pensado que los ocupasen el capitán, el señor Arrow, Hunter, Joyce, el doctor y el caballero. Ahora, Redruth y yo íbamos a ocupar dos de ellos, y el señor Arrow y el capitán dormirían sobre cubierta, en la caseta de bajada a la cámara, que habían ensanchado por ambos lados, de modo que casi pudiera considerarse una toldilla. Por supuesto, el techo aún estaba muy bajo, pero había espacio para colgar dos hamacas, y hasta el piloto parecía satisfecho con el arreglo. Acaso él también hubiera tenido sus dudas acerca de la tripulación, pero esto entra en el terreno de las especulaciones, pues, como pronto se verá, no gozamos durante mucho tiempo del beneficio de sus pareceres.

Todos trabajamos sin descanso, trasladando la pólvora y las literas, cuando los dos marineros, y John el Largo con ellos, llegaron en un bote del puerto.

El cocinero trepó por el costado con la destreza de un mono, y tan pronto como vio lo que se hacía, exclamó:

—¿Qué es eso, camaradas? ¿Qué estáis haciendo?

—Estamos trasladando la pólvora, John —respondió uno de ellos.

—¡Vaya! ¡Qué diablos! —exclamó Silver—. Si hacemos eso, nos perderemos la marea de la mañana.

—¡Órdenes mías! —zanjó el capitán secamente—. Puede usted irse abajo. La gente va a necesitar la cena.

—Está bien, señor —contestó el cocinero. Y llevándose dos dedos a la frente, desapareció enseguida en dirección a la cocina.

—Ahí va un buen hombre —dijo el doctor.

—Es probable —replicó el capitán Smollet—. Cuidado con eso, muchachos…, cuidado —prosiguió, dirigiéndose a los que arrastraban la pólvora.

Y de pronto, al verme examinar el cañón giratorio que llevábamos en medio de la cubierta, una pieza larga de bronce del nueve, gritó:

—¡Eh, tú, grumete! ¡Largo de ahí! ¡A la cocina, y búscate trabajo!

Y al apresurarme a obedecerlo, le oí que le decía muy alto al doctor:

—No consiento favoritismos en mi barco.

Ni que decir tiene que compartí por completo el parecer del caballero y que odié al capitán con toda mi alma.

IV
LA TRAVESÍA

Pasamos toda la noche muy ajetreados, estibando cada cosa en su sitio, y con lanchas que llegaban llenas de amigos del caballero, del señor Blandy y de otros que acudían a desearle un buen viaje y vuelta feliz. Nunca tuve en el Almirante Benbow una noche tan atareada. Ya no me aguantaba en pie de cansancio cuando, poco antes del amanecer, el contramaestre hizo sonar la gaita y la tripulación empezó a acudir a las barras del cabrestante. No me habría retirado de la cubierta ni aunque hubiera estado diez veces más cansado. Todo era nuevo e interesante para mí: las órdenes rápidas, las notas agudas del silbato, los marineros corriendo a sus puestos a la luz de las linternas del barco.

—Venga, Barbacoa, canta una tonada —gritó una voz.

—La de siempre —dijo otra.

—Bien, bien, camaradas —dijo John el Largo que estaba allí al lado, con la muleta bajo el brazo, y enseguida empezó a cantar la canción y la letra que tan bien conocía.

Quince hombres van en el cofre del muerto...

Y entonces toda la tripulación coreó:

Y al tercer «¡ay!» las barras empezaron a voltear con brío.

Aun en aquel instante de emoción me dio por pensar en el viejo Almirante Benbow, y me parecía oír la voz del capitán entremezclada con las del coro. Pero pronto levaron el ancla y esta salió a proa goteando agua y cieno. Las velas no tardaron en hincharse, y la tierra y los barcos, en desfilar a uno y otro lado, y antes de que pudiera echarme para gozar de una hora de sueño, la Hispaniola había empezado su viaje a la isla del Tesoro.

No voy a relatar todos los acontecimientos de aquella travesía. Fue, en conjunto, feliz. La goleta demostró ser un buen barco; los tripulantes, marineros competentes; el capitán, muy versado en su oficio. Pero antes de que llegásemos al término de nuestro viaje ocurrieron un par de cosas que merecen mencionarse.

En primer lugar, el señor Arrow resultó ser aún peor de lo que el capitán se temía. No tenía autoridad entre los tripulantes, y estos hacían con él lo que les venía en gana. Pero no era eso, ni mucho menos, lo más grave. Al día siguiente, o a los dos días de travesía, comenzó a aparecer sobre cubierta, con los ojos vidriosos, las mejillas encendidas, la lengua estropajosa y otras muestras de embriaguez. Una y otra vez se le ordenó que se retirara a la cámara. A veces se caía y se lastimaba. En otras ocasiones se pasaba todo el día tumbado en su litera, en un rincón de la caseta, y en raras ocasiones, y durante un par de días, estaba lúcido y cumplía con sus obligaciones.

No hubo manera de averiguar dónde conseguía la bebida. Aquel era el misterio del barco. Por mucho que lo vigilásemos, nunca dimos con la explicación, y cuando se lo preguntábamos directamente, se limitaba a reírse si estaba borracho y, si no, negaba solemnemente que jamás hubiese bebido otra cosa que agua.

No solo era un perfecto inútil como oficial y ejercía una mala influencia sobre la tripulación, sino que además era evidente que, al paso que iba, no tardaría mucho en morirse. Por eso nadie se sorprendió ni se lamentó cuando, en una noche muy oscura, con mar de proa, desapareció de pronto y no se lo volvió a ver.

—¡Hombre al agua! —dijo el capitán—. Bien, señores, así nos evitamos tener que ponerlo en el cepo.

Pero nos habíamos quedado sin piloto, y ni que decir tiene que había que ascender a uno de los tripulantes. El contramaestre Job Anderson era el más indicado de los de a bordo y, aunque conservó ese título, de hecho servía en cierto modo como segundo. El señor Trelawney había navegado mucho, y sus conocimientos fueron de gran utilidad, pues solía hacer guardias cuando el tiempo era apacible. Y el timonel, Israel Hands, era un marino veterano, cuidadoso, agudo, muy experimentado y alguien en quien se podía confiar en caso de dificultad.

Era el amigo de confianza de John Silver el Largo y por eso mencionar su nombre me lleva a hablar del cocinero del barco, Barbacoa, como lo llamaban los marineros.

A bordo llevaba siempre la muleta colgada de una cuerda alrededor del pescuezo para tener las manos tan libres como pudiera. Era un espectáculo digno de ver cómo apoyaba la punta contra un mamparo y, apoyándose en ella, sorteaba los vaivenes del barco y atendía a sus guisos como haría cualquiera en tierra firme. Resultaba aún más extraño verlo cruzar la cubierta durante los peores temporales. Había hecho colgar unos cabos para poder cruzar por los lugares más anchos y despejados —«los pendientes de John», los llamaban— y, asiéndose a ellos, iba de un lugar a otro, ora usando la muleta, ora arrastrándola de la cuerda, con la misma presteza con que los demás usaban las piernas. Sin embargo, algunos de los que habían navegado con él se compadecían de él al verlo en aquel estado.

—Barbacoa no es un hombre cualquiera —me decía el timonel—. Asistió a la escuela en su infancia y cuando quiere habla como un libro abierto. En cuanto a bravura, supera la del león. Le he visto trincar desarmado a cuatro sujetos y aporrearles las cabezas.

Toda la tripulación le respetaba y hasta le obedecía. Se daba una maña especial para hablar con cada uno y para prestar a todos algún servicio en particular. Conmigo era bueno hasta el paroxismo, y siempre se alegraba de verme por la cocina, que tenía limpia como los chorros del oro, con los cacharros colgados y relucientes, y el loro en un rincón, en su jaula.

—Ven por aquí, Hawkins —me decía—. Ven a pegar la hebra un rato con John. Con nadie me gusta hablar más que contigo, hijo. Siéntate y oye las buenas nuevas. Aquí está el capitán Flint, mi loro. Lo llamo así en honor al famoso bucanero. El capitán Flint predice que nuestro periplo será exitoso. ¿No es verdad, capitán?

Y el loro empezaba a decir muy deprisa: «¡Doblones de a ocho! ¡Doblones de a ocho! ¡Doblones de a ocho!», hasta que parecía como si fuese a ahogarse o hasta que John le echaba un pañuelo por encima de la jaula.

—Pues ahí donde lo ves, Hawkins —decía—, este pájaro tendrá unos doscientos años. Viven para siempre, como quien dice. No se me ocurre nadie que haya visto más crímenes y horrores que él, salvo tal vez el demonio en persona. Ha navegado con England, el gran capitán England, el pirata. Ha estado en Madagascar y en Malabar y Surinam, y en Providencia y en Portobello. Estuvo cuando sacaron a flote los galeones de la plata. Allí fue donde aprendió a decir «¡Doblones de a ocho!», y no es de extrañar, Hawkins, ¡porque había nada menos que trescientos cincuenta mil! Estuvo en el abordaje al Virrey de las Indias, en la costa de Goa. En todos esos lugares estuvo, y eso que, si lo miras, parece como si fuera un polluelo. Pero tú has olido la pólvora, ¿no es verdad, capitán?

—«¡Atención y a sus puestos!» —gritaba el loro.

—¡Ah, es verdad, una joya! —decía el cocinero, dándole terrones de azúcar que llevaba en el bolsillo. Entonces el loro se agarraba con el pico a las barras y empezaba a lanzar juramentos sin orden ni concierto, haciendo pasar su inocencia por maldad.

—Ahí se ve —añadía John— que no se puede tocar la pez sin untarse. Aquí está este pobre pájaro mío, inocente, blasfemando como un desalmado y sin saber lo que hace. No te quepa duda. Lo mismo juraría, pongo por caso, delante de un capellán.

Y John se llevaba la mano al sombrero con un ademán solemne, muy típico de él, que me hacía pensar que era el mejor de los hombres.

Entretanto, seguían las tiranteces entre el caballero y el capitán Smollet. El caballero no era capaz de disimular cuánto despreciaba al capitán. Este, por su parte, solo hablaba si le preguntaban, y entonces su respuesta era firme, corta y seca, sin decir una palabra de más. Confesaba, si lo forzaban a ello, que, al parecer, se había equivocado en lo relativo a la tripulación, que algunos eran todo lo diligentes que él hubiera podido desear y que todos se habían portado bastante bien. En cuanto al barco, se había encaprichado con él.

—Se ciñe al viento una cuarta más de lo que uno podría exigir a su propia mujer. Pero yo solo digo que aún no hemos regresado, y que este viaje no me gusta.

Al oír aquello, el caballero le daba la espalda y empezaba a recorrer la cubierta de arriba abajo, con la nariz alzada.

—Como tenga que aguantar a ese hombre un solo día más de la cuenta, reviento —decía.

Sufrimos algunos temporales fuertes, que no hicieron sino poner a prueba las buenas condiciones de la Hispaniola. Todos a bordo parecían muy contentos, y a fe que habrían sido muy difíciles de contentar si no lo hubiesen estado, pues creo que nunca hubo una dotación de barco tan mimada desde que Noé surcó los mares. Cualquier excusa era buena para tomarse una ronda a la salud de todos. Además, se repartía pudín todos los días en que se celebraba algo, como, por ejemplo, si el caballero oía que era el santo de alguno, y siempre había un barril de manzanas destapadas en mitad del puente para que las tomara quien quisiese.

—Nunca he visto que de algo como esto viniera ningún bien —le dijo el capitán al doctor Livesey—. Marineros mimados, marineros echados a perder. Pero bueno, es solo mi opinión.

Pero sí vino un bien del barril de manzanas, pues de no haber sido por él no habríamos visto venir el peligro y acaso habríamos perecido todos a manos traidoras.

Y así fue como sucedió todo.

Habíamos alcanzado los vientos alisios para buscar los que habían de llevarnos a la isla donde concluía nuestro viaje —no se me permite ser más explícito—, y navegábamos derechos hacia ella, con los vigías muy atentos noche y día. Aquel debía ser, según los cálculos, el último día de nuestro periplo. Aquella misma noche, y a más tardar antes del mediodía siguiente, debíamos estar a la vista de la isla del Tesoro. Llevábamos rumbo SSO, con una brisa firme de través y el mar tranquilo. La Hispaniola se balanceaba acompasada, y de cuando en cuando hundía el bauprés en el agua, levantando surtidores de espuma. Todo el velamen, de arriba abajo, iba tenso y turgente, y todo el mundo del mejor humor, pues estábamos ya tan cercanos al fin de esta primera parte de nuestra aventura.

Y sucedió que, a poco de ponerse el sol, y cuando había cesado todo trabajo y yo me encaminaba hacia mi litera, me apeteció de pronto comerme una manzana. Subí corriendo a cubierta. La guardia estaba en la proa, tratando de descubrir la isla; el timonel observaba el aparejo, silbando una tonada por lo bajo; y ese era el único sonido que se oía, excepto el chasquear del agua bajo la proa y a lo largo de los costados del buque.

Me colé dentro del barril y vi que apenas habían dejado manzanas; pero sentado allí en la oscuridad, y entre el rumor del agua y el balanceo de la nave, o bien me había quedado dormido o bien estaba a punto de hacerlo, cuando una persona de gran peso se sentó con cierto estrépito allí cerca. Hizo oscilar el barril cuando apoyó sobre él las espaldas, y ya me disponía a saltar fuera cuando el hombre comenzó a hablar. Era la voz de Silver, y apenas le oí una docena de palabras me sacudió un estremecimiento y comencé a prestar oídos en un paroxismo de temor y de curiosidad. Aquellas pocas palabras me habían hecho comprender que las vidas de todos los hombres honrados que había a bordo estaban por entero en mis manos.

V
LO QUE OÍ DESDE EL BARRIL DE MANZANAS

—No, yo no —decía Silver—, Flint era el capitán, yo era cabo, a causa de mi pata de palo. Pew perdió la vista en la misma andanada que me dejó sin pierna. Me la cortó un maestro cirujano. Tenía estudios y todo, no creas, muy versado en latines y con mucha cultura, pero lo ahorcaron como a un perro, y lo dejaron secándose al sol, como a todos los demás, en el castillo de cabo Corso. Eran la gente de Roberts, y todo les sucedió por cambiarles los nombres a sus barcos..., por ponerles Royal Fortune y cosas así. Porque digo yo que a los barcos hay que respetarles el nombre con el que se les bautizó. Así se hizo con el Cassandra, que nos trajo a todos sanos y salvos a nuestras casas desde Malabar, después que England tomase el Virrey de las Indias. Así se hizo con el viejo Walrus, el barco de Flint, al que he visto yo todo empapado en sangre roja y a punto de hundirse bajo el peso del oro.

—¡Ah! —exclamó otra voz, la del marinero más joven de a bordo, al parecer lleno de admiración—. Esa era la perla de los mares. No ha habido nadie como Flint.

—Davis también era de lo mejor que ha habido, por lo que dicen —prosiguió Silver—. Nunca navegué con él. Primero lo hice con England, y después, con Flint. Esa es toda mi historia. Y ahora estoy aquí, trabajando por mi cuenta, como quien dice. Con England ahorré novecientas libras, y con Flint, dos mil. No está eso mal para un marinero... Todo bien seguro en el banco. No tenéis que reparar en las ganancias, sino en lo que consigáis ahorrar. Eso es lo que importa. ¿Qué fue de la gente de England? No lo sé. ¿Y de la de Flint? Pues aquí están a bordo la mayor parte, y contentos de que les llenen la tripa, pues muchos de ellos eran pordioseros. Pew, el que había quedado ciego, se gastó, sin el menor recato, mil doscientas libras en un año, como si fuera un lord del Parlamento. ¿Y qué ha sido de él? Ya está muerto y bajo las escotillas, pero el hombre llevaba dos años muriéndose de hambre. Pedía limosna, y robaba, y rebanaba pescuezos, y aun así se moría de hambre.

—Pues entonces no se puede decir que esta vida merezca la pena, después de todo —dijo el marinero mozo.

—No le merecerá la pena a los tontos, eso tenlo por seguro, ni eso ni nada —exclamó Silver—. Pero óyeme, eres joven, es verdad, pero listo como el hambre. Lo vi en cuanto te eché la vista encima, y por eso voy a hablarte como a un hombre.

Resulta fácil imaginar lo que sentí al oír a aquel abominable y empedernido bribón dirigirle a otro las mismas frases cargadas de adulación que había usado conmigo. De haber podido, lo habría matado a través del barril. Pero él proseguía su discurso, muy ajeno al hecho de que le estaba escuchando.

—¿Sabes lo que pasa con los caballeros de fortuna? Pues mira, les pasa lo siguiente. Viven malamente, arriesgándose a morir en la horca; pero comen y beben como gallos de pelea, y cuando vuelven de un periplo, ¡mira tú!, se encuentran con cientos de libras esterlinas en los bolsillos, en vez de cientos de ochavos. La mayor parte de ese capital se les va en ron y en mujeres, así que vuelven a hacerse a la mar, prácticamente con lo puesto. Pero eso no es lo que hago. Lo pongo todo en lugar seguro: un poco aquí, otro poco allá, y nunca mucho en ninguna parte para no levantar sospechas. Fijaos, ahora tengo cincuenta años. En cuanto regrese de este viaje, me convertiré en un caballero honorable. Pues a buenas horas, diréis. Sí, pero entretanto he vivido muy bien. Nunca me he negado ningún capricho y he dormido bajo techo y comido cuanto me apetecía, menos cuando andaba en la mar. ¿Y cómo empecé? ¡De marinero, como vosotros!

—Bien —repuso el otro—, pero de todo aquel dinero se ha quedado usted sin nada, ¿verdad? Después de esto, no se atreverá a asomar la jeta por Bristol.

—¿Y dónde te crees que lo tengo? —preguntó Silver con sorna.

—En Bristol, en bancos y sitios así...

—Lo tenía —contestó el cocinero—. Lo tenía cuando levamos anclas. Pero a estas horas obra entero en poder de mi mujer. Y ya hemos vendido el Catalejo con todo cuanto albergaba en su interior, y mi mujer se ha ido para reunirse conmigo. Os diría adónde, porque me fío en vosotros, pero no quiero poner celosos a mis camaradas.

—¿Y su mujer es de fiar? —preguntó el otro.

—Los caballeros de fortuna —replicó el cocinero— no suelen fiarse unos de otros..., y con motivo, no te quepa duda. Pero me ocurre una cosa, ¿sabes? Cuando un camarada corta la amarra y me deja plantado, no dura mucho en este mundo. Unos le tenían miedo a Pew, y otros a Flint; pero el mismísimo Flint me tenía miedo. Me temía y lo confesaba sin pudor. Nunca vi tripulación más fiera y temeraria que la de Flint. El demonio mismo se habría acobardado de salir a la mar con ellos. Pues bueno, os diré una cosa: no soy hombre fanfarrón, y ya veis que soy afable en el trato, pero cuando era cabo, a unos bucaneros curtidos como los de Flint no los podías llamar corderitos. Así que nunca tendrás problemas en un barco en el que esté John.

—Bueno, pues debo confesarle que esto comenzaba a darme mala espina hasta que he tenido esta conversación con usted —contestó el muchacho—; pero ahora, choquemos esos cinco.

—Eres un chico valiente, además de avispado —replicó Silver, sacudiéndole la mano con tal fuerza que el barril tembló también—, y nunca he visto a nadie más capacitado para ejercer como caballero de fortuna.

Para entonces ya había empezado a comprender el sentido de aquella conversación. Por «caballeros de fortuna» se referían ni más ni menos que a un vulgar pirata. Y la escena que acababa de presenciar era el último acto de la seducción de uno de los marineros honrados..., acaso del último que quedaba a bordo. Pero no debía preocuparme a este respecto, pues Silver dio un ligero silbido, y un tercer personaje se acercó y se sentó con ellos.

—Ya tenemos a Dick en el bote —dijo Silver.

—Ya sabía yo que teníamos a Dick en el bote —respondió la voz del timonel, Israel Hands—. Pero oye aquí, no es eso lo que necesito saber, Barbacoa, sino cuánto tiempo tendremos que aguantar que nos ordenen ir de aquí para allá como si fuéramos un bote vivandero. Ya estoy hasta la coronilla del capitán Smollet. Bastante imposible me ha hecho ya la vida. ¡Mal rayo lo parta! Quiero entrar ya a la cámara, sí, señor. Necesito todas las exquisiteces que guarda allí, y sus vinos y todo lo demás.

—Israel —dijo Silver—, no se puede decir que tu cabeza sirva para mucho. Nunca lo ha hecho, en realidad. Pero digo yo que eres capaz de oír. Tus orejas son de buen tamaño, eso salta a la vista. Así que presta atención, porque solo te lo diré una vez: seguirás en el castillo de proa, y pasarás penalidades, y no alzarás la voz, y no te emborracharás a menos que yo te lo indique. Ni se te ocurra pensar otra cosa, hijo.

—Nunca he dicho que no —gruñó el timonel—. Lo que me pregunto es cuándo. Eso es lo que quiero saber.

—¡Cuándo! ¡Mil rayos! —gritó Silver—. Pues si quieres saberlo, ahora mismo te lo digo. Lo más tarde posible. Solo entonces lo haré. Tenemos un marino de primera, el capitán Smollet, que pilota el bendito barco para nosotros. Luego están el caballero y ese médico que tiene el mapa y tal..., y no sé dónde lo tienen. ¿Lo sabes tú? Tampoco. Lo mejor es que este caballero y este médico encuentren la pasta para nosotros, y que nos ayuden a subirla a bordo, ¡mil rayos! Y entonces veremos. Si estuviera seguro de vosotros, malas bestias, haría que el capitán Smollet llevase el barco hasta la mitad del camino de vuelta, antes de dar el golpe.

—Pero ¿acaso no somos todos marinos aquí a bordo? Vamos, me parece —dijo el muchacho Dick.

—Aquí todos somos marineros, querrás decir —replicó Silver con enojo—. Podemos seguir un rumbo, pero ¿quién te crees que lo marca? Ahí es donde todos vosotros, caballeros de fortuna, flaqueáis del primero al último. Si de mí dependiera, haría que el capitán Smollet nos trajese de vuelta hasta los vientos alisios, por lo menos. Entonces nos evitaríamos los errores de cálculo y el racionamiento del agua. Pero ya sé lo que sois. Acabaréis con ellos en la isla, en cuanto hayan subido el dinero a bordo, y será una lástima. Pero solo estáis contentos cuando os habéis emborrachado. ¡Así reviente! Me da asco navegar con gente como vosotros.

—Cálmate, John Largo —exclamó Israel—. ¿Qué motivos te hemos dado para que te enfades?

—¿Cómo que qué motivos me dais? ¿Te haces una idea de cuántos buenos barcos he visto ir a la deriva? ¿Y cuántos buenos mozos esperar al sol a que les tocara el turno en el muelle de las Ejecuciones? Y todo por esas condenadas prisas, y prisas, y más prisas. ¿Es que no lo entendéis? Yo he visto cosas... Os bastaría con no saliros de vuestro rumbo y con ceñiros una cuarta a barlovento para ir en carruaje, sí, señor. Pero vosotros... ¡Qué va! Primero queréis poneros hasta arriba de ron, y de ahí a la horca.

—Todo el mundo sabe que hablas como si fueras un capellán, John, pero ha habido marineros capaces de manejar el timón tan bien como tú —dijo Israel—. Y también les gustaba darse alguna alegría de vez en cuando. No eran tan estirados y secos como tú. Y sabían divertirse y aprovechar la ocasión en un ambiente de sana camaradería.

—¿De veras? —contestó Silver—. Y dime, ¿dónde están ahora? Uno de esos era Pew, y murió en la indigencia. Flint era otro, y murió por culpa del ron en Savannah. Sí, era una tripulación muy divertida, es cierto, pero ¿dónde están ahora?

—¿Y qué haremos con ellos cuando los hayamos trincado? —preguntó Dick.

—¡Así me gusta! —exclamó el cocinero, admirado—. Eso es ir directo al grano. Bien. ¿Y qué harías tú? ¿Dejarlos en tierra y librarlos a su suerte? Eso es lo que haría England. ¿Cortarlos en tiras como si fueran carne de cerdo, acaso? Eso es lo que habrían hecho Flint o Billy Bones.

—Billy era capaz de eso y de más —dijo Israel—. «Los muertos no muerden», decía. Pero él también está muerto y debe de saber bien todo lo que pasa. Si hubo un tipo duro capaz de llegar al último puerto, ese fue Billy.

—Tienes razón —dijo Silver—, un tipo duro y dispuesto a todo. Pero fíjate en esto: yo soy un tipo tratable, un caballero, como tú dices; pero esta vez la cosa va en serio. El deber es el deber, camaradas. Yo voto por la muerte.

Cuando esté en el Parlamento y paseándome en mi carroza no quiero que ninguno de esos chupatintas de agua dulce que duermen en la cámara aparezca cuando no lo llamen, como el diablo cuando se reza. Yo digo que se debe esperar, pero cuando llegue la hora, ¡duro con ellos!

—John —exclamó el timonel—, eres un hombre.

—Ya lo dirás cuando sea el momento. Solo pido una cosa: que me den a Trelawney. Le voy a arrancar la cabeza con estas manos. ¡Dick! —añadió Silver, cambiando de tono—. Anda, levántate como un buen chico y alárgame una manzana para refrescarme el gaznate.

¡Imaginad mi espanto! Si no me hubieran fallado las fuerzas, habría saltado fuera y lo habría arriesgado todo en la fuga; pero el corazón y todos mis miembros me flaquearon. Oí a Dick que empezaba a incorporarse y, al hacerlo, alguno, al parecer, lo detuvo, y la voz de Hands dijo:

—¡Déjate de tonterías! No comas esas porquerías. Echemos un trago de ron.

—Dick —dijo Silver—, confío mucho en ti. Tengo puesta una señal en el barril. Ándate con cuidado. Toma la llave. Llenas una medida y te la traes.

Aterrado como estaba, no se me escapó que así debía de ser como el señor Arrow se procuraba la bebida que acabó con él.

Dick regresó casi de inmediato. Mientras estaba ausente, Israel le hablaba al oído al cocinero. Apenas distinguí alguna palabra suelta, y sin embargo me enteré de cosas importantes. Porque, además de retazos sueltos que tendían a lo mismo, oí esta frase entera: «Nadie más quiere unirse a nosotros». Así pues, aún quedaban hombres fieles a bordo.

Cuando Dick regresó, todos los miembros del trío tomaron el vaso y bebieron y brindaron; uno, «Por la suerte»; otro, «A la salud del viejo Flint», y Silver, con una especie de sonsonete, diciendo: «A la vuestra y a la mía, viento en popa, comida abundante y presas de sobra».

En aquel momento percibí una luminosidad a mi alrededor dentro del barril, y mirando hacia arriba vi que había salido la luna y plateaba la cofa del palo de mesana y llenaba de blanco resplandor la lona de la cangreja del trinquete, y casi en el mismo instante la voz del vigía gritó:

—¡Tierra!

VI

CONSEJO DE GUERRA

Unos pasos precipitados cruzaron la cubierta. Oí el tropel de la gente que subía presurosa de la cámara y del rancho de la marinería. Deslizándome en un instante fuera del barril me agazapé bajo la cangreja del trinquete, di un rodeo hacia popa y volví a aparecer sobre la cubierta franca, a tiempo para reunirme con Hunter y el doctor Livesey, que corrían hacia la amura de barlovento.

Allí estaba ya todo el mundo. Un cinturón de niebla se levantó en cuanto apareció la luna. Allá lejos, a nuestro sudoeste, vimos dos colinas bajas, a un par de millas una de otra, y alzándose por detrás de una de ellas otra tercera y más alta, cuya cima aún estaba envuelta en la bruma. Las tres parecían escarpadas y de forma cónica.

Todo eso vi, casi como en un sueño, pues aún no me había repuesto del horrible pavor que sentí un minuto antes. Oí al capitán Smollet dar órdenes. La Hispaniola se ciñó un par de cuartas más al viento, y ahora seguíamos un derrotero que nos dejaría francos de la isla, bordeándola por el este.

—Vamos a ver, muchachos —dijo el capitán cuando se terminó la maniobra—, ¿alguno de vosotros ha estado antes en esta tierra que está a la vista?

—Yo, señor —dijo Silver—. Yo he hecho aguada aquí con un bajel mercante en el que era cocinero.

—El fondeadero está en el sur, detrás de un islote, ¿no es eso? —preguntó el capitán.

—Sí, señor. La isla del Esqueleto, la llaman. Era un gran sitio para los piratas en un tiempo, y un marinero que había a bordo sabía todos los nombres de estos lugares. Aquella colina hacia el norte se llama el Trinquete; hay tres cerros en fila hacia el sur, señor: Trinquete, Mayor y Mesana. Pero al mayor, aquel que tiene la nube grande encima, lo suelen llamar el Catalejo a causa de una vigía que tenían allí mientras estaban en la ensenada limpiando el barco o, en concreto y si me disculpa, vaciando las letrinas.

—Aquí tengo un mapa —dijo el capitán Smollet—. Dígame usted si ese es el sitio.

A Silver le brillaron los ojos al tomar el mapa, pero, a juzgar por lo nuevo que parecía el papel, comprendí que se iba a llevar un chasco. No se trataba del mapa que habíamos hallado en el cofre de Billy Bones, sino una copia, completa en todos sus detalles —nombres y alturas y profundidades—, con la sola excepción de las cruces y de las notas escritas. Silver tuvo la fuerza de voluntad necesaria como para disimular su decepción, que debió de ser monumental.

—Sí, señor —asintió—, este es el sitio, y no hay duda. Qué bien dibujado que está. Me pregunto quién será el autor. En mi opinión, los piratas eran demasiado ignorantes como para hacerlo. Sí, aquí está: «Fondeadero del capitán Kidd». Exacto: así lo llamaba mi camarada. Aquí hay una corriente muy fuerte que va por el sur y luego tuerce hacia el norte hasta la costa occidental. Señor, ha hecho bien en ceñirse al viento y alejarse de la isla. A menos que tuviera la intención de entrar en ella para carenar, porque no hay mejor paraje para ello por estas aguas.

—Gracias, amigo —respondió el capitán—. Ya le pediré, más adelante, que nos ayude. Puede usted irse.

Me maravilló el aplomo con que John confesaba su conocimiento de la isla. Reconozco que tuve un poco de miedo cuando lo vi acercarse a mí. No debía de saber que yo había escuchado su parlamento desde el barril de manzanas, pero su crueldad, su doblez y su poderío, me parecían tan aborrecibles que apenas pude disimular un estremecimiento cuando me puso la mano sobre el hombro.

—Esta isla es un lugar hermoso —dijo—. Un lugar hermoso para que un muchacho como tú desembarque. Allí te bañarás, treparás a los árboles, cazarás cabras y te subirás a aquellos cerros como si fueses también una cabra. Este tipo de cosas me rejuvenecen. Aquí me olvidaría de mi pata de palo. No te quepa duda de lo bueno que resulta ser mozo y tener diez dedos en los pies. Cuando quieras salir a explorar, díselo al viejo John y te prepararé un bocado para que te lo lleves.

Me dio una palmada cariñosa en la espalda y se marchó a su cocina.

El capitán Smollet, el caballero y el doctor Lievesey estaban hablando en el castillo de popa, y aunque no veía el momento de contarles lo sucedido, no me atrevía a interrumpirlos bruscamente. Mientras me devanaba los sesos para encontrar un pretexto aceptable, el doctor Livesey me llamó a su presencia. Se había dejado la pipa abajo y, como no podía vivir sin fumar, quería que fuese yo a llevársela, pero en cuanto me acerqué a ellos lo preciso para hablar sin que otros me oyeran, le dije:

—Doctor, tengo que decirles algo. Haga que el capitán y el caballero bajen a la cámara y que me manden llamar con cualquier excusa. Sé cosas terribles.

El doctor se alteró al principio, pero tardó un instante en dominarse.

—Muchas gracias, Jim —dijo en voz alta—. Eso era lo que quería saber —añadió como si me hubiera hecho alguna pregunta.

Y con esto dio media vuelta y se unió a los otros dos. Hablaron un rato, y aunque ninguno de ellos hizo movimiento alguno ni alzó la voz ni hizo el menor alarde, no cabía duda de que el doctor Livesey les había comunicado mi petición, pues enseguida vi que el capitán le daba una orden a Job Anderson, y el silbato convocó a toda la tripulación sobre cubierta.

—Muchachos —dijo el capitán—, tengo que deciros unas palabras. La tierra que está a la vista es el punto al que nos dirigimos. El señor Trelawney, que es un caballero muy liberal, como todos sabemos, acaba de hacerme unas preguntas, y le he contestado que todos a bordo han cumplido con su deber, del primero al último, con mejores resultados de lo que jamás me habría imaginado. Pues bien, él, el doctor y yo vamos a bajar a la cámara para brindar por vuestra salud y vuestra suerte, y a vosotros se os servirá ponche para que bebáis a la nuestra. Lo considero una muestra de gentileza por su parte. Y si pensáis lo mismo que yo, vais a dar un buen hurra marinero por el caballero de quien ha partido el gesto.

Como era de esperar, todos profirieron el hurra, pero sonó tan vibrante y entusiasta que confieso cuán difícil me resultaba creer que aquellos mismos hombres estuviesen conspirando contra nuestras vidas.

—¡Otro hurra más por el capitán Smollet! —gritó Silver, cuando el primero se calmó.

Y también se dejaron el alma en él.

Los tres señores bajaron a continuación y poco después convocaron a Jim Hawkins a la cámara.

Los encontré sentados en torno a la mesa. Tenían ante ellos una botella de vino español y pasas, y el doctor fumaba deprisa, con la peluca sobre las rodillas, indicio de que se hallaba agitado. La ventana de popa estaba abierta, pues era una noche calurosa y se podía ver el resplandor de la luna en la estela que dejaba el barco.

—Vamos, Hawkins —dijo el caballero—. Tenías algo que decir. Habla.

Hice lo que se me pedía y relaté la conversación de Silver de la manera más sucinta que pude. Nadie me interrumpió hasta que acabé. Los tres permanecieron inmóviles y no me quitaron la vista de encima en ningún momento.

—Jim —dijo el doctor Livesey—, siéntate.

Me hicieron sentar a la mesa junto a ellos. Me sirvieron un vaso de vino y me llenaron las manos de pasas. Se turnaron para hacerme la reverencia y beber a mi salud, agradecidos por mi suerte y por mi arrojo.

—Y ahora, capitán —dijo el caballero—, usted tenía razón y yo estaba equivocado. Reconozco que he sido un cabestro. Quedo a sus órdenes.

—No más que yo, señor mío —contestó el capitán—. Nunca había oído de una tripulación que se dispusiera a amotinarse sin dar antes señales que cualquiera que tuviese ojos en la cara pudiese percibir para obrar en consecuencia y tomar sus medidas. Pero esa tripulación ha podido conmigo.

—Capitán —dijo el doctor—, si me lo permite, eso es obra de Silver, un hombre notable.

—Vería con muy buenos ojos colgarlo del palo mayor —contestó el capitán—. Pero todo esto es mera palabrería y no nos conduce a ninguna parte. Tengo algunas sugerencias y, con la venia del señor Trelawney, pasaré a exponerlas.

—Usted, señor mío, es el capitán. A usted le toca hablar —dijo el señor Trelawney con un gesto magnánimo.

—Primer punto: tenemos que seguir adelante, porque ya no hay margen para otra cosa. Si diese la orden de regresar, se rebelarían en el acto. Segundo punto: disponemos de tiempo, al menos hasta que se encuentre ese tesoro. Tercer punto: hay marineros fieles. Ahora bien, tarde o temprano habrá un enfrentamiento abierto, así que les propongo que agarremos el toro por los cuernos, como suele decirse, y les asestemos el primer golpe, cuando menos se lo esperen. ¿Podemos contar con sus hombres, señor Trelawney?

—Con ellos, y conmigo también.

—Son tres —echó cuentas el capitán—, que con nosotros hacen siete, si contamos a Hawkins, aquí presente.

—¿Y quiénes son los marineros fieles?

—Probablemente sean los que buscó el propio Trelawney —respondió el doctor—. Los que contrató antes de dar con Silver.

—No —repuso el caballero—, Hands era uno de los míos.

—Yo creía que se podía confiar en Hands —declaró el capitán.

—¡Y pensar que todos son ingleses! —exclamó el caballero—. ¡Me dan ganas de hacer volar el barco!

—Bien, señores —zanjó el capitán—. Poco puedo añadir. Tenemos que mantenernos alerta y vigilantes. Preferiría ser quien golpeara primero. Pero no tenemos otra opción hasta que sepamos con quiénes podemos contar. Alerta y a ver por dónde sopla el viento. Esa es mi opinión.

—Jim, aquí presente —dijo el doctor—, puede ayudarnos más que nadie. Los marineros no desconfían de él, y Jim es un muchacho observador.

—Hawkins, tengo una fe ilimitada en ti —añadió el caballero.

Empecé a sentirme un tanto anonadado ante esa reacción, pues no me consideraba valeroso en absoluto. Sin embargo, se da la circunstancia de que, en efecto, fui yo quien propició la salvación de todos. Mientras tanto, la única certeza que teníamos era que solo nos constaba que siete de los veintiséis tripulantes eran de fiar. Y de esos siete, uno era apenas un chiquillo, de modo que los hombres hechos y derechos de nuestro bando eran seis, frente a los diecinueve del contrario.

TERCERA PARTE

MI AVENTURA EN TIERRA

I
CÓMO ME LANCÉ A LA AVENTURA

Cuando subí a la cubierta, a la mañana siguiente, el aspecto de la isla había cambiado por completo. Aunque la brisa había amainado del todo, habíamos surcado mucho camino a lo largo de la noche y estábamos ahora al pairo a una media milla al sudoeste de la costa oriental, que era muy baja. Unos bosques de un tono grisáceo cubrían gran parte del terreno. Es cierto que esta tonalidad monótona se interrumpía con bandas de arena amarilla en las tierras más bajas y con muchos árboles altos de la familia del pino que descollaban sobre los demás, algunos solitarios y otros en grupos, pero la coloración general era uniforme y triste. Los cerros se erguían bruscamente sobre la vegetación como torreones de pelada roca. Todos tenían extraña configuración, y el Catalejo, que se erigía unos trescientos pies por encima de los demás, era también el que tenía la forma más extraña: se alzaba casi a plomo por todos sus lados y aparecía cortado de pronto en la cima como un pedestal destinado a recibir una estatua.

La Hispaniola se balanceaba hasta meter los embornales bajo el agua en la gran ondulación del océano. Las botavaras tiraban violentamente de las garruchas, el timón daba bandazos de un lado a otro y todo el barco crujía, rechinaba y se movía como una fábrica a pleno rendimiento. Tuve que agarrarme con fuerza a un barandal, y el mundo entero daba vueltas vertiginosas ante mis ojos, pues, aunque era buen marinero cuando el barco estaba en marcha, nunca me acostumbré a estar parado y rodar como una pelota de un lado para otro, de modo que solía marearme con cierta frecuencia, sobre todo por la mañana y con el estómago vacío.

No sé si fue eso o el aspecto de la isla, con sus bosques melancólicos y grises y sus abruptos peñascales y las rompientes que veíamos cubrirse de espuma y oíamos retumbar sobre la escarpada playa, pero lo cierto es que, aunque el sol resplandecía brillante y caluroso y los pájaros costeros pescaban y chillaban a nuestro alrededor, y cupiera esperar una alegría incontenible por poner el pie en tierra después de tanto tiempo en el mar, el alma se me cayó a los pies, como suele decirse. Desde el mismo momento en que la contemplé por primera vez, aborrecí la sola idea de la isla del Tesoro.

Nos esperaba una mañana de trabajo abrumador, pues no había señal alguna de viento y debíamos echar los botes al agua y tripularlos y remolcar el buque tres o cuatro millas, doblando la punta de la isla y metiéndonos por el estrecho canal hasta llegar al fondeadero situado detrás de la isla del Esqueleto. Me fui de voluntario en uno de los botes, donde, por supuesto, no hacía ninguna falta. El calor era insoportable y los marineros gruñían con rabia mientras trabajaban. Anderson patroneaba mi bote y, en vez de mantener la disciplina entre la tripulación, murmuraba más alto que nadie.

—Menos mal que esto durará poco —perjuró.

Consideré aquella una señal de mal agüero, pues hasta aquel día los marineros habían atendido a sus deberes con presteza y docilidad, pero la sola vista de la isla había debilitado su disciplina.

Durante toda la maniobra de remolque, John el Largo no se separó del lado del timonel y fue guiando el buque. Conocía el canal como la palma de la mano, y aunque el que iba sondeando en la proa encontraba siempre más agua que la que se indicaba en el mapa, John no titubeó ni una sola vez.

—Aquí hay mucha resaca —dijo—, y este paso parece como si lo hubieran excavado con una azada.

Fondeamos justo donde estaba dibujada el ancla en el mapa, a un tercio de milla de las dos costas, con la isla grande a un lado y la del Esqueleto a otro. El fondo era de arena limpia. El chapoteo del ancla hizo levantarse nubes de pájaros, que se alejaron sobrevolando los bosques mientras graznaban, pero en menos de un minuto volvieron a posarse y todo quedó otra vez en silencio.

El fondeadero estaba rodeado de tierra, que a su vez se hallaba en medio de un bosque. Los árboles llegaban hasta la marca de las mareas altas, las playas eran llanas en su mayor parte, y las cumbres de los cerros se alzaban alrededor, a cierta distancia, en una especie de anfiteatro, una aquí y otra allá. Dos riachuelos o, mejor dicho, dos pantanos, desembocaban en aquel lago, pues más bien eso era, y el follaje de aquella parte de la costa tenía una especie de brillo ponzoñoso. Desde el barco no se veían ni la casa ni la empalizada, porque estaban enterradas entre los árboles, y si no fuera porque figuraban en el mapa que guardábamos en la cámara, cabría pensar que éramos los primeros seres humanos que anclaban allí.

No corría ni un soplo de aire, y solo rompía el silencio el tronar de las rompientes, a media milla de distancia, a lo largo de las playas y contra las rocas del exterior. Un olor raro, como de aguas estancadas, se cernía sobre el fondeadero: era el olor de las hojas en remojo y de los troncos podridos. Vi que el doctor no dejaba de aspirar por la nariz, como quien prueba un huevo que no está fresco.

—No sé si encontraremos tesoros por aquí —dijo—, pero me apuesto la peluca a que nos encontraremos con fiebres.

Si la conducta de los marineros había sido alarmante en los botes, cuando volvieron a bordo se tornó en francamente amenazadora. Se tendieron por cubierta en grupos que charlaban y gruñían. Hasta la orden más llevadera se recibía con miradas aviesas y se cumplía a regañadientes. Hasta los marineros honrados se habían contagiado, pues a bordo no quedaba nadie que pudiera servir de modelo a los demás. Era evidente que el motín se cernía sobre nosotros como una nube de tormenta.

Y no éramos solo nosotros, los de la cámara, los que barruntábamos el peligro. John el Largo se afanaba sin descanso, yendo de grupo en grupo y deshaciéndose en buenos consejos, erigido en un tripulante ejemplar. Su presteza y amabilidad eran insuperables. Se deshacía en sonrisas con todo el mundo. Si se daba una orden, se incorporaba al instante, muleta en ristre, y la ejecutaba con los gritos de ánimo más entusiastas. Y, si otra cosa no podía hacer, entonaba una canción tras otra como para ocultar el descontento de los demás.

De todos los signos ominosos que se presentaron durante aquella tarde nefasta, el peor de todos sin duda fue el evidente estado de preocupación por parte de John el Largo.

Celebramos un consejo en la cámara.

—Señores —comenzó el capitán—, si me arriesgo a dar otra orden, toda la tripulación se nos va a echar encima. Tal como yo lo veo, si me dan una mala contestación y se la devuelvo, aquí van a volar los puñales. Pero si me callo, Silver verá que hay gato encerrado, y habremos puesto nuestras cartas boca arriba. Solo hay un hombre en quien podamos confiar.

—¿Quién? —inquirió el caballero.

—El propio Silver, que tiene tanto interés como usted o como yo en apaciguar los ánimos. Hay desavenencias entre ellos, y no tendría problemas para apaciguarlos y convencerlos si se le presentase la ocasión. Lo que propongo es que se la proporcionemos. Démosles a los marineros la tarde libre en tierra. Si se van todos, nos apoderamos del barco y lo defenderemos. Si ninguno se va..., bueno, pues entonces nos atrincheramos en la cámara y que Dios nos asista. Si se van solo algunos, recuerde lo que le digo: Silver los traerá a bordo tan mansos como corderos.

Se acordó obrar de aquella manera. Se repartieron pistolas cargadas a todos los hombres leales. Se puso a Hunter, Joyce y Redruth al corriente de lo que pasaba. Recibieron las nuevas con menos sorpresa y mejor talante de lo que esperábamos. El capitán se apresuró a salir a cubierta y se dirigió a la tripulación.

—Muchachos —dijo—, hemos tenido un día caluroso y todos estamos cansados y suspicaces. Un paseo por tierra no le hará mal a nadie. Los botes están aún en el agua. Podrán bajar a tierra los que quieran pasar en ella la tarde. Dispararé un cañonazo media hora antes de la puesta del sol.

Aquellas almas de cántaro debieron de imaginarse que iban a tropezar con los tesoros tan pronto como pusieran el pie en la isla, pues abandonaron de inmediato sus gestos ceñudos y dieron un hurra que devolvió el eco desde una colina lejana, y que, una vez más, hizo alzar el vuelo a las aves que no dejaban de chillar por todo el fondeadero. El capitán era demasiado astuto como para no comprender que debía quitarse de en medio. Desapareció como por ensalmo y dejó que Silver organizase la excursión. Y obró con gran sensatez. De haber seguido en cubierta no habría podido fingir por más tiempo que no era consciente de lo que ocurría. Era tan claro como el día. Silver era el capitán, y a fe que tenía que entendérselas con una tripulación harto rebelde. Los marineros fieles —y pronto se iba a demostrar que los había a bordo— debían de ser muy duros de mollera, o más bien todos estaban descontentos por el ejemplo de los cabecillas, unos más y otros menos, y los pocos, que en el fondo eran buena gente, no querían ir, ni se los podía llevar más lejos. Una cosa era hacerse los remolones y hurtar el cuerpo al trabajo, y otra muy diferente adueñarse de un barco y asesinar a unos cuantos inocentes.

No obstante, al final la expedición salió adelante. Quedarían seis tripulantes a bordo, y los trece restantes, entre ellos Silver, comenzaron a embarcarse.

Y entonces fue cuando me vino a la cabeza la primera de las ideas locas que tanto contribuyeron a salvar nuestras vidas. Si Silver dejaba allí seis hombres, era evidente que no podríamos tomar el barco y defenderlo, y puesto que solo eran seis, no cabía duda de que la gente de la cámara no tendría necesidad de mi ayuda. Tuve la súbita ocurrencia de bajar a tierra. En un instante me descolgué por un costado del barco y me acurruqué en el tabloncillo de proa del bote más cercano, y casi en el mismo momento la canoa abrió y se puso en marcha.

Nadie reparó en mi presencia, salvo el remero de proa.

—¿Eres tú, Jim? —me dijo—. Agacha la cabeza.

Pero Silver, desde el otro bote, nos lanzó una mirada penetrante y llamó para preguntar si yo estaba allí. En ese instante comencé a arrepentirme de lo que había hecho.

Las dos tripulaciones echaron una carrera hasta la playa, pero el bote en el que viajaba yo salió con cierta ventaja, y como era más ligero y tenía

mejores tripulantes, se adelantó tanto al otro que su proa no tardó en adentrarse en el bosque de la orilla. Silver y los demás aún estaban cien yardas por detrás. Por mi parte, aproveché la ventaja para agarrarme a una rama, saltar fuera y escabullirme en la espesura.

—¡Jim, Jim! —lo oí gritar.

Como cabe suponer, hice caso omiso. En su lugar, salté, escabulléndome bajo las ramas y a trompicones, y después corrí en línea recta tierra adentro hasta que ya no pude más.

II
EL PRIMER GOLPE

Me sentía tan feliz por habérsela jugado a John el Largo que empecé a regocijarme y a mirar a mi alrededor con cierto interés la extraña tierra en que me encontraba.

Había cruzado un terreno pantanoso, lleno de sauces, juncias y raros y exóticos árboles palustres, y me hallaba ante un espacio despejado, de tierras ondulantes y arenosas, de una milla de ancho, con algunos pinos dispersos aquí y allá y gran número de árboles retorcidos muy parecidos al roble pero de follaje más pálido, como el de los sauces. En el lado opuesto de aquel claro estaba uno de los cerros, con dos picos escarpados que resplandecían al sol.

Sentí entonces por primera vez el placer de la exploración. La isla no estaba habitada, mis compañeros de tripulación se habían quedado atrás y delante de mí no había más fauna que algunas aves. Caminé de un lado para otro bajo los árboles. Por doquier había plantas en flor que me resultaban desconocidas. También vi alguna serpiente. Una de ellas irguió la cabeza sobre un peñasco y me silbó con un ruido muy parecido al zumbar de una peonza. ¡Cómo podía yo saber que me hallaba ante un enemigo letal y que aquel sonido era el famoso cascabel!

A continuación llegué a un frondoso bosque de aquellos árboles parecidos al roble —y que, según oí después, se llaman encinas—, que crecían como zarzas muy bajas por toda la arena, con las ramas entrelazadas y el follaje compacto como una techumbre. El macizo se extendía bajando desde lo alto de uno de los montículos de arena y ensanchándose cada vez más y creciendo en altura hasta llegar al borde de la ancha ciénaga cubierta de juncos, a través de la cual el más cercano de los riachuelos se filtraba hasta el fondeadero. El terreno cenagoso exhalaba un espeso vaho bajo los intensos rayos del sol y la silueta del Catalejo se veía temblorosa a través de aquella neblina.

De pronto comencé a notar movimiento entre los juncos. Un pato salvaje levantó el vuelo dando un graznido, otro lo siguió, y al cabo de un momento se cernía sobre la ciénaga una gran nube de aves que graznaban mientras trazaban espirales en el aire. Se me ocurrió que alguno de mis compañeros de tripulación debía de acercarse siguiendo el borde del cenagal. No me equivocaba. Casi de inmediato llegaron a mis oídos los tonos lejanos y aún muy débiles de una voz humana que se escuchaba cada vez más alto y claro.

Aterrorizado, me escondí bajo la encima más cercana y allí me agazapé, todo oídos, silencioso como un ratón.

Otra voz contestó y entonces la primera, que ya reconocía como la de Silver, reanudó un parlamento que se me hizo interminable, aunque su interlocutor lo interrumpía de cuando en cuando. A juzgar por el tono, la conversación parecía acalorada, y aun diría enfurecida, pero no podía distinguir nada de lo que decían.

Al fin, los interlocutores se callaron y puede que se sentaran. El caso es que dejaron de acercarse. Tranquilas de nuevo, las aves volvieron a posarse sobre la ciénaga.

Y entonces me di cuenta de que estaba faltando a mi deber. Dado que había cometido la insensatez de bajar a tierra con aquellos desalmados, lo menos que podía hacer era espiar aquel conciliábulo, y mi deber más elemental y obvio era acercarme a ellos lo más posible, parapetado por la protección que me ofrecía la espesura.

Podía determinar con exactitud dónde se hallaban, no solo por el sonido de sus voces, sino también por lo inquietas que estaban las pocas aves que aún revoloteaban alarmadas sobre las cabezas de los intrusos.

Avancé a gatas hacia ellos, sin descanso aunque lentamente. Luego alcé la cabeza hasta un claro, a través del que distinguí una verde barranca junto al pantano, rodeada de árboles. Allí se desarrollaba la conversación entre John Silver el Largo y otro miembro de la tripulación.

El sol les daba de lleno. Silver había arrojado el sombrero al suelo, junto a él. Alzaba hacia el otro su ancha, tersa y rubicunda cara, como en gesto de súplica.

—Camarada, te lo digo porque creo que vales tu peso en oro en polvo... ¡Oro en polvo, nada menos! Si no te hubiera tomado más cariño que a un hijo, ¿te crees que estaría aquí para prevenirte? Nos han descubierto y ya no hay marcha atrás. Lo único que intento es salvarte el pescuezo. Si alguno de esos desastres con patas lo supiera, ¿qué sería de mí, John? Dime, ¿qué sería de mí?

—¡Silver! —repuso el otro.

Y observé que no solo tenía la cara encendida, sino que además le temblaba la voz como una cuerda tirante.

—Silver —prosiguió—, usted es viejo y es honrado, o al menos esa es su reputación, y tiene dinero, a diferencia de la mayoría de los marineros, y no tengo la menor duda de su valor. ¿Quiere hacerme creer que se dejará arrastrar a la fuerza por esa gentuza? No, no lo va a hacer. Por eso le digo que, como hay Dios, antes me dejaría cortar el brazo derecho que faltar a mi deber...

Un ruido lo interrumpió. Acababa de descubrir a uno de los marinos leales y ahora me disponía a recibir noticias de otro. Muy a lo lejos, sobre la ciénaga, se oyó un grito repentino de rabia, y luego otro, y después un alarido espeluznante. Las rocas del Catalejo devolvieron el eco varias veces. Toda la bandada de aves acuáticas se levantó otra vez, oscureciendo el cielo, con un zumbido simultáneo de aleteos. El silencio regresó antes de que aquel grito mortal dejase de resonar en mis oídos, y lo único que perturbaba aquella tarde mortecina volvió a ser el vuelo de las aves que se posaban de nuevo y el fragor de la distante marejada.

Al oír el grito, Tom se incorporó de un salto, como un caballo espoleado, pero Silver ni siquiera pestañeó. Se quedó donde estaba, ligeramente apoyado en la muleta, sin apartar la mirada de su camarada como una serpiente pronta a saltar.

—John —dijo el marinero, mientras le tendía la mano.

—¡Las manos quietas! —gritó Silver, que retrocedió de un salto más de una vara, con la presteza y la seguridad de un gimnasta.

—Las manos quietas si usted lo prefiere, Silver. Si me tiene miedo es solo por su mala conciencia. Pero dígame, por Dios se lo pido, ¿qué ha sido eso?

—¿Eso? —contestó Silver sin dejar de sonreír, pero más alerta y receloso que nunca, con las pupilas reducidas a dos puntos en su cara deforme, aunque lucientes como fragmentos de vidrio—. ¿Eso? Según mis cálculos, debe de haber sido Alan.

Y al oírlo, el pobre Tom se enardeció como un héroe.

—¡Alan! —exclamó—. ¡Que descanse en paz su alma de buen marinero! Y en cuanto a usted, John Silver, ha sido mi camarada durante mucho tiempo, pero hasta aquí hemos llegado. Si muero como un perro, moriré cumpliendo mi deber. Habéis matado a Alan, ¿no es verdad? Pues que me maten a mí también, si pueden. Pero aquí me tienen. Los reto a todos.

Y dicho esto, aquel valiente volvió la espalda al cocinero y se echó a caminar hacia la costa, pero no estaba destinado a ir muy lejos. John dio un grito, se agarró a la rama de un árbol, se quitó la muleta del sobaco y lanzó aquel extraño proyectil zumbando por el aire. Le dio al pobre Tom por la punta y con tremenda violencia entre los dos hombros, en medio de la espalda. Tom levantó las manos, profirió una especie de bostezo y cayó.

Nadie podría asegurar si estaba o no herido de gravedad. Era probable, a juzgar por el ruido del golpe, que se le hubiera partido el espinazo, pero no tuvo tiempo de volver en sí. Silver, ligero como un mono, aun sin muleta, se plantó encima de él en apenas un suspiro y enterró por dos veces su cuchillo, hasta las cachas, en aquel cuerpo indefenso. Desde mi escondite oía sus jadeos cuando daba los golpes.

No sabría decir en qué consiste un desmayo, pero sí sé que por un instante el mundo se desvaneció frente a mí, girando en un brumoso remolino.

Silver, los patos y la ingente cima del Catalejo daban vueltas y más vueltas, se revolvían ante mis ojos y oía como un tintineo de campanas y voces lejanas que me gritaban al oído.

Al volver en mí, el monstruo había recobrado su compostura, tenía la muleta bajo el brazo y el sombrero en la cabeza. A sus pies yacía Tom, inmóvil en el césped. Pero el asesino no reparaba en él, sino que estaba limpiando el cuchillo manchado de sangre con unas hierbas. Todo lo demás seguía igual. El sol brillaba inclemente sobre la ciénaga humeante y sobre el alto pináculo del cerro. Apenas podía comprender que allí acababa de cometerse un asesinato y que una vida humana había sido cruelmente arrebatada ante mi vista unos momentos antes.

Después, John se llevó la mano al bolsillo, sacó un silbato y lanzó al aire varios silbidos modulados que sonaron muy lejos en la atmósfera recalentada. Por supuesto, no entendí el significado de la señal, pero no hizo sino acrecentar mis temores. Podía venir más gente. Podían descubrirme. Ya habían sacrificado a dos tripulantes. Después de Tom y Alan, ¿sería yo el siguiente?

Salí de mi escondrijo y comencé a retroceder. Me arrastraba todo lo deprisa y en silencio que pude hacia donde clareaba el bosque. Mientras me alejaba, oía gritos de llamada que iban y venían entre el viejo bucanero y sus camaradas. Esa alarmante señal de peligro me dio alas para huir. Tan pronto como me vi fuera de la espesura corrí como no lo había hecho nunca. Me traía sin cuidado adónde iba. Solo quería alejarme de los asesinos. Cuanto más corría, más y más aterrorizado estaba, casi frenético.

Mi situación no podía ser más desesperada. Cuando se disparase el cañonazo, ¿cómo osaría bajar hasta los botes, entre aquellos malvados sobre los que aún humeaba la sangre de sus crímenes? ¿Y si me retorcían el pescuezo como a un pájaro en cuanto me viesen? ¿Acaso mi ausencia no les parecería un indicio incriminatorio, la muestra palmaria de que estaba al tanto del todo? Creía que aquello era el fin. ¡Adiós a la Hispaniola, adiós al caballero, y al doctor, y al capitán! Ya solo podía esperar la muerte por hambre o la muerte a manos de los rebeldes.

Mientras tanto, corría sin parar. Ni siquiera reparé en que me había acercado al pie del cerro de los dos picos. En aquella parte de la isla las encinas

crecían más separadas y se parecían más a los árboles con los que estaba familiarizado. Había también algunos pinos que se alzaban más de sesenta pies sobre el suelo. El aire, además, parecía más fresco y puro que allá abajo, en la ciénaga.

Y allí me llevé un susto que me hizo frenar en seco, el corazón a punto de salirme por la boca.

III

EL HOMBRE DE LA ISLA

En la ladera del cerro, que por aquella parte era escarpada y pedregosa, hubo un desprendimiento. Las rocas hicieron gran estrépito y rebotaron por entre los árboles. De manera instintiva, volví la vista hacia allí. Vi un bulto que saltaba con gran rapidez y se escondía tras un árbol. No pude adivinar de qué se trataba: oso, hombre o mono. Parecía oscuro y peludo, pero no alcancé a distinguir más detalles. El terror de la nueva aparición me hizo detenerme.

Al parecer, estaba rodeado: detrás tenía a los asesinos; delante, aquella cosa furtiva y sin nombre. Ni que decir tiene que preferí los peligros ya conocidos a los que ignoraba. Silver parecía menos terrible que aquel engendro de los bosques. Así pues, di media vuelta y, sin dejar de mirar de reojo, empecé a retroceder en dirección a los botes.

El bulto reapareció de inmediato, dio un enorme rodeo y comenzó a cortarme la retirada. Cierto es que yo estaba fatigado, pero vi enseguida que, aunque hubiera estado tan fresco como cuando me levanté de la cama, no habría podido competir en velocidad con semejante adversario. Se deslizaba de un tronco a otro como un ciervo, corriendo como las personas, sobre dos piernas, aunque se diferenciaba de todos los hombres que yo había visto en que corría casi doblado en dos por la cintura. Sin embargo, era un hombre. No había dudas al respecto.

Recordé todas las historias que había oído sobre los caníbales. A punto estuve de pedir socorro, pero me tranquilizaba el mero hecho de que, aunque salvaje, fuera un ser humano. Al mismo tiempo, se acentuaba el miedo que sentía por Silver. Así pues, me quedé paralizado, buscando alguna escapatoria. Sumido en esas meditaciones, acudió a mi mente el recuerdo de la pistola. En cuanto recordé que no estaba indefenso, recuperé el valor, decidido a enfrentarme al hombre de la isla y apreté el paso para salirle al encuentro.

Se había vuelto a esconder detrás de un tronco, pero no debía de quitarme ojo, pues en cuanto enfilé hacia él, reapareció y avanzó un paso hacia mí. Enseguida vaciló, se echó hacia atrás, volvió a avanzar y, al fin, para mi asombro y confusión, se dejó caer de rodillas y extendió las manos cruzadas y suplicantes.

Me detuve de nuevo.

—¿Quién eres? —le pregunté.

—Ben Gunn —contestó, con una voz bronca y torpe, como una cerradura enmohecida—. Soy el pobre Ben Gunn. Ese soy yo. Llevo tres años sin hablar con un cristiano.

Era un hombre de raza blanca, como yo, y sus facciones eran incluso agradables. La piel, donde la llevaba descubierta, estaba quemada por el sol. Hasta los labios habían ennegrecido y sus ojos azules producían una rara impresión en una cara tan negra. Era, sin duda, el más andrajoso de todos los pordioseros que había conocido o imaginado. Vestía unos harapos de lona vieja de barco y jirones de paño de marinero. Mantenía junta aquella extravagante indumentaria con un sistema de variadísimas e incongruentes ligaduras: botones de latón, trozos de palo y lazos de arpillera. Alrededor de la cintura llevaba un viejo cinturón con la hebilla de metal, el único elemento sólido de aquel atavío.

—¡Tres años! —exclamé—. ¿Acaso naufragaste?

—No, camarada —dijo—, soy un abandonado.

Ya había oído aquella palabra, «abandonado», y sabía que aquel era un horrible castigo, bastante común entre los bucaneros, y que consistía en

desembarcar al culpable, provisto con un poco de pólvora y de perdigones, y librarlo a su suerte en alguna isla desierta y recóndita.

—Abandonado hace tres años —continuó—, y viviendo de cabras desde entonces y de moras y ostras. Dondequiera que esté un hombre, digo yo, puede manejárselas. Pero, camarada, me muero de ganas de comer alimento de cristianos. ¿No tendrías por ahí un pedazo de queso? ¿No? Ay, cuántas noches he soñado con queso, sobre todo fundido, pero al despertarme seguía aquí.

—Si consigo volver al barco —le dije—, tendrás queso para dar y tomar.

Mientras hablábamos, me palpaba la tela de la chaqueta, me acariciaba las manos, me miraba las botas y mostraba, en suma, un deleite infantil ante otra presencia humana. Pero al oír mis últimas palabras, se echó atrás con una mezcla de sorpresa y suspicacia.

—Si consigues volver, dices —repitió—. ¿Quién te lo va a impedir?

—Ya sé que no serás tú —le contesté.

—Tienes razón. Y tú, ¿cómo te llamas tú, muchacho?

—Jim.

—Jim, Jim —dijo, al parecer muy complacido—. Pues mira, Jim, yo he vivido tan malamente que te daría vergüenza oírlo. Dime, por ejemplo, ¿pensarías tú, al verme, que tuve una madre piadosa?

—La verdad es que no, a primera vista no lo pensaría —le contesté.

—Bueno, pues la tuve... y muy devota. Y yo era un chico decente y piadoso, y recitaba el catecismo tan deprisa que no se distinguía una palabra de otra. Y mira en lo que me he convertido, Jim. Empecé jugando a las chapas en las losas del cementerio. Así fue como empecé, pero luego la cosa fue a más. Mira que mi madre me lo advirtió, y que la pobre mujer tenía razón en todo. Pero la Providencia me trajo aquí. He recapacitado acerca de toda mi vida, aquí, en esta isla solitaria, y he vuelto al redil de los justos. No me verás dándole al ron, salvo apenas un dedalito, para brindar en la primera ocasión que tenga. Me he prometido que seré bueno, y creo que voy a serlo. Y Jim —añadió bajando la voz—, soy rico.

Comprendí entonces que el pobre se había vuelto loco mientras vivía en soledad. Sin duda debí exteriorizar ese pensamiento, pues me lo repitió enardecido:

—¡Rico! ¡Te digo que soy rico! Y mira lo que te voy a decir: haré de ti todo un prohombre, Jim. ¡Ay, Jim! ¡Bendita sea tu suerte, porque fuiste el primero que me encontró!

Y de pronto, mientras decía esto, se le ensombreció el semblante, me apretó la mano, que tenía en la suya, y alzó un dedo amenazador ante mis ojos.

—Dime, Jim, dime la verdad. ¿No es ese el barco de Flint?

Tuve en aquel instante una feliz inspiración. Empecé a creer que había encontrado un aliado y le contesté al punto:

—No es el barco de Flint. Flint ha muerto, pero voy a decirte toda la verdad, como tú me pides: hay algunos miembros de la tripulación de Flint a bordo, por desgracia para todos los demás.

—¿No hay uno con una pierna? —preguntó con voz entrecortada.

—¿Silver?

—¡Ah! ¡Silver! Así se llamaba.

—Es el cocinero. Y el cabecilla, además.

Aún me tenía agarrado por la mano y al oír esto casi me la retorció.

—Si hubieras venido por orden de Silver tendría que darme por muerto, eso ya lo sé, pero ¿qué crees que te pasaría a ti?

En un instante resolví lo que tenía que hacer y, a modo de respuesta, le conté toda la historia de nuestro viaje y la situación en que nos encontrábamos. Me oyó con vehemente interés, y cuando terminé me dio palmaditas en la cabeza.

—Buen chico, Jim, buen chico —dijo—. Estáis en una terrible tesitura, ¿verdad? Bueno, pues tendrás que fiarte de Ben Gunn. Ben Gunn es el hombre que necesitas. Y, ¿crees que tu caballero sería generoso si le prestases ayuda... estando él en un verdadero apuro, como dices?

Le dije que el caballero era el más generoso de los hombres.

—Sí, pero mira —contestó Ben Gunn—. No sugiero que vaya a convertirme en guardés y conseguir una librea nueva, o cosas de esas; no es eso lo que busco, Jim. Lo que me pregunto es si cabría la posibilidad de que desembolsase, digamos, mil libras esterlinas, sacadas de un dinero del que soy, como quien dice, propietario.

—Seguro que sí. Ya se había hablado de darles a todos una parte.

—¿Y un pasaje a Inglaterra? —preguntó con tono incisivo.

—¡Desde luego! —exclamé—. El caballero es todo un señor. Y además, si logramos librarnos de los otros, te necesitaremos para que nos ayudes a llevar el barco a nuestra tierra.

—¡Ah! —dijo—. Eso es cierto.

Y pareció tranquilizarse.

—Déjame que te diga una cosa —continuó—. Es lo único que te voy a decir. Yo estaba en el barco de Flint cuando enterró el tesoro: él y seis hombres que fueron con él, seis marineros fornidos. Estuvieron en tierra cerca de una semana, y nosotros, mientras tanto, esperábamos en el viejo Walrus. Un buen día vimos izada la bandera y apareció Flint solo en un botecito, y traía la cabeza vendada con un pañuelo azul. El sol ya se alzaba y se veía a Flint, pálido como un muerto, por encima de la proa del bote. Pero él estaba allí, y los otros seis todos muertos, muertos y enterrados. Cómo lo hizo, eso nadie de a bordo lo llegó a saber. Hubo una pelea, los asesinó, murieron envenenados... Lo que sea, pero él solo pudo con seis. Billy Bones era el segundo de a bordo, y John el Largo, el contramaestre. Los dos le preguntaron dónde estaba el tesoro. «¡Ah! —dijo—. Podéis ir a tierra si queréis y quedaros allí, pero en cuanto al barco, ¡a la mar otra vez, a seguir buscando!» Eso fue lo que dijo. Bueno, pues hace tres años estaba yo en otro barco y vimos esta isla. «Muchachos —les dije—, allí está el tesoro de Flint. Desembarquemos y busquémoslo.» El capitán se enfadó, pero mis camaradas estaban resueltos a desembarcar, y eso hicimos. Nos pasamos doce días buscándolo, y durante cada uno de esos días me llamaron de todo, hasta que una buena mañana regresaron a bordo. «Tú, Benjamin Gunn —me dijeron—, aquí tienes un mosquete, una pala y un pico. Puedes quedarte aquí, buscar el dinero de Flint y guardártelo.» Bien, Jim, tres años llevo aquí y no he probado ni un bocado de alimento de cristianos desde aquel día. Pero ahora, oye, Jim, mírame: ¿tengo aspecto de marinero? No, dices tú. Ni lo soy tampoco, digo yo.

Y al decirlo me guiñó un ojo y me dio un fuerte pellizco.

—Dile justo eso a tu caballero, Jim —prosiguió—. «Ni lo es tampoco.» Esas son las palabras. Tú le dices: «Hace tres años era el hombre de la isla, de día y de noche, lloviera o hiciera buen tiempo; y algunas veces se pondría a rezar, y en otras ocasiones tal vez se pusiera a pensar en su madre, que ojalá siga viva, pero la mayor parte del tiempo andaba ocupado en otra cosa». Y entonces le das un pellizco como este.

Volvió a pellizcarme con aire muy confidencial y prosiguió:

—Después le dirás esto: «Gunn es un buen hombre y tiene muchísima más confianza, pero muchísima más confianza en un caballero de nacimiento que en estos caballeros de fortuna, porque ha sido uno de ellos».

—Bueno —repuse—, no entiendo ni una palabra de lo que has dicho. Pero eso es lo de menos porque, ¿cómo me las arreglaré para llegar a bordo?

—¡Ah! —exclamó—. Ahí está el apuro, cierto. Bueno, ahí tienes el bote que construí con mis propias manos. Lo tengo debajo de la peña blanca. En el peor de los casos, podremos intentarlo esta noche. ¡Anda! —gritó—. ¿Qué pasa?

Porque en aquel momento, aunque faltaban un par de horas para la puesta del sol, todos los ecos de la isla se despertaron y retumbaron con el tronar de un cañonazo.

—Han empezado a combatir —grité—. Sígueme.

Y eché a correr hacia el fondeadero, olvidando todos mis terrores; mientras, a mi lado, el hombre abandonado, vestido de pieles de cabra, trotaba ligero y sin esfuerzo.

—A la izquierda, camarada Jim, sigue a la izquierda. ¡Métete bajo los árboles! Ahí fue donde maté yo la primera cabra. No vienen ahora por aquí abajo. Se han subido todas a aquellos cerros, por miedo a Benjamin Gunn. Allí está el cementerio. ¿No ves los montones sobre las tumbas? Vengo por aquí y rezo cuando calculo que es domingo o vísperas de festividad. No es lo que se dice una iglesia, pero al menos le di una apariencia solemne. Diles, por cierto, que Benjamin Gunn no tenía compañía de ningún tipo: diles que estaba sin párroco, sin biblia y sin bandera.

Y continuó perorando mientras yo corría, sin esperar ni recibir respuesta.

Al cañonazo le siguió, tras una larga espera, una descarga de fusilería.

Transcurrió otro rato, y después, a menos de un cuarto de milla, delante de mí, vi la bandera inglesa ondeando en el aire sobre un bosque.

CUARTA PARTE

LA EMPALIZADA

I

CÓMO ABANDONARON LA HISPANIOLA

(EL DOCTOR CONTINÚA LA NARRACIÓN)

Sería la una y media cuando los dos botes fueron a tierra desde la Hispaniola. El caballero, el capitán y yo estábamos en la cámara discutiendo el asunto. De haber soplado el viento, habríamos caído sobre los seis amotinados que habían quedado con nosotros a bordo, cortado la amarra y hecho a la mar. Pero nos faltaba el viento, y para completar nuestras tribulaciones bajó Hunter con la noticia de que Jim Hawkins se había metido en un bote y se había ido a tierra con los demás.

Ni por un momento se nos ocurrió dudar de Jim Hawkins, pero nos alarmó sobremanera su seguridad. Dado el estado de ánimo de los tripulantes, parecía harto improbable que volviéramos a ver al muchacho. Subimos corriendo a cubierta. La brea burbujeaba en los intersticios de las tablas; el insano olor de aquel paraje me revolvió el estómago. Si algún sitio olía a fiebre y a disentería era aquel abominable fondeadero. Los seis bandidos estaban sentados, murmurando, bajo una vela en el alcázar. Vimos en tierra las dos canoas amarradas y a un hombre sentado en cada una, cerca de la desembocadura del río. Uno de ellos silbaba una marcha llamada «Lilibulero».

La espera nos crispaba los nervios y decidimos que Hunter y yo iríamos a tierra, en el esquife, en busca de noticias.

Las canoas se habían dirigido a la derecha, pero Hunter y yo bogamos en línea recta, en la dirección en que el mapa mostraba la empalizada. Los dos que velaban los botes parecieron muy sobresaltados al vernos aparecer. La melodía del «Lilibulero» cesó y vi cómo discutían lo que debían hacer. De haber ido a contárselo a Silver, todo habría transcurrido de otra manera, pero, sin duda, habían recibido sus órdenes y decidieron permanecer sentados y tranquilos donde estaban.

Había un pequeño saliente en la costa, y piloté de modo que quedase entre ellos y nosotros. Así pues, antes de desembarcar ya habíamos perdido de vista las canoas. Salté a tierra y eché a andar todo lo deprisa que lo permitía la prudencia, con un gran pañuelo de seda bajo el sombrero, para defenderme del calor y un par de pistolas recién cargadas para mi seguridad.

No había caminado ni cien varas cuando di con la empalizada.

A continuación procedo a describirla. Un manantial de agua clara surgía casi en la cima de un montículo y, dejando dentro el manantial, habían levantado una casa sólida, hecha de troncos, capaz de albergar, en caso de apuro, a cuarenta hombres, y con troneras en los cuatro costados para asegurar la mosquetería. A su alrededor habían despejado un espacio lo suficientemente amplio y se había rematado la obra construyendo una empalizada de seis pies de altura, tan fuerte que para echarla abajo se precisaría mucho tiempo y esfuerzos, y tan abierta que los asaltantes no podrían parapetarse en ella y estarían a merced de los ocupantes de la cabaña. Estos podían estar tranquilos y seguros a cubierto y cazar a los otros como si de perdices se tratara. Les bastaba con estar alerta y disponer de provisiones, pues, a menos que los sorprendieran, aquel fortín bastaba para defenderse de todo un regimiento.

Lo que más me atrajo fue la fuente. Aunque estábamos muy bien provistos en la cámara de la Hispaniola, donde abundaban armas, municiones, comestibles y vinos, habíamos descuidado un aspecto: no teníamos agua. Estaba pensando en esto cuando me llegó, resonando sobre toda la isla, el grito de un hombre en trance de muerte. Las muertes violentas no eran ninguna novedad para mí —he servido con su alteza el duque de Cumberland, y recibí una herida en Fontenoy—, pero el pulso se me paró y pegó luego un salto. «Jim Hawkins ha muerto» fue lo primero que pensé.

De algo sirve haber sido soldado, pero más aún haber sido médico. No hay tiempo en nuestro trabajo para entretenerse en cavilaciones. Al instante tomé una decisión y, sin perder tiempo, volví a la costa y salté a bordo del esquife.

Por suerte, Hunter era buen remero. Volábamos sobre el agua. El bote estuvo pronto al costado y yo a bordo de la goleta.

Encontramos a todo el mundo sobresaltado, como era de esperar. El caballero estaba sentado, blanco como un papel, pensando, el pobre, en los males a que nos había arrastrado; uno de los marineros, en el alcázar, no estaba mucho mejor.

—Hay ahí un marinero —dijo el capitán Smollet, señalándolo con un movimiento de cabeza— que es nuevo en estas costas. Ha estado a punto de desmayarse, doctor, cuando oyó el grito. Si le diéramos otro toque al timón, ese hombre se uniría a nosotros.

Le expuse mi plan al capitán, y entre los dos convinimos los detalles para llevarlo a cabo.

Pusimos al viejo Redruth en la galería, entre la cámara y el alcázar de proa, con tres o cuatro mosquetes cargados y un colchón como barricada. Hunter trajo el bote dando la vuelta hasta la porta de popa y Joyce y yo nos pusimos a cargarlo con latas de pólvora, mosquetes, sacos de galleta, barriles de puerco, una pipa de aguardiente y mi inapreciable botiquín.

Mientras tanto, el caballero y el capitán se quedaron en cubierta, y el último llamó al timonel, que era el tripulante principal a bordo.

—Señor Hands —le dijo—, aquí estamos dos de nosotros, con un par de pistolas cada uno. Si alguno de vosotros seis hace la menor señal, sea del tipo que sea, es hombre muerto.

Se quedaron un tanto desconcertados, y después de una corta consulta bajaron uno a uno por la escala del rancho de la marinería, sin duda con la intención de pillarnos desprevenidos por la espalda. Pero cuando vieron a Redruth esperándolos en el pasaje, giraron en redondo, y una cabeza volvió a asomar, cautelosa, sobre la cubierta.

—¡Abajo, perro! —gritó el capitán.

Y la cabeza se volvió a ocultar, y por el momento no volvimos a ver a aquellos seis marineros tan poco animosos.

Para entonces ya habíamos echado todo lo necesario en el esquife, que estaba cargado hasta los topes. Joyce y yo salimos por la porta de popa y bogamos hacia la costa tan deprisa como nuestros remos podían llevarnos.

Esta segunda expedición acabó de alarmar a los centinelas que había en la playa. El «Lilibulero» volvió a dejar de oírse, y en el momento en que los perdíamos de vista detrás del saliente vi que uno de ellos saltaba a tierra y desaparecía. Me dieron ganas de cambiar mi plan y destruirles los botes, pero temí que Silver y los otros estuviesen cerca, y todo podía arriesgar todo por tan poco.

Pronto atracamos en el mismo sitio de antes y nos pusimos a aprovisionar el fortín. Los tres hicimos el viaje cargadísimos, y arrojamos nuestras provisiones tras la empalizada. Después, dejando a Joyce para guardarlas —un hombre solo, es cierto, pero con media docena de mosquetes—, Hunter y yo volvimos al esquife y de nuevo tomamos otra carga. Así continuamos, sin pararnos para tomar alimento, hasta que estuvo almacenado todo el cargamento, y entonces los dos servidores del caballero ocuparon sus puestos en el fortín y yo regresé, remando con todas mis fuerzas, a la Hispaniola.

Que nos atreviéramos a arriesgar un segundo cargamento parece mayor osadía de la que realmente era. Por supuesto, ellos contaban con la ventaja numérica, pero nosotros teníamos la de las armas. Ninguno de los que estaban en tierra tenía mosquete, y antes de que los tuviéramos a tiro de pistola contábamos con dar buena cuenta de al menos media docena.

El caballero me esperaba en la ventana de popa, restablecido por completo. Tomó la amarra, la sujetó y nos pusimos a cargar el bote como si nos fuera la vida en ello. La carga constaba de carne de cerdo, pólvora y galleta, con un solo mosquete y un machete por persona, para el caballero, el capitán, Redruth y yo. Echamos las demás armas y la pólvora por la borda en dos brazas y media de agua, de modo que podíamos ver el brillante acero resplandecer allá abajo al sol, sobre el fondo limpio y arenoso.

La marea ya empezaba a bajar y el buque giraba en torno a su ancla. Se oían lejanas voces de llamada en la dirección de las dos canoas, y aunque esto nos tranquilizaba con respecto a Joyce y Hunter, que estaban hacia el este, también nos advertía de que debíamos acelerar nuestra partida.

Redruth se retiró de su puesto en la galería y se descolgó hasta el bote, y lo llevamos, dando la vuelta, hasta el costado del barco, para estar a mano y recoger al capitán Smollet.

—¡Eh, muchachos! —dijo este—. ¿Me oís?

Nadie respondió desde el alcázar.

—Estoy hablando contigo, Abraham Gray.

Siguió sin obtener respuesta.

—Gray —continuó el señor Smollet, alzando la voz—, voy a abandonar este barco y te ordeno que sigas a tu capitán. Ya sé que, en el fondo, eres un buen hombre, y voy a ir más lejos y afirmar que ninguno de vosotros es tan malo como cabría pensar. Tengo el reloj en la mano. Dispones de treinta segundos para venirte conmigo.

Hubo una pausa.

—¡Vamos, muchacho! —prosiguió el capitán—, no te lo pienses más. Estoy jugándome mi vida y la de estos buenos señores a cada segundo que pasa.

Se oyó un repentino estrépito de trifulca y de golpes, y Abraham Gray salió disparado, con una cuchillada en una mejilla, y corrió hacia el capitán como un perro que acude al silbato.

—Estoy con usted, señor —dijo.

Y enseguida el capitán y él se embarcaron con nosotros; desatracamos y empezamos a bogar.

Habíamos conseguido salir a salvo del barco, pero aún teníamos que llegar a nuestra empalizada.

II

EL ÚLTIMO VIAJE
DEL ESQUIFE

(SIGUE EL RELATO DEL DOCTOR)

Esta tercera expedición era muy diferente de las anteriores. En primer lugar, el pequeño navío en que habíamos embarcado estaba peligrosamente sobrecargado. Cinco hombres adultos, y tres de ellos —Trelawney, Redruth y el capitán— de más de seis pies de altura, eran ya más carga que la que el bote podía soportar. Añádase a eso la pólvora, el cerdo y los sacos de galleta. La borda iba a ras del mar por la popa. En un par de ocasiones tuvimos que achicar agua, y mi calzón y los faldones de la casaca estaban ya empapados antes de que nos hubiéramos alejado cien varas.

El capitán nos hizo cambiar de sitio para equilibrar el bote y conseguimos que fuera un poco más igualado. Aun así, teníamos miedo hasta de respirar.

Por otra parte, la marea bajaba ya con fuerza, formaba una corriente que corría hacia el oeste a través de la ensenada, y luego hacia el sur y en dirección a la mar, saliendo por el canal, por el cual habíamos entrado aquella mañana. Hasta las olas más pequeñas eran un peligro para una embarcación tan cargada como la nuestra, pero lo peor de todo es que la corriente nos arrastraba fuera del curso que debíamos seguir y nos alejaba del lugar donde había que desembarcar detrás de la punta. Si nos dejábamos llevar por la corriente, iríamos a parar junto a las canoas, donde nos exponíamos a que los piratas aparecieran de un momento a otro.

—No puedo conservar la proa enfilada a la empalizada —le dije al capitán.

Yo manejaba el timón, mientras que el capitán y Redruth, que estaban más descansados, iban a los remos.

—La marea sigue desviándonos —continué—. ¿No podrían remar un poco más fuerte?

—No, porque inundaríamos el bote —contestó el capitán—. Tiene usted que aguantar contra la corriente, aguantar cuanto pueda, hasta que vea que enderezamos el rumbo.

Lo intenté unas cuantas veces más, pero la marea seguía arrastrándonos, hasta que puse proa al este, es decir, casi en ángulo recto con la dirección que debíamos seguir.

—A este paso no llegaremos nunca a tierra —dije.

—Es el único curso que podemos seguir y tenemos que seguirlo —contestó el capitán—. Hay que ir contra la corriente. Vea usted —continuó—, si llegamos a caer a sotavento del desembarcadero, es difícil aventurar en qué lugar tomaríamos tierra y, además, nos expondríamos a que nos abordasen las canoas, mientras que de la manera en que vamos, la corriente debe amainar, y entonces podemos volver atrás bordeando la costa.

—La corriente ya no es tan intensa, señor —dijo el marinero Gray, que se sentaba en el tabloncillo de proa—. Ya puede usted aflojar el timón un poco.

—Muchas gracias, amigo —le contesté, como si no hubiera pasado nada, pues todos habíamos decidido, tácitamente, tratarlo como a uno de nosotros.

De pronto habló el capitán otra vez con voz que me pareció un poco alterada.

—¡El cañón! —dijo.

—Ya he pensado en ello —contesté yo, pues me figuré que el capitán pensaba en un hipotético bombardeo desde el fortín—. Nunca podrán llevar el cañón a tierra y, si lo llevasen, no lo podrían arrastrar por medio de los bosques.

—Mire usted a popa, doctor —replicó el capitán.

Nos habíamos olvidado por completo de la pieza larga del nueve; y allí, para espanto nuestro, había cinco facinerosos muy ocupados en torno a ella, quitándole la «chaqueta», como llamaban a la cubierta de gruesa lona embreada bajo la cual navegaba. Y no solo eso, sino que además me asaltó la idea, en aquel mismo momento, de que habíamos dejado a bordo la pólvora y los proyectiles de la artillería y de que, para adueñarse de ella, a los amotinados allí presentes les bastaría con un solo golpe de hacha.

—Israel Hands era el artillero de Flint —dijo Gray, con voz ronca.

Arriesgándolo todo, enfilamos la proa hacia el desembarcadero. Para entonces ya nos habíamos alejado tanto de la fuerza de la corriente que conservábamos el impulso necesario para pilotar el bote aun con la forzosa parsimonia con que remábamos, y yo podía manejar el timón derecho hacia su meta. Pero lo peor era que, con el curso que mantenía, le volvíamos el costado, en vez de la popa, a la Hispaniola, y éramos un blanco del tamaño de la puerta de un corral.

Desde donde estábamos podía oír y veía a aquel canalla de Israel Hands, con su cara de borracho, haciendo rodar pesadamente una bala por la cubierta.

—¿Quién de los aquí presentes es el mejor tirador? —preguntó el capitán.

—El señor Trelawney, de largo —contesté.

—Señor Trelawney, ¿tendría usted la bondad de quitarme de en medio a uno de esos? A Hands, si es posible —propuso el capitán.

Trelawney estaba impávido y con un temple frío como el acero.

—Ahora —dijo el capitán—, cuidado con ese fusil, o de lo contrario inundará el bote. Atentos todos, traten de asegurarlo cuando el señor Trelawney apunte.

El caballero levantó el fusil, los remos se detuvieron y nos echamos hacia el lado opuesto para hacer contrapeso. La maniobra se realizó de una manera tan satisfactoria que no entró ni una gota de agua.

El cañón giraba ahora sobre su pivote, y Hands, que se hallaba junto a la boca con la baqueta en la mano, era, en consecuencia, el más expuesto. Sin embargo, no tuvimos suerte; se inclinó hacia abajo al mismo tiempo que disparó el caballero, y la bala pasó silbando por encima de él, y fue uno de los otros el que cayó.

El grito que dio encontró eco no solo en sus camaradas de a bordo, sino también en muchas voces que se oyeron en tierra, y al mirar en aquella dirección vi a los otros piratas que salían en tropel de entre los árboles a ocupar de manera atropellada sus puestos en los botes.

—Aquí vienen las canoas, capitán —dije.

—¡Avante, pues! —gritó el capitán.

—Solo viene uno de los botes —añadí—. La tripulación del otro seguramente esté dando la vuelta por tierra para alcanzarnos.

—Pues tendrán que echar una buena carrera —contestó el capitán—. Ya sabe usted lo torpes que son los marineros cuando están en tierra. Lo que me importa no son ellos, sino las balas del cañón. Ni la doncella de mi esposa erraría el tiro. Avísenos, caballero, cuando vea la mecha, para que aguantemos sobre los remos.

Mientras tanto, habíamos avanzado a muy buen paso para una embarcación tan cargada como la nuestra. Apenas nos había entrado agua. Estábamos ya muy cerca: treinta o cuarenta remadas más y atracaríamos en la playa. La marea había dejado al descubierto una estrecha franja de arena por debajo de los árboles que se amontonaban en la orilla. Ya no teníamos que temer a la canoa: la pequeña punta la había ocultado a nuestros ojos. La marea baja, que tan despiadadamente nos había retrasado, obraba ahora a nuestro favor y entorpecía a nuestros enemigos. El único peligro era el cañón.

—Creo que podría atreverme a parar y quitarnos de en medio a otro de ellos —dijo el capitán.

Pero a esas alturas era evidente que no estaban dispuestos a aplazar el cañonazo. Ni siquiera se habían vuelto a mirar a su camarada caído, que no había muerto, pues veíamos cómo trataba de alejarse a rastras.

—¡Listo! —gritó el caballero.

—¡Aguanta! —dijo el capitán, rápido como el eco.

Y él y Redruth aguantaron sobre los remos con un esfuerzo que metió la popa del bote bajo el agua. La detonación retumbó en el mismo instante.

Esa fue la primera que oyó Jim, pues la del tiro del caballero no llegó hasta él. Por dónde pasó la bala, ninguno de nosotros lo supo exactamente, pero me imagino que fue sobre nuestras cabezas y que el viento que produjo pudo haber contribuido a nuestro desastre.

De todos modos, el bote se hundió por la popa, con suavidad, en tres pies de agua, y nos dejó al capitán y a mí en pie, uno frente al otro. Los otros tres cayeron de cabeza y se levantaron empapados y chorreando.

Por ese lado no había gran daño. Todos nos habíamos salvado y podíamos vadear hasta la costa sin peligro. Pero allí estaban todos nuestros repuestos en el fondo y, para empeorar la cosa, de cinco fusiles solo nos quedaban dos capaces de prestar servicio. Agarré el mío de rodillas y lo alcé sobre la cabeza por una especie de instinto. En cuanto al capitán, llevaba el suyo colgado al hombro y, como hombre prudente que era, con el cañón hacia arriba. Los otros tres habían ido al agua con el bote.

Para aumentar nuestra confusión, oímos voces que se acercaban en el bosque que bordea la costa, y estábamos no solo expuestos al peligro de que nos cortasen el camino de la empalizada, en el estado en que nos encontrábamos, sino también con el temor de que si media docena de piratas atacaban a Hunter y a Joyce, estos no tuvieran el buen sentido ni el empuje necesarios para resistir. Hunter era hombre firme, eso nos constaba. En cuanto a Joyce, tenía mis dudas: era una persona agradable y cortés que valía para ayuda de cámara y para cepillarle a uno la ropa, pero no estaba del todo capacitado para manejar las armas.

Con todo esto en nuestro pensamiento, vadeamos a tierra tan deprisa como pudimos, y dejamos atrás el pobre esquife y la mitad de nuestra pólvora y provisiones.

III

CÓMO TERMINÓ EL PRIMER DÍA DE LUCHA

(SIGUE EL RELATO DEL DOCTOR)

Nos lanzamos a todo correr a través de la franja de bosque que nos separaba de la empalizada, y a cada paso que dábamos se oían más cerca las voces de los bucaneros. No tardó en llegarnos el precipitado tumulto de sus pisadas y el crujir de las ramas cuando cruzaban por en medio de una espesura.

Comencé a ser consciente de que tendríamos que trabar un enconado combate antes de alcanzar nuestro propósito, y examiné el cebo de mi fusil.

—Capitán —dije—, Trelawney es el que tira mejor. Dele usted el fusil. El suyo no sirve.

Se cambiaron las armas y Trelawney, silencioso y sereno como lo había estado desde el principio del asalto, se detuvo un instante para comprobar que todo estuviera en regla. Al mismo tiempo, me fijé en que Gray estaba desarmado y le di mi machete. A todos se nos alegró el corazón al verlo escupirse la mano, fruncir las cejas y hacer silbar la hoja en el aire. No cabía la menor duda de que nuestro nuevo aliado era un refuerzo apreciable.

Al cabo de cuarenta pasos, salimos a la linde del bosque y vimos la empalizada delante de nosotros. Llegamos al cercado por el lado del sur, y casi al mismo tiempo siete amotinados, con el contramaestre Job Anderson a la cabeza, aparecieron dando alaridos por el sudoeste.

Se pararon como sorprendidos, y antes de que se hubieran repuesto, tanto el caballero y yo, por un lado, como Hunter y Joyce, desde el fortín, tuvimos tiempo de disparar. Los cuatro tiros salieron en fuego graneado, pero hicieron efecto. Uno de los enemigos cayó allí mismo y los demás, sin pararse a pensar, volvieron la espalda y se internaron bajo el arbolado.

Después de cargar de nuevo las armas, bajamos al exterior de la empalizada para ver al enemigo caído. Estaba muerto. La bala le había atravesado el pecho.

Empezábamos a celebrar nuestro éxito cuando sonó un pistoletazo entre la maleza, silbó una bala junto a mi oído y el pobre Tom Redruth dio un traspiés y cayó al suelo cuan largo era. El caballero y yo devolvimos el disparo, pero como no teníamos nada a lo que apuntar seguramente no haríamos sino malgastar pólvora. Cargamos otra vez y atendimos al pobre Tom.

El capitán y Gray estaban ya examinándolo, y me bastó una mirada para comprobar que no tenía remedio.

Supongo que la presteza con que contestamos al fuego había dispersado otra vez a los amotinados, porque nos permitieron, sin molestarnos más, pasar al pobre guardabosques por encima de la empalizada y meterlo, sangrando y en un grito, en la cabaña.

¡Pobre viejo! De sus labios no salió palabra alguna de sorpresa, queja, temor o conformidad desde el momento en que empezaron nuestras cuitas hasta el instante en que lo dejamos tendido en la cabaña para morir. Había resistido como un troyano detrás de su colchón en la galería; había cumplido todas las órdenes en silencio, tozudamente y bien; era el más viejo de todos nosotros, con veinte años de exceso, y era a aquel taciturno, antiguo y abnegado servidor a quien le tocaba morir.

El caballero cayó a su lado de rodillas y le besó la mano, llorando como un niño.

—¿Es que me voy, doctor? —preguntó el herido.

—Tom, amigo mío —le dije—, te vas a donde iremos todos.

—¡Ojalá hubiera podido darles antes algo que sentir con el fusil!

—Tom —dijo el caballero—, di que me perdonas, ¿quieres?

—¿No sería eso una falta de respeto, caballero? —contestó—. De todos modos, que así sea, ¡amén!

Después de un corto silencio, dijo que se le ocurría que alguien podría leer una oración.

—Es la costumbre, señor —añadió, disculpándose.

Y poco después, y sin decir nada más, expiró.

Entretanto, el capitán, cuyos pecho y bolsillos estaban hinchadísimos, había extraído una gran variedad de artículos: una bandera británica, una biblia, un rollo de cuerda gorda, pluma, tinta, el cuaderno de bitácora y varias libras de tabaco. Había encontrado un abeto largo y fino, ya cortado y limpio, en el cercado, y con la ayuda de Hunter lo había asegurado en la esquina de la casa, donde se cruzaban los troncos y hacían un ángulo. Después se subió al tejado y, con sus propias manos, había desplegado e izado la bandera.

Al parecer, esto le había quitado un gran peso de encima. Volvió a entrar en la cabaña y se puso a hacer inventario de las provisiones, como si aquello fuera lo único que importaba. Sin embargo, no se le pasó por alto que Tom se moría. Cuando llegó el fin, se adelantó con otra bandera y con gran reverencia la extendió sobre el cuerpo.

—No se acongoje, señor mío —dijo sacudiendo la mano del caballero—. Nada malo le espera. No hay que temer por un hombre que ha recibido un tiro cumpliendo su deber para con su capitán y armador. Puede que esto no sea teología, pero es un hecho.

Después me llevó aparte.

—Doctor Livesey —me dijo—, ¿en cuántas semanas esperan el caballero y usted el barco de socorro?

Le dije que no era cuestión de semanas, sino de meses. Si no estábamos de vuelta a finales de agosto, Blandy lo enviaría a buscarnos, pero ni más pronto ni más tarde.

—Eche usted mismo la cuenta —le dije.

—El caso es —contestó el capitán, rascándose la cabeza— que, aun teniendo en cuenta que la Providencia quisiera obsequiarnos con sus dones, estamos en un buen aprieto.

—¿Qué quiere usted decir?

—Que es una lástima que hayamos perdido el segundo cargamento. Eso es lo que quería decir —contestó el capitán—. En cuanto a pólvora y balas, podemos pasar. Pero las raciones son escasas, muy escasas; tanto, doctor, que acaso estemos mejor sin esa boca de más.

Y señaló el cuerpo muerto bajo la bandera.

En aquel momento, con un rugido silbante, una bala de cañón pasó muy por encima de nuestro techo y fue a caer lejos de nosotros, en el bosque.

—¡Hola! —dijo el capitán—. ¡Tirad de firme! ¡Así que no estáis muy sobrados de pólvora, amigos!

Al segundo intento apuntaron mejor y el proyectil cayó dentro de la empalizada, esparciendo una nube de arena, pero sin causar mayores daños.

—Capitán —dijo el caballero—, la cabaña no puede verse desde el barco. Deben de estar apuntando a la bandera. ¿No sería más sensato arriarla?

—¡Arriar mi bandera! —gritó el capitán—. No, señor, no seré yo quien lo haga.

Y apenas hubo dicho esas palabras, creo que todos éramos de su opinión. Porque ello era no solo un rasgo de noble y recto espíritu propio de un marino, era, además, hábil política, y demostraba a nuestros enemigos que despreciábamos su cañoneo.

Durante todo el atardecer siguieron largando truenos. Voló una bala tras otra, o bien por encima, o bien se quedaban cortas, o bien desparramaban la arena dentro del cercado, pero tenían que apuntar tan alto que la bala llegaba muerta y se enterraba en la arena blanda. No había que temer el golpe de rebote, y aunque una de ellas atravesó el techo y se fue atravesando el pavimento, no tardamos en habituarnos a aquella especie de juego brutal y le hicimos el mismo caso que a un partido de críquet.

—Todo esto tiene un aspecto positivo —observó el capitán—. El bosque que tenemos delante debe de estar libre. La marea ha bajado ya mucho y nuestras provisiones deben de estar al descubierto. ¿Hay algún voluntario que quieran rescatar la carne de cerdo?

Gray y Hunter se ofrecieron. Armados hasta los dientes, se deslizaron fuera de la empalizada, pero la expedición resultó inútil. Los sediciosos eran más osados de lo que creíamos, o tenían mayor fe en la puntería de Israel. Cuatro o cinco estaban muy ocupados en llevarse nuestros repuestos, vadeando con ellos hasta una de las canoas que permanecían allí cerca, y cuyos tripulantes daban de cuando en cuando una remada para mantenerse contra la corriente. Silver, sentado en el tabloncillo de popa, estaba al mando, y cada uno de ellos llevaba ahora un mosquete procedente de alguna secreta armería suya.

El capitán se sentó, con el cuaderno de bitácora delante, y he aquí el principio de lo que en él escribió:

> Alexander Smollet, capitán; David Livesey, médico de a bordo; Abraham Gray, ayudante de carpintero; John Trelawney, armador; John Hunter y Richard Joyce, sirvientes del armador, hombres de tierra (siendo todos los que han permanecido fieles de la dotación), con provisiones para diez días, a media ración, han desembarcado hoy e izado la bandera británica en la cabaña de la isla del Tesoro. Thomas Redruth, sirviente del armador, muerto de un tiro por los amotinados; James Hawkins, grumete...

Y en el mismo momento en que estaba yo pensando en el fin del pobre Jim Hawkins, se oyó una llamada por el lado de tierra.

—Alguien nos llama —dijo Hunter, que estaba de guardia.

—¡Doctor! ¡Caballero! ¡Capitán! ¡Hola, Hunter! ¿Eres tú? —se oyó gritar.

Y corrí hacia la puerta a tiempo para ver a Jim Hawkins, sano y salvo, entrar saltando la empalizada.

IV

LA GUARNICIÓN DE LA EMPALIZADA

(JIM HAWKINS REANUDA SU NARRACIÓN)

Tan pronto como Ben Gunn vio la bandera, se paró, me detuvo, agarrándome el brazo, y se sentó.

—Ahora —dijo—, ahí están tus amigos, sin duda son ellos.

—Me parece más probable que sean los amotinados —contesté.

—¡Venga ya! —exclamó—. Fíjate que en un sitio como este, adonde no viene nadie salvo caballeros de fortuna, Silver habría izado la Jolly Roger, no te quepa la menor duda. No, esos son los tuyos. Ha habido una escaramuza, además, y me figuro que han llevado la mejor parte. Aquí están en tierra, en la vieja empalizada que hizo Flint hace años. ¡Aquel sí que era un hombre con cabeza! Si no bebía ron, no había nadie capaz de hacerle sombra. A nadie le temía, ni sabía lo que era miedo, a no ser de Silver. Silver, que era así, tan refinado...

—Bueno —contesté—, podría ser, y ojalá que así sea. Razón de más para que me dé prisa y me una enseguida a los míos.

—No, camarada —replicó Ben—, tú no. Tú eres un buen chico, si no me engaño, pero un chico nada más, después de todo. Ben Gunn se va a largar. Ni harto de ron me metería allá dentro, adonde tú vas. No, no lo haría ni siquiera a cambio de ron; no, hasta que vea a tu caballero y este me dé su palabra de honor... No te olvides de mis palabras. «Una atrocidad más.» Eso es lo que le debes decir. «Una atrocidad más de confianza en los caballeros de nacimiento.» Y entonces lo pellizcas.

Y me pellizcó por tercera vez con el mismo aire de complicidad.

—Y cuando se necesite a Ben Gunn, ya sabes dónde encontrarlo, Jim. El que venga ha de traer una cosa blanca en la mano y tiene que venir solo. ¡Ah! Y debes decir esto: «Ben Gunn tiene sus razones».

—Bueno —le dije—, me parece que ya lo entiendo. Tú tienes algo que proponer y quieres ver al caballero o al doctor. Pueden hallarte donde yo te encontré. ¿Algo más?

—¿Cuándo te parece mejor? —añadió—. Pues en cualquier momento entre el mediodía y las tres de la tarde.

—Muy bien —le dije—. Y ahora, ¿puedo irme?

—¿No se te olvidará? —me preguntó, ansioso—. «Una atrocidad más» y «Tiene sus razones». Razones suyas: eso es lo más importante, de hombre a hombre. Bueno, ahora —prosiguió, aferrándome aún— me parece que te puedes ir. Pero antes, Jim, si te encontraras con Silver, ¿no venderías a Ben Gunn? ¿Ni aunque te torturasen en el potro te lo harían decir? No, dices tú. Y si esos piratas acampan en tierra, Jim, ¿qué dirías tú si hubiera viudas por la mañana?

Al llegar aquí le cortó la palabra una fuerte detonación, y una bala de cañón, abriéndose paso por entre los árboles, se hundió en la arena a menos de cien varas de donde estábamos hablando. Y un momento después, los dos corríamos en direcciones opuestas.

La isla tembló durante más de una hora debido a las frecuentes detonaciones, y las balas rasas siguieron pasando con grandes chasquidos por entre el boscaje. Corrí de un escondite a otro, perseguido siempre, o al menos eso me parecía, por aquellos aterradores proyectiles. Pero hacia el final del bombardeo creo que incluso había comenzado a recobrar los ánimos, aunque todavía no osaba aventurarme en dirección a la empalizada, donde las balas caían con más frecuencia. Así pues, decidí dar un gran rodeo hacia el este y bajé tomando todas las precauciones posibles por entre el arbolado de la costa.

El sol acababa de ocultarse. La brisa marina agitaba las frondas del bosque y rizaba la superficie gris del fondeadero. Además, la marea estaba muy baja y quedaban al descubierto grandes extensiones de arena. El viento frío, después del calor sofocante del día, me penetraba a través de la chaqueta.

La Hispaniola seguía en el mismo sitio en que había fondeado, pero en el mástil ondeaba ahora la Jolly Roger, la bandera negra de la piratería. Y en el momento mismo en que estaba mirando surgieron un rojo fogonazo y una detonación que repitieron todos los ecos, y otra bala rasa rasgó el aire con un zumbido. Fue el final del cañoneo.

Permanecí oculto algún tiempo, observando los movimientos que siguieron al ataque. Estaban destruyendo algo a hachazos en la playa, cerca de la empalizada: era el pobre esquife, según pude ver después. A lo lejos, junto a la boca del río, una gran hoguera resplandecía por entre los árboles, y entre aquel lugar y la goleta iba y venía una de las canoas con los marineros que yo había visto tan taciturnos, gritando al compás de los remos como chiquillos. Pero en la alegría de sus voces se adivinaba el influjo del ron.

Al cabo juzgué que ya podía volver a la empalizada. Me encontraba a bastante distancia, en la punta baja de arena que cierra el fondeadero por el este y que se une en la bajamar a la isla del Esqueleto. Al ponerme en pie vi un tanto lejos y más abajo en la misma punta, saliendo de entre los matorrales bajos, una roca aislada bastante alta y de un raro color blancuzco. Se me ocurrió que podría ser la roca blanca de la que me había hablado Ben Gunn, y que si un día necesitábamos un bote, sabría dónde había que buscarlo.

Después bordeé los bosques hasta ganar la retaguardia, o sea, el lado de la costa de la empalizada, y pronto recibí una calurosa acogida entre los míos.

Enseguida relaté mi historia y empecé a hacerme cargo de todo. La cabaña estaba hecha de troncos de pinos sin escuadrar, techos, muros y piso. Este último, en varios sitios, se alzaba a un pie o pie y medio sobre la superficie de la arena. Había un porche en la puerta, y bajo el porche surgía el manantial en el fondo de un pilón un tanto raro, pues no era sino un gran caldero de barco, desfondado y hundido «hasta la amurada», como dijo el capitán, en la tierra.

Casi nada había quedado allí, aparte de la construcción misma, pero en un rincón había una losa, colocada para servir de chimenea, y un canastillo de hierro viejo y oxidado para contener el fuego.

Había tablones de madera cortada en las faldas del montículo y en todo el interior de la empalizada para construir la casa. A juzgar por los tocones que quedaban en la tierra, vimos que habían destruido una grande y hermosa arboleda. Casi todo el suelo vegetal había sido arrastrado por las aguas o soterrado por el aluvión después de la tala, y solo por donde corría el arroyuelo que bajaba desde la caldera una espesa capa de musgo algunos helechos y matitas trepadoras permanecían verdes entre la arena. Tocando con la empalizada —demasiado cerca para la defensa, según decían—, el bosque continuaba alto y denso, lleno de abetos por el lado de tierra, pero mezclados con muchas encinas por el del mar.

La brisa fresca de la noche, de la cual ya he hablado, se colaba silbando por todos los resquicios de la ruda construcción y espolvoreaba el suelo con una incesante lluvia de finísima arena. Teníamos arena en la cara y arena bailoteando en el manantial, en el fondo del caldero, exactamente como gachas que empiezan a cocer. La chimenea era un agujero cuadrado en el techo. Tan solo una parte mínima de humo se decidía a salir por allí. El resto se esparcía en oleadas por la casa y nos hacía toser y lagrimear.

A esto cabe añadir que Gray tenía toda la cara vendada a causa de la cuchillada que recibió al escapar de entre los amotinados, y que el pobre viejo Tom Redruth, aún insepulto, estaba tendido junto al muro, rígido y frío bajo la bandera.

Si nos hubieran dejado permanecer sentados y ociosos, todos habríamos caído presas de un mortal descorazonamiento. Pero el capitán Smollet jamás habría consentido que llegáramos a ese punto. Nos hizo formar delante de él y nos dividió en dos guardias. El doctor, Gray y yo formábamos una; el caballero, Hunter y Joyce, la otra. Cansados como estábamos, se envió a dos fuera a recoger leña y dos más a cavar una fosa para Redruth. Al doctor lo nombraron cocinero, a mí me pusieron de centinela en la puerta, y el capitán iba de aquí para allá con el propósito de infundirnos ánimos y echar una mano donde hiciera falta. De cuando en cuando salía el doctor a la puerta a respirar un poco, y a dar descanso a sus ojos enrojecidos, que parecían salírsele de las órbitas. En cada una de esas ocasiones aprovechaba para hablar conmigo.

—Ese hombre, Smollet —me dijo en una de ellas—, vale más que yo. Imagínate cómo será para que yo lo diga, Jim.

Volvió otra vez y se quedó un rato en silencio. Después echó la cabeza a un lado y me miró.

—¿Está ese Ben Gunn en sus cabales? —me preguntó.

—No lo sé, señor —le confesé—. No estoy muy seguro de que esté cuerdo.

—Pues si hay alguna duda al repecto es que lo está. De un hombre que se ha pasado tres años royéndose las uñas en una isla desierta, Jim, no puede esperarse que esté tan cuerdo como tú o como yo. Eso no forma parte de la naturaleza humana. ¿Era de queso de lo que dijiste que tenía antojo?

—Sí, señor, de queso.

—Pues mira, Jim, mira las ventajas que tiene ser tan escrupuloso con la alimentación. Has visto mi caja de rapé, ¿verdad? Pero no me has visto tomarlo nunca. Ahora te voy a explicar por qué. Resulta que, en la caja de rapé, llevo un pedazo de queso de Parma. Es una variedad que hacen en Italia y que resulta muy nutritivo. Bien, pues ese queso es para Ben Gunn.

Antes de cenar enterramos al pobre Tom en la arena y permanecimos un rato a su alrededor con las cabezas descubiertas, a pesar de la brisa. Habíamos hecho acopio de leña, pero no tanta como al capitán le habría gustado. La miró, sacudió la cabeza y nos dijo que había que regresar al día siguiente a hacer lo mismo, «y con más ánimos». Luego, y después de hacer nuestra comida de carne de cerdo y de beber cada uno un buen vaso de aguardiente, los tres jefes se juntaron en un rincón para parlamentar acerca de nuestro futuro.

Al parecer no veían ante sí ninguna solución satisfactoria, pues íbamos tan escasos de provisiones que seguramente deberíamos rendirnos por hambre mucho antes de que nos llegase el socorro. Se convino en que lo mejor que podíamos hacer era matar bucaneros hasta que arriasen su bandera o se escaparan con la Hispaniola. De momento, ya habían pasado de diecinueve a quince, dos de ellos, heridos, y uno de ellos, al menos —el que recibió el tiro junto al cañón—, de mucha gravedad, suponiendo que no hubiera muerto. Siempre que se pusieran a tiro debíamos aprovecharnos, y tratar de resguardarnos nosotros con el mayor cuidado. Y además de eso, teníamos dos aliados eficaces: el ron y el clima.

En cuanto al primero, y aunque estábamos a media milla de distancia, podíamos oírlos alborotar y cantar hasta altas horas de la noche. Con respecto al segundo, el doctor apostaba su peluca a que, acampados en el cenagal y desprovistos de medicinas como estaban, la mitad de ellos estarían postrados en menos de una semana.

—Por eso —añadió—, y siempre que no nos hayan matado antes a tiros, se considerarán afortunados si se largan en la goleta. Un barco es un barco, y siempre pueden dedicarse de nuevo a la piratería, supongo.

—¡Es el primer barco que pierdo! —se lamentó el capitán Smollet.

Como cabe suponer, yo estaba muerto de cansancio. Cuando logré conciliar el sueño, después de dar muchas vueltas, caí como un tronco.

Los demás ya se habían levantado y desayunado. La pila de leña tenía doble altura cuando me despertaron cierto tumulto y un rumor de voces.

—¡Bandera de parlamento! —oí decir a alguno.

Y justo a continuación, con un grito de sorpresa:

—¡El propio Silver!

Di un salto al oírlo y, frotándome los ojos, corrí hacia una de las troneras.

V
LA EMBAJADA DE SILVER

En efecto, había dos hombres al otro lado de la empalizada, uno de los cuales agitaba una tela blanca. El otro, nada menos que Silver en persona, estaba a su lado plácidamente.

Todavía era muy temprano, y creo que nunca he pasado madrugada más fría al aire libre. El cielo resplandecía sin nubes y las copas de los árboles reflejaban el tono rosado del sol. Pero donde esperaba Silver con su lugarteniente todo parecía sombrío y se hallaban sumergidos hasta las rodillas en una espesa niebla que se había ido arrastrando durante la noche desde la ciénaga. La frialdad, unida a la bruma, no decía gran cosa en favor de la isla. Sin duda, se trataba de un lugar húmedo, palúdico e insalubre.

—Que no salga nadie —ordenó el capitán—. Me apuesto diez a uno a que esto es una estratagema.

Luego gritó al bucanero:

—¿Quién va ahí? ¡Alto o disparo!

—¡Bandera de parlamento! —gritó Silver.

El capitán estaba en el porche, resguardándose con cuidado de un tiro traicionero, por si se lo disparaban. Se volvió hacia nosotros y nos dijo:

—La guardia del doctor, de centinelas. Doctor Livesey, póngase, si gusta, en el norte; Jim, en el este; Gray, al oeste. La guardia que no está de servicio, a cargar los mosquetes. ¡De prisa todos y mucho ojo!

Y luego, volviéndose a los rebeldes, gritó:

—¿Y qué queréis vosotros con vuestra bandera de parlamento?

Esta vez fue el acompañante el que contestó:

—El capitán Silver, señor, que quiere pasar a bordo y entablar conversación —gritó.

—¡El capitán Silver! No lo conozco. ¿Quién es? —exclamó el capitán.

Y lo oí que añadía para sí:

—Conque capitán, ¿eh? ¡Hay que ver qué deprisa dan ahora los ascensos!

—Yo, señor... Esos pobres diablos me han nombrado capitán después de su deserción —y recalcó mucho la palabra «deserción»—. Podríamos entregarnos si negociamos unas buenas condiciones y luego nos olvidamos del asunto. Todo lo que le pido es que me dé su palabra, capitán Smollet, de que saldré sano y salvo de esa empalizada y me concederá un minuto para ponerme fuera de tiro antes de que se dispare un fusil.

—Hombre —dijo el capitán Smollet—, no tengo el menor deseo de hablar con usted. Si quiere hablar conmigo puede venir, y eso es todo. Si aquí hay algún traidor, ese es usted, Dios se lo perdone.

—Con eso me basta, capitán —gritó John el Largo con tono jovial—. Me basta con su palabra. Conozco al caballero, no le quepa duda.

Vimos que el hombre que llevaba la bandera blanca trataba de detener a Silver. No nos extrañó, dada la arrogante respuesta del capitán. Pero Silver se rio de él ruidosamente y le dio una palmada en la espalda, como si la idea de que corriesen peligro fuese absurda. Después avanzó hasta la empalizada, tiró la muleta por encima, logró poner la pierna arriba y, con gran vigor y destreza, consiguió salvar la cerca, cayendo dentro sin menoscabo.

Confieso que todo aquello me tenía demasiado absorto como para desempeñar con eficacia mi papel de centinela. Lo cierto era que ya había abandonado la tronera oriental y me había acercado por detrás al capitán, que estaba sentado en el umbral con los codos en las rodillas, la cabeza entre las manos y la mirada fija en el agua que se salía a borbotones del caldero de hierro y caía en la arena. Silbaba por lo bajo la canción «Venid, chicos y chicas».

A Silver le costó un enorme esfuerzo subir la colina. Entre lo escarpada que era la cuesta, la cantidad de tocones y la blandura de la arena, caminar con la muleta se le hacía un mundo. Pero no cejó en el empeño; lo afrontó virilmente y en silencio, y al fin llegó ante el capitán, a quien le hizo una reverencia de lo más ceremoniosa. Llevaba sus mejores galas: una inmensa casaca azul, tachonada de botones de latón, que le colgaba por debajo de las rodillas, y un vistoso sombrero con encajes encasquetado en el cogote.

—Ya está usted aquí, pues —dijo el capitán, levantando la cabeza—. Puede sentarse si quiere.

—¿No me va a dejar entrar, capitán? —se quejó John el Largo—. Hace una mañana demasiado fría como para sentarse fuera en la arena.

—¡Qué le vamos a hacer, Silver! —dijo el capitán—. Si se hubiera comportado como un hombre honrado, ahora mismo estaría sentado en su cocina. La culpa es suya. O es usted el cocinero de mi barco, y entonces se le trataría bien, o el capitán Silver, un rebelde y un pirata, en cuyo caso ¡haré lo posible por que lo ahorquen!

—Bien, bien, capitán —contestó el cocinero, aceptando la invitación a sentarse en la arena—. Me tendrá usted que dar una mano para levantarme, eso es todo. Vaya lugar más hermoso y cómo lo disfrutan. ¡Pero si ahí está Jim! Muy buenos días, Jim. Doctor, a su servicio. Vamos, que están todos juntos como una familia feliz, valga la expresión.

—Si tiene usted algo que decir, más vale que lo diga —lo interrumpió el capitán.

—Tiene usted mucha razón, capitán Smollet. El deber es el deber. Bueno, pues óigame. La noche pasada nos la jugó bien. No lo niego. Alguno de ustedes manejó muy bien la punta de la palanca. Y tampoco le negaré que algunos de los míos se asustaron; bueno, tal vez todos lo hicieran, y cabe la posibilidad de que yo también, e incluso puede que eso explique que yo haya venido aquí a parlamentar. Pero fíjese usted, capitán: eso no puede repetirse, ¡truenos! Tendremos que poner más centinelas y racionar el ron. A lo mejor se cree usted que todos estábamos borrachos. Pues que sepa que yo estaba sobrio, aunque, eso sí, muy cansado. Si me llego a despertar un segundo antes, habría desbaratado su plan en el acto. Todavía no estaba muerto cuando me acerqué, no, señor.

—¿Y qué? —repuso el capitán, con pasmosa frialdad.

No tenía ni la más remota idea de a qué se refería Silver, aunque lo disimulaba a la perfección. En cuanto a mí, empezaba a sospechar algo. Me acordé de las últimas palabras de Ben Gunn y barrunté que había visitado a los bucaneros mientras dormían borrachos al amor del fuego, y entonces me alegré de pensar que tal vez solo nos quedasen catorce enemigos con quienes batirnos.

—El asunto es este, tal como lo vemos —contestó Silver—. Queremos el tesoro y lo conseguiremos. ¡Vaya si lo haremos! Ese es nuestro objetivo. Supongo que ustedes querrán salvar las vidas, y ese es el suyo. Usted tiene un mapa, ¿verdad?

—Podría ser —replicó el capitán.

—En resumidas cuentas, que sí que lo tienen. Ya lo sabía. No tiene usted por qué ser tan faltón con los demás. Créame, esas no son maneras. Yo lo único que digo es que necesitamos ese plano. Por lo demás, yo nunca tuve la menor intención de hacerles ningún daño.

—Me da exactamente lo mismo, amigo mío —lo interrumpió el capitán—. Estamos al tanto de sus maquinaciones, y nos tiene sin cuidado, pues ahora, ya lo ve usted, no pueden llevarlas a cabo.

Y el capitán lo miró con calma y empezó a cargar una pipa.

—Si Abe Gray... —comenzó Silver.

—¡Alto ahí! —gritó el capitán Smollet—. Gray no me ha dicho nada, y yo tampoco le he preguntado, y aún diría más: ya podían usted y él y esta isla volar por los aires antes de que yo le preguntara nada. Le traslado mi opinión sobre este asunto para que la conozca.

Este arrebato de cólera pareció serenar a Silver. Había llegado a perder los estribos, pero ahora se refrenó y conservó su mesura.

—Así será —contestó—. No voy a poner límites a lo que un caballero pueda considerar o no juego limpio, según los casos. Y como veo que va usted a echar una pipa, me tomaré la licencia de hacer lo mismo.

Y llenó la pipa y la encendió, y los dos siguieron sentados y fumando un largo rato, ora añadiendo tabaco, ora adelantándose para escupir. Y todo aquello parecía como ver una comedia en el teatro.

—Y ahora —prosiguió Silver—, entremos en materia. Ustedes nos dan el mapa para encontrar el tesoro y dejan de cazar pobres marineros y de reventarles la cabeza cuando estén durmiendo. Si hacen eso, les damos a escoger entre dos cosas: o bien se vienen a bordo con nosotros, una vez que esté embarcado el tesoro, y entonces les doy garantías, bajo mi palabra de honor, de llevarlos a tierra sanos y salvos, o bien, si eso no les gusta y algunos de los míos deciden ajustar cuentas y se comportan sin delicadeza, pueden quedarse donde están, repartimos las provisiones con ustedes a tanto por cabeza y les doy mi palabra de que avisaré al primer barco que aviste y lo mandaré aquí para recogerlos. No se me ocurre un trato tan ventajoso como este, no, señor. Y estoy seguro —en este punto alzó la voz— de que todos los aquí presentes han oído mis palabras, porque lo que le digo a uno se lo digo a todos.

El capitán Smollet se levantó de su asiento y golpeó la pipa con la palma de la mano para sacar la ceniza.

—¿Es eso todo? —preguntó.

—Es mi última palabra, ¡rayos! Si no transigen al respecto, la próxima vez no me verán a mí, sino las balas de mi mosquete.

—Muy bien —dijo el capitán—. Ahora, escúcheme. Si se presentan aquí de uno en uno y desarmados, me comprometo a ponerles grilletes y llevarlos con nosotros para que los juzguen legalmente en Inglaterra. Si no lo hacen así, como que me llamo Alexandre Smollet y he izado el pabellón de mi soberano, haré que se vayan todos con Satanás. No pueden encontrar el tesoro. No pueden pilotar el barco: ninguno de ustedes sirve para ello. No pueden luchar con nosotros; Gray, que está aquí, ha podido con cinco y luego ha huido. Su barco está en dique seco, señor Silver. Está usted en una costa de sotavento, y pronto va a verlo. Aquí estoy, dispuesto a todo, y se lo digo a usted. Estas son las últimas palabras que me oirá, pues le juro por lo más sagrado que como volvamos a cruzarnos le meto una bala por la espalda. Andando, muchacho. Largo de aquí, sin pararse y a paso ligero.

La cara de Silver era un cuadro. Los ojos se le salían de las órbitas de pura rabia. Sacudió el fuego de la pipa.

—¡Écheme una mano para levantarme! —gritó.

—Conmigo no cuente —contestó el capitán.

—¡Que me echen una mano! —rugió.

Ninguno de nosotros se movió. Mascullando todos los improperios imaginables, se arrastró por la arena hasta que pudo agarrarse al porche e incorporarse con ayuda de la muleta. Y entonces escupió dentro de la fuente.

—¡Ahí está! —gritó—. Eso es lo que opino de ustedes. Antes de que pase una hora aplastaré nuestro viejo fortín como si fuera un barril de ron. Ríanse ahora que pueden, ¡rayos!, ríanse. Ya veremos quién ríe dentro de una hora. Envidiarán la suerte de los que mueran.

Y tras una terrible blasfemia se marchó a trompicones. Abrió un surco en la arena al bajar, salvó la empalizada al cuarto o quinto intento, con la ayuda del hombre que llevaba la bandera blanca, y un instante después ya había desaparecido entre los árboles.

VI
EL ATAQUE

Tan pronto desapareció Silver, el capitán, que seguía sus pasos con atención, se volvió hacia el interior de la cabaña y se encontró con que ni uno solo de nosotros estaba en su puesto, con la única excepción de Gray. Fue la primera vez que lo vimos enfadado.

—¡A sus puestos! —bramó. Y cuando ya estábamos en nuestros puestos, dijo—: Gray, voy a poner su nombre en el cuaderno de bitácora: ha cumplido con su deber como un marino. Señor Trelawney, ¡esto no me lo esperaba de usted! Doctor, ¡creí que había llevado usted el uniforme del rey! Si fue así como sirvió en Fontenoy, mejor estaría guardando cama.

Los hombres de la guardia del doctor estaban otra vez en sus troneras, los demás cargaban a toda prisa los mosquetes, y sin duda todos tenían la cara encendida y la mosca detrás de la oreja, como suele decirse.

El capitán miró en silencio un rato y después dijo:

—Muchachos, le he soltado a Silver una andanada. Le he puesto furioso a propósito. Antes de una hora nos atacarán, como él ha avisado. Somos menos, eso bien lo sabéis, pero vamos a pelear a cubierto, y hace un minuto habría dicho que con disciplina. No me cabe duda de que podremos zurrarlos, si ustedes quieren.

Después hizo la ronda y vio, según dijo, que todo estaba tranquilo.

En los dos costados más cortos de la cabaña, la oriental y la occidental, había dos troneras; en la del sur, donde estaba el porche, otras dos, y en el lado norte, cinco. Disponíamos de una veintena de mosquetes para los siete que éramos. Habíamos amontonado la leña en cuatro pilas —podría decirse que mesas—, una en el medio de cada costado, y en cada una de esas mesas se pusieron municiones y mosquetes cargados al alcance de los defensores. En medio se colocaron los machetes en fila.

—Arrojad el fuego allá fuera —dijo el capitán—: ya se ha pasado la hora fría y no hace falta que se nos meta el humo en los ojos.

El señor Trelawney sacó el hornillo de hierro y arrojó las ascuas en la arena, enterrándolas con los pies.

—Hawkins no ha desayunado —prosiguió el capitán—. Hawkins, sírvete tú mismo y vuelve a comer a tu puesto. Y deprisa, muchacho, porque te hará buena falta antes de que hayas acabado. Hunter, sírvanos a todos una ronda de aguardiente.

Y mientras esto se hacía, el capitán terminaba de perfilar el plan de defensa.

—Doctor, usted guardará la puerta —comenzó a resumir—. Observe y no se exponga, no salga y tire a través del porche. Hunter, al lado del este, allí. Joyce, tú te pones al oeste. Señor Trelawney, usted es el mejor tirador, así que usted y Gray defenderán este lado del norte, que es el más largo, con las cinco troneras; ahí es donde está el peligro. Si subieran hasta aquí y comenzaran a tirar sobre nosotros por encima de nuestras troneras, la cosa se pondría muy fea. Hawkins, ni tú ni yo tenemos talento para pegar tiros, así que estaremos listos para cargar y echar una mano.

Como dijo el capitán, ya había pasado la hora fría. Tan pronto como el sol se alzó por encima del cinturón de arbolado que nos rodeaba, cayó con toda su fuerza sobre la explanada y absorbió, como de un trago, toda la bruma. Al poco rato, la arena ardía y la resina se derretía en los troncos del fortín. Chupas y casacas fueron echadas a un lado, se desabotonaron los cuellos de las camisas y nos arremangamos hasta los hombros. Y así permanecimos cada uno en su puesto, en estado febril por el calor y la ansiedad.

Pasó una hora.

—¡Que los ahorquen! —exclamó el capitán—. Esto es más pesado que un funeral.

Y precisamente en aquel momento tuvimos la primera noticia del ataque.

—Dispense el señor —dijo Joyce—, si veo a alguno, ¿debo tirar?

—¡Claro que sí! —gritó el capitán.

—Muchas gracias —contestó Joyce, con el mismo tono educado y cortés.

Transcurrió un rato sin que ocurriese nada, pero aquella observación nos había puesto a todos alerta, aguzando los oídos y los ojos: los mosqueteros, con las armas levantadas y apuntando; el capitán, en medio del fortín, con los labios muy apretados y la frente ceñuda.

Así pasaron unos segundos, hasta que de repente Joyce afirmó su mosquete y disparó. Aún persistía el ruido de la detonación cuando tuvo varias réplicas desde fuera en un fuego graneado: un tiro tras otro, como las cuentas de un rosario, por todos los lados de la cerca. Algunas balas dieron en la cabaña, pero ninguna penetró en ella. Cuando el humo se hubo aclarado y disipado, la empalizada y los bosques adyacentes parecían tan tranquilos y desiertos como antes. Nada, ni el movimiento de una rama ni el brillo de un cañón, delataba la presencia del enemigo.

—¿Ha acertado usted al suyo? —preguntó el capitán.

—No, señor —contestó Joyce—. Me parece que no, señor.

—Eso es lo que más se acerca a decir la verdad —murmuró el capitán—. Hawkins, cárgale el mosquete. ¿Cuántos diría usted que había por su lado, doctor?

—Lo sé a ciencia cierta —respondió el doctor Livesey—. Se han disparado tres tiros procedentes de allí. He visto los tres fogonazos, dos casi juntos y otro más separado hacia el oeste.

—¡Tres! —repitió el capitán—. ¿Y cuántos en el suyo, señor Trelawney?

Pero eso ya no era tan fácil de responder. Habían disparado muchos por el norte: siete según la cuenta del caballero; ocho o nueve, conforme a la de Gray. Por el este y oeste solo habían disparado sendos tiros. Era, pues, evidente que el verdadero ataque iba a venir del norte y que el fuego procedente de los otros flancos solo era una maniobra de distracción. Pero el capitán Smollet no alteró sus preparativos. Si los amotinados conseguían salvar la empalizada, argüía, se apoderarían de alguna tronera indefensa y caeríamos como ratas en nuestra propia fortaleza. Tampoco nos dejaron mucho tiempo para pensarlo. De repente, con un fiero griterío, un grupo de piratas saltó desde la espesura procedente del norte y se lanzó corriendo sobre la empalizada. Al mismo tiempo se reanudó el fuego desde los bosques, y una bala de rifle entró zumbando por la puerta e hizo astillas el mosquete del doctor.

Los asaltantes treparon como monos por la empalizada. El caballero y Gray abrieron fuego una vez, y otra, y otra; cayeron tres hombres, uno hacia delante, dentro de la empalizada, y dos hacia atrás, por la parte exterior. Pero de estos últimos, uno estaba más asustado que herido, pues se levantó en un santiamén y desapareció enseguida entre los árboles.

Dos habían mordido el polvo, uno había huido y cuatro habían conseguido mantenerse dentro de nuestras defensas. Mientras tanto, desde el abrigo de los bosques, siete u ocho, sin duda provistos cada uno de varios mosquetes, mantenían un fuego vivo, aunque inútil, sobre la cabaña.

Los cuatro que habían entrado enfilaron derechos hacia el edificio, gritando mientras corrían, y los que estaban entre los árboles les contestaron con otros gritos para animarlos. Se dispararon varios tiros, pero los tiradores lo hacían de manera tan precipitada que ninguno de ellos dio en el blanco. Al cabo de un instante los cuatro piratas habían subido la cuesta y estaban sobre nosotros.

La cabeza de Job Anderson, el contramaestre, apareció en la tronera de en medio.

—¡A ellos, todos, todos! —rugió con voz de trueno.

Al mismo tiempo, otro pirata agarró el mosquete de Hunter por el cañón, se lo arrancó de las manos, lo sacó por la tronera y de un golpe certero dejó al pobre hombre aturdido e inconsciente en el suelo. Entretanto, un tercero dio corriendo, sin sufrir daño, la vuelta a la casa, apareció de pronto en la puerta y cayó sobre el doctor con el machete enarbolado.

Nuestra situación había cambiado por completo. Un momento antes estábamos resguardados, disparando sobre un enemigo descubierto;

ahora éramos nosotros los que ofrecíamos blanco y no podíamos devolver los golpes.

La casa estaba llena de humo y a él le debíamos nuestra relativa seguridad. Gritos y confusión, los fogonazos y las detonaciones de pistolas y un intenso quejido resonaban a un tiempo en mis oídos.

—¡Afuera, muchachos, afuera, y a pelear en campo abierto! ¡Machetes! —gritaba el capitán.

Tiré de un machete del montón y alguien tiró de otro al mismo tiempo. Recibí un tajo en los nudillos, pero apenas noté nada. Salí precipitadamente por la puerta a la clara luz del sol. Alguien venía tras de mí, pero no sabía quién. Enfrente, el doctor perseguía a su asaltante cuesta abajo, y en el momento en que lo vi le abatió la guardia y lo derribó de espaldas, despatarrado, con un gran tajo que le cruzaba la cara.

—¡Dad la vuelta a la casa, muchachos! ¡Al otro lado! —gritó el capitán, y hasta en medio de aquel tumulto noté que su tono de voz había cambiado.

Obedecí sin darme cuenta de lo que hacía, me volví hacia el este, y con el machete enarbolado doblé corriendo la esquina y me encontré cara a cara con Anderson. Dio un bramido de cólera y levantó el machete por encima de mi cabeza, centelleando al sol. No me dio tiempo ni a asustarme, pero, con el golpe amenazándome aún, di un salto de costado, perdí el equilibrio en la arena y rodé de cabeza por el terraplén.

Al asomarme a la puerta, los demás amotinados ya escalaban la empalizada para acabar con nosotros. Uno de ellos, que llevaba un gorro rojo y el machete entre los dientes, se había encaramado hasta arriba del todo y tenía una pierna echada del otro lado. Pues bien, tan corto había sido el intervalo que, cuando me volví a poner en pie, todo estaba en la misma situación: el hombre del gorro rojo seguía a horcajadas y otro asomaba aún la cabeza sobre el borde de la empalizada. Sin embargo, en aquella fracción de tiempo la contienda había terminado y éramos los vencedores.

Gray, que iba detrás de mí, había tumbado de un tajo al corpulento contramaestre, sin darle tiempo a reponerse del golpe en falso que había descargado. Otro había recibido un balazo en una tronera en el momento en que iba a disparar hacia el interior de la casa y ahora agonizaba con la

pistola humeando en la mano. Vi cómo a un tercero lo despachaba el doctor de un solo golpe. De los cuatro que habían saltado la empalizada, solo quedaba uno en pie. Había abandonado el machete en el campo de batalla y escalaba otra vez la cerca para huir muerto de miedo.

—¡Fuego! ¡Fuego desde la cabaña! —gritó el doctor—. ¡Muchachos, volved al refugio!

Pero nadie lo atendió; no se disparó un tiro, y el último asaltante logró escapar y desapareció con el resto en el bosque. Al cabo de tres segundos, de la partida que nos había atacado solo quedaban los cinco que habían caído, cuatro dentro y uno fuera de la empalizada.

El doctor, Gray y yo corrimos a toda prisa a refugiarnos en la cabaña. Los que habían huido llegarían enseguida adonde habían dejado los mosquetes, de modo que pudiéramos abrir fuego de un momento a otro.

La casa entonces ya estaba más despejada de humo y vimos, a la primera ojeada, el precio que nos había costado la victoria. Hunter estaba junto a su tronera sin sentido. Joyce, al lado de la suya, con la cabeza atravesada por un balazo, para no moverse más; y en el centro del recinto, el caballero estaba sosteniendo al capitán, tan pálido el uno como el otro.

—Han herido al capitán —dijo el señor Trelawney.

—¿Han salido corriendo? —preguntó el señor Smollet.

—Como almas que lleva el diablo —contestó el doctor—; excepto cinco de ellos, que ya no correrán más.

—¡Cinco! —exclamó el capitán—. Eso está muy bien. Cinco de un lado y tres de otro nos dejan cuatro contra nueve. Tenemos más ventaja que al comienzo. Éramos entonces siete contra diecinueve, o eso creíamos, lo cual no nos tranquilizaba en absoluto.[1]

---

1   Los amotinados quedaron muy pronto reducidos a ocho, pues aquel a quien el señor Trelawney había herido a bordo de la goleta murió aquella misma noche a causa de la herida. Pero, por supuesto, los leales no supieron esto hasta más tarde. *(N. del A.)*

QUINTA PARTE

MI AVENTURA MARÍTIMA

I
CÓMO COMENZÓ
MI AVENTURA

Los amotinados ya no regresaron. No hubo ni un solo disparo procedente del bosque. Se habían «llevado lo suyo», como dijo el capitán, y conservamos el terreno y la tranquilidad necesaria para atender a los heridos y preparar la comida. El caballero y yo cocinamos en el exterior, a pesar del peligro, pero ni aun allí éramos conscientes de lo que hacíamos, horrorizados por los alaridos, que llegaban hasta nosotros, de los pacientes a quienes curaba el doctor.

De los ocho que habían caído en la acción, solo tres respiraban aún: el pirata que había recibido el tiro en la tronera, Hunter y el capitán Smollet. Los dos primeros podían darse por muertos. El amotinado falleció mientras lo operaban, y Hunter, aunque hicimos cuanto se pudo, ya no recobró el conocimiento en este mundo. Aún vivió todo el día, respirando ruidosamente, como el viejo bucanero de la posada cuando le dio el ataque de apoplejía, pero tenía aplastados los huesos del pecho por el golpe y se había roto el cráneo al caer, y durante la noche, sin dar señal de ello, el Hacedor lo acogió en su seno.

En cuanto al capitán, las heridas eran verdaderamente tremendas, pero no revestían peligro. Ningún órgano había sufrido daños mortales. La bala de Anderson —porque fue Job quien le disparó primero— le había roto la paletilla y había tocado el pulmón, aunque la herida no había sido grave. La segunda solo le había desgarrado unos músculos de la pantorrilla. El doctor afirmó que sin duda se restablecería, pero aún tardaría unas semanas en caminar y en mover el brazo, e incluso en hablar, si podía evitarlo.

Mi corte en los nudillos apenas me dolía como si de una picadura de pulga se tratase. El doctor Livesey me puso un emplasto y me dio además un sopapo de propina.

Después de comer, el caballero y el doctor se sentaron un rato al lado del capitán para celebrar consejo, en un ambiente muy distendido. A primera hora de la tarde el doctor tomó el sombrero y las pistolas, se ciñó un machete a la cintura y, con un mosquete al hombro, cruzó la empalizada por el lado norte y se echó a andar a toda prisa por entre los árboles.

Gray y yo estábamos sentados en el extremo del fortín, discretamente, para no oír deliberar a nuestros jefes, y Gray se quitó la pipa de la boca y se olvidó de volver a chuparla, tan pasmado lo dejó aquella ocurrencia.

—¿Qué es eso? ¿Qué diablos pasa? —exclamó—. ¡El doctor Livesey ha enloquecido!

—Lo dudo —repuse—. Creo que es el más cuerdo de toda la tripulación.

—Bien, camarada, pues si él no está loco, entonces no cabe duda: soy yo quien lo está.

—Creo que el doctor sabe lo que hace —contesté—. Si no me equivoco, ahora corre al encuentro de Ben Gunn.

Estaba en lo cierto, como se verá más adelante. Entretanto, como en la cabaña hacía un calor sofocante y la estrecha franja de arena que había dentro de la empalizada ardía bajo el sol del mediodía, empezó a bullir otro pensamiento en mi cabeza, que no era, ni mucho menos, tan razonable. Sentía una gran envidia por el doctor, que a esas horas seguramente caminaría bajo la fresca sombra de los bosques, con los pájaros revoloteando a su alrededor, entre el olor purificante de los pinos, mientras yo me achicharraba sentado allí, con las ropas pegadas a la resina caliente y rodeado por tanta sangre y tantos tristes cadáveres a mi alrededor que el odio que sentía por aquel sitio era mucho más intenso que el miedo.

Aquella repugnancia y aquel anhelo no hicieron sino acrecentarse mientras limpiaba el fortín y luego fregaba los cacharros de la comida. Por fin, cuando me encontraba al lado de un saco de pan, di el primer paso para mi evasión y aproveché que no me veía nadie para llenarme los bolsillos de galleta.

Tendrá razón quien afirme que era un insensato. Iba a cometer una insensatez y una temeridad, pero estaba decidido a hacerlo, eso sí, tomando todas las precauciones posibles. Las galletas me librarían del hambre si me sucedía algo, por lo menos hasta muy avanzado el día siguiente.

Después me apoderé de un par de pistolas, y como ya tenía balas y un cuerno de pólvora, me consideré bien pertrechado.

En cuanto al plan que había concebido, no era del todo malo. Me disponía a bajar a la punta arenosa que separaba por el este el fondeadero del mar abierto, buscar la roca blanca que había distinguido la noche antes y averiguar si era allí donde Ben Gunn había escondido su bote, cosa que todavía considero que valía la pena intentar. Pero como estaba seguro de que no me permitirían salir del cercado no tenía más remedio que despedirme a la francesa y deslizarme fuera cuando nadie me observase. Era una manera tan censurable de hacerlo que bastaba por sí sola para convertir mi plan en un despropósito. Pero yo no era más que un chiquillo, y ya había tomado una decisión.

Así pues, aguardé hasta que se me presentó la ocasión. El caballero y Gray se afanaban por ayudar al capitán a ponerse sus vendajes. No había moros en la costa, y de una carrera salvé la empalizada y penetré en la espesura. Estaba fuera del alcance de mis camaradas antes de que ninguno de ellos notase mi ausencia.

Era mi segunda locura, mucho peor que la primera, pues solo dejaba dos hombres útiles para guardar la cabaña, pero, al igual que la anterior, contribuyó a nuestra salvación.

Enfilé directo hacia la costa oriental de la isla, porque había resuelto bajar por el lado del mar de la punta de arena para evitar todo riesgo de que me vieran desde el fondeadero. Ya estaba muy avanzada la tarde, aunque hacía sol y calor. Y a medida que seguía mi camino por entre la espesura, podía oír a lo lejos, delante de mí, no solo el continuo sonar de las rompientes, sino también un cierto agitarse del follaje y crujir de las armas, que me indicaba que la brisa del mar se había levantado más fuerte que de costumbre. Pronto llegaron hasta mí bocanadas de aire fresco, y pocos pasos más allá salí a la orilla abierta de la arboleda y vi el mar todo azul y resplandeciente de sol hasta el horizonte, y el oleaje dando tumbos y lanzando la espuma a lo largo de la playa.

Nunca llegué a ver tranquilo el mar en los alrededores de la isla del Tesoro. Daba lo mismo que el sol ardiese sobre nuestras cabezas, no soplara ni una brizna de aire y la superficie estuviera tersa y azul: las grandes olas arrolladoras seguían rompiendo a lo largo de la costa día y noche con su estruendo formidable, y dudo que hubiera un solo lugar de la isla al que ese ruido no llegase.

Seguí adelante, bordeando la marejada y muy contento hasta que, juzgando que ya había avanzado bastante hacia el sur, me arrastré cautelosamente, guarecido por unos espesos matorrales hasta subir al lomo de la punta de arena.

Tenía tras de mí el mar y enfrente el fondeadero. La brisa marina, como si se hubiera agotado antes por su propia e inusitada violencia, había cesado ya. En su lugar se habían levantado vientecillos variables y ligeros, del sur y sureste, que arrastraban grandes bancos de niebla, y el fondeadero, al socaire de la isla del Esqueleto, permanecía tranquilo y aplomado, como cuando por primera vez entramos en él. La Hispaniola se reflejaba nítidamente en la tersura de aquel espejo, desde la punta del palo mayor a la línea de flotación, y la bandera negra ondeaba en lo alto.

A un lado había uno de los botes, con Silver sentado a popa —siempre me resultaba fácil reconocerlo—, y en la goleta vi a dos hombres reclinados sobre el antepecho de la toldilla, uno de ellos con un gorro rojo. Era el mismo forajido a quien unas horas antes había visto a horcajadas sobre la empalizada. Al parecer, charlaban y reían, aunque, por supuesto, a tal distancia me resultaba imposible oír palabra alguna de lo que decían. De pronto estalló un griterío terrible y espeluznante y, aunque al principio me llevé un gran sobresalto, pronto recordé la voz del capitán Flint, y hasta me pareció que

distinguía al loro, por su brillante plumaje, posado en el dorso de la mano de su dueño.

Poco después se destacó el esquife y bogó hacia la costa, y el hombre del gorro rojo y su camarada bajaron a la cámara de tripulación.

El sol ya se había ocultado detrás del Catalejo, y como la bruma era cada vez más espesa, empezó a oscurecer a toda prisa. Vi que no tenía tiempo que perder si quería encontrar el bote aquella tarde.

La roca blanca, que se distinguía muy bien por encima de los matorrales, seguía a un octavo de milla más abajo, en el arenal. Tardé un buen rato en llegar hasta ella, deslizándome algunas veces a gatas por entre la maleza. Casi se me había echado la noche encima cuando conseguí apoyar la mano en su áspera superficie. Junto a ella había una pequeñísima hondonada de verde césped, oculta por montones de arena y por espesos arbustos, que por allí crecían en abundancia. En el fondo de la barranca apareció ante mi vista una diminuta tienda de piel de cabra, como las que los nómadas cíngaros llevan en sus viajes en Inglaterra.

Descendí a la hondonada, levanté la falda de la tienda y allí estaba el bote de Ben Gunn. Era de factura casera, por decirlo de alguna manera: un armazón de palos, tosco y torcido, cubierto de pieles de cabra con el pelo hacia dentro. Aquello era excesivamente pequeño incluso para mí, y no entiendo cómo pudo mantener a flote a un hombre hecho y derecho. La bancada estaba lo más baja posible, una especie de codaste en la popa y un canalete o remo de doble pala para ponerlo en marcha.

Por aquel entonces aún no había visto yo un coraclo, tal como los hacían los antiguos bretones, pero después de ver uno puedo asegurar que el bote de Ben Gunn era como el primer coraclo, y el peor construido por manos humanas. Pero, al menos, poseía la ventaja más destacable del coraclo: era sumamente liviano y fácil de transportar.

Una vez encontrado el bote, cabría pensar que me daba por satisfecho y que ya no cometería más travesuras, pero acababa de tener otra idea, y me obsesioné tanto con ella que creo que habría sido capaz de llevarla a cabo incluso delante de las narices del capitán Smollet. La idea era deslizarme, protegido por la oscuridad de la noche, cortar la amarra de la Hispaniola y dejarla a la deriva para que fuera a encallar dondequiera que lo hiciese. Me daba la impresión de que los amotinados, después de su derrota de la mañana, ya no pensaban sino en levar anclas y hacerse a la mar, y juzgué que debía consagrar todos mis esfuerzos a impedirlo. Y ahora que había visto cómo habían dejado a los guardas del buque desprovistos del bote, creí que podía hacerlo sin correr demasiados riesgos.

Me senté a esperar la oscuridad y me di un buen atracón de galleta. En mil noches no se encontraría otra mejor para mi propósito. La niebla había invadido ya todo el cielo. Cuando los últimos fulgores del día se amortiguaron y desaparecieron, la negrura absoluta se cernió sobre la isla del Tesoro. Y cuando, por fin, me eché el coraclo al hombro y salí, a tientas y dando tropezones, de la hoya donde había cenado, solo había dos puntos visibles en todo el fondeadero. Uno era la gran fogata en tierra, en torno de la cual los piratas derrotados estaban de jaleo en la ciénaga; el otro, un mero borrón luminoso en la oscuridad, indicaba la posición del buque anclado. La Hispaniola había dado la vuelta con la marea —la proa apuntaba ahora hacia mí—; las luces que había a bordo estaban en la cámara, y lo que yo veía era tan solo un reflejo sobre la niebla de la intensa claridad que salía de la ventana de popa. Hacía ya un rato que había empezado a bajar la marea, y tuve que atravesar una ancha faja de arena cenagosa, donde me hundí varias veces hasta cerca de las rodillas, para llegar al borde del agua que se retiraba. Vadeando un corto trecho más adentro, conseguí, no sin esfuerzo y con no poca maña, poner mi coraclo con la quilla hacia abajo sobre la superficie del mar.

II
LA RESACA

El coraclo —y bien me convencí antes de acabar con él— era un bote muy seguro para alguien de mi estatura y peso, a la vez boyante y muy marinero entre las olas, pero también se trataba del artefacto más rebelde y difícil de manejar. Daba igual cómo lo manejase, siempre andaba más de costado que de frente, y siempre que podía daba vueltas sobre sí mismo. Hasta el propio Ben Gunn confesó después que era «difícil de manejar hasta que conoces sus cualidades».

Y lo cierto es que no conocía sus cualidades. Se volvía en todas direcciones menos en la que debía seguir. Durante la mayor parte del tiempo estábamos atravesados, y estoy seguro de que nunca hubiera llegado al barco a no ser por la resaca. Por fortuna, remase como remase, la resaca seguía llevándome mar adentro. Y allí, en mitad de mi camino, estaba la Hispaniola como un blanco muy difícil de errar.

Al principio aparecía ante mí como una mancha de algo aún más negro que la oscuridad misma, después los mástiles y el casco empezaron a delinearse, y enseguida —pues cuanto más mar adentro, más rápida era la corriente de la resaca— me encontré al lado de su amarra y me aferré a ella.

El cable estaba tan templado como la cuerda de un arco, con tal fuerza tiraba el barco de su ancla. Alrededor del casco, la ondulante corriente burbujeaba y murmuraba en la oscuridad como un arroyuelo en el cerro. Bastaría un solo tajo de mi navaja marinera para que la Hispaniola se fuera dando vueltas arrastrada por la marea.

Hasta aquí, muy bien, pero recordé al punto que una amarra tirante, cortada de pronto, entraña tanto peligro como la coz de un caballo. De haber cometido el disparate de separar de ese modo la Hispaniola de su ancla, lo más probable sería que el coraclo y yo hubiéramos salido del agua lanzados por los aires.

No sabía qué hacer. De no haber contado otra vez con la suerte de cara, habría tenido que renunciar a mi idea. Pero los vientos ligeros que habían empezado a soplar del SSE rodaron después de anochecer hacia el SO. Y mientras yo meditaba, llegó una bocanada de aire, empujó a la Hispaniola contra la corriente y con intenso gozo sentí aflojarse la amarra, y la mano con que la tenía asida se sumergió un instante en el agua. Esto me hizo decidirme. Saqué la navaja, la abrí con los dientes y fui cortando un ramal del cable tras otro hasta que el buque solo quedó sujeto por dos. Luego estuve quieto, esperando a que la tensión cediese de nuevo por un soplo de viento para cortarlos.

Durante todo este tiempo había estado oyendo el rumor de fuertes voces en la cámara, pero, a decir verdad, mis pensamientos estaban tan ocupados en otras cosas que apenas había hecho caso. Pero ahora, sin tener otra cosa que hacer, empecé a prestar mayor atención.

Una de las voces era la del timonel, Ismael Hands, antaño artillero de Flint. La otra era, por supuesto, la de mi amigo, el del gorro rojo. Deduje que ambos habían bebido en exceso y que aún seguían bebiendo, pues mientras yo escuchaba, uno de ellos lanzó un grito de borracho, abrió la ventana de popa y tiró al agua una cosa, que era, sin duda, una botella vacía. Pero no solo estaban achispados, sino a todas luces también enojadísimos y coléricos. Se oían improperios a cual más fuerte y de vez en cuando llegaban hasta mí tales explosiones de cólera que creí que iban a terminar a golpes. Pero el altercado pasaba, las voces seguían refunfuñando un rato, cada vez más bajo, hasta que la explosión se repetía y luego se extinguía sin mayores consecuencias.

En tierra podía ver el resplandor de la gran fogata del campamento ardiendo con ímpetu a través de los árboles de la costa. Alguien estaba cantando una vieja saloma, cansada y monótona, con una caída y un trémolo al final de cada verso, y que, al parecer, no se acababa mientras no se agotase la paciencia del cantor. La había oído más de una vez durante la travesía y recordaba estas palabras:

Y solo uno vivo, los demás han muerto,
de setenta que eran al zarpar del puerto.

Y yo pensé que aquella tan doliente cantinela era más que apropiada para unas gentes que habían sufrido por la mañana pérdidas tan crueles. Pero en verdad, por lo que pude ver, todos aquellos bucaneros eran tan insensibles y duros como el mar por el que navegaban.

Al fin llegó la brisa; la goleta giró un poco y se fue acercando en la oscuridad. Sentí de nuevo que se aflojaba la amarra y con un brioso esfuerzo corté las últimas fibras.

La brisa ejercía poco efecto sobre el coraclo, y de manera casi instintiva fui arrastrado contra la proa de la Hispaniola. Al mismo tiempo, la goleta empezó a dar la vuelta, girando lentamente sobre sí misma a través de la corriente.

Tuve que emplearme con todas mis fuerzas, pues a cada momento temía irme a pique. Como vi que no podía zafar al coraclo alejándolo directamente del barco, traté luego de empujarlo en dirección a popa. Al fin me vi libre de mi peligroso vecino. En el momento en que daba el último empujón, tropezaron mis manos con una delgada cuerda que iba colgaba de la borda por la popa. Me agarré a ella sin pensármelo dos veces.

No sabría decir por qué lo hice. Al principio fue algo instintivo, pero cuando comprobé que la tenía en las manos y que estaba firme, me pudo la curiosidad y me aventuré a echar una mirada por la ventana de la cámara. Comencé a ascender por la cuerda y, cuando juzgué que estaba bastante cerca, me levanté con imponderable peligro hasta la mitad de mi altura y así pude ver el techo y parte del interior de la cámara.

En aquel momento la goleta y su diminuto convoy se deslizaban con gran ligereza por el agua, tanto que ya habíamos llegado frente a la fogata del campamento. La goleta susurraba, como dicen los marinos, muy alto, y aplastaba las innumerables ondulaciones con un ruido continuo de choques y salpicaduras. Hasta que pude alzar los ojos a la altura del alféizar de la ventana no acerté a explicarme por qué los guardianes no se habían alarmado. Me bastó con echar un solo vistazo. Solo pude echar un vistazo desde aquel inseguro esquife. Me dejó ver a los dos hombres abrazados en una lucha a muerte, cada uno con una mano en la garganta del otro.

Me dejé caer sobre la bancada, y muy a tiempo, pues estuve a punto de irme al agua. No pude ver otra cosa por entonces que aquellas dos caras enrojecidas y furiosas, vacilando de aquí para allá bajo la lámpara humeante, y cerré los ojos para dejar que de nuevo se acostumbrasen a la oscuridad.

La cantinela interminable había cesado al fin, y toda la partida, harto mermada ya, alrededor de la hoguera del campamento, había entonado el coro tantas veces oído por mí:

> Quince hombres van en el cofre del muerto.
> ¡Ay, ay, ay, la botella de ron!
> La bebida y el diablo dieron con el resto.
> ¡Ay, ay, ay, la botella de ron!

Estaba pensando qué atareados andaban la bebida y el diablo en aquel momento en la cámara de la Hispaniola cuando me sorprendió un repentino vaivén del coraclo. Al mismo tiempo, la goleta se inclinó mucho, giró rápidamente y pareció cambiar su curso. Había ganado velocidad y yo no entendía cómo.

Abrí los ojos enseguida. Por todas partes se alzaban olas diminutas y algo fosforescentes que rompían con un ruido seco y crujiente. La misma Hispaniola, a cuya zaga marchaba yo dando vueltas a unas varas de distancia, parecía vacilar en su curso, y vi los mástiles que oscilaban destacándose sobre la negrura de la noche. Cuando me fijé más, quedé convencido de que también la goleta viraba hacia el sur.

Miré atrás y me dio un vuelco el corazón. Detrás de mí se distinguía el resplandor de la hoguera. La corriente había dado la vuelta en ángulo recto y arrastrado con ella a la alta goleta y al menguado coraclo danzarín. Cada vez más apresurada, burbujeando con más ruido, con murmullos más fuertes, hacía remolinos, a través del estrecho, hacia el mar abierto.

De pronto la goleta, que iba por delante, dio una violenta guiñada y se desvió unos veinte grados, y casi al mismo tiempo se oyeron gritos a bordo; recios pasos subían por la escalera de la cámara. Comprendí que la pelea de los dos borrachos había sido interrumpida y ahora eran conscientes del desastre.

Me agazapé en el fondo del desventurado esquife y encomendé devotamente mi alma a su Creador. Estaba seguro de que al salir del canal daríamos en alguna barra de furiosas rompientes, donde acabarían todas mis cuitas, y aunque tal vez hubiera podido esperar la muerte con serenidad, no podía mirar sin espanto el fin que me aguardaba.

Así debí de permanecer horas enteras, continuamente arrojado de un lado para otro por las olas, calado a cada momento por las salpicaduras de agua y de espumas, y en todo momento esperando la muerte en la siguiente zambullida. Poco a poco caí rendido de cansancio. El sopor invadía mi mente aun en lo más intenso de mis terrores, hasta que el sueño se apoderó de mí, y en el coraclo zarandeado por el mar soñé con mi tierra lejana y con el viejo Almirante Benbow.

III

LA EXPEDICIÓN
DEL CORACLO

Ya era pleno día cuando desperté y me encontré dando tumbos en el extremo sudoeste de la isla del Tesoro. El sol estaba ya alto, pero se ocultaba todavía tras la masa del Catalejo, que por aquella parte bajaba casi hasta el mar en formidables acantilados.

La punta de la Bolina y el cerro de la Mesana estaban a mi derecha; el cerro, pelado y sombrío; el cabo, cortado por acantilados de cuarenta a cincuenta pies de altura y flanqueado por grandes masas de rocas despeñadas. Yo estaba apenas a un cuarto de milla, mar adentro, y mi primera idea fue acercarme y desembarcar.

Mas no tardé en abandonarla. Entre las rocas derrumbadas rompían las olas con estruendosos bramidos, lanzando por el aire penachos de agua y de espumas; el retumbante fragor y el alzarse y caer de los gigantescos surtidores se sucedía de segundo en segundo, y me vi a mí mismo, si me aventuraba más cerca, destrozado a golpes sobre la bravía costa o agotando en vano mis fuerzas para escalar los peligrosos peñascales.

Y eso no era todo, sino que vi agrupados en las mesetas de roca, o dejándose caer al mar con golpes atronadores, unos monstruos viscosos —babosas, se diría, de increíble corpulencia—, que, en número de cuatro o cinco docenas, hacían resonar las peñas con sus aullidos. Después he sabido que eran leones marinos, es decir, focas inofensivas. Pero su aspecto, unido a lo inhóspito de la costa y al ímpetu del oleaje, bastó y sobró para desterrar por completo la idea de desembarcar allí. Prefería morir de hambre en el mar antes que afrontar tales peligros.

Pero aún quedaban, contra la que yo suponía, otras puertas abiertas a la esperanza. Al norte de la punta de la Bolina, la costa seguía un gran trecho en línea recta, y dejaba, en la marea baja, una anchurosa playa de arena amarilla. Y aún más al norte se adelantaba otro cabo —señalado en el mapa como cabo de los Bosques—, cubierto de altísimos y verdes pinos que llegaban hasta el borde del mar.

Recordé lo que había dicho Silver acerca de la corriente que iba hacia el norte a lo largo de la costa occidental de la isla del Tesoro, y como vi, por mi posición, que estaba bajo su influencia, preferí dejar la punta de la Bolina a mi espalda y reservar todas mis fuerzas para tratar de desembarcar en el, al parecer, más hospitalario cabo de los Bosques.

Había una grande y suave ondulación en el mar. El viento soplaba constante y sin violencia del sur; no había oposición entre él y la marcha de la corriente, y las olas caían y se levantaban sin llegar a romper.

De no haber sido así, habría perecido mucho antes, pero tal como estaba el mar era asombrosa la presteza y la seguridad con que mi esquife, tan chico y tan ligero, podía cabalgar sobre las olas. Echado como iba yo en el fondo, y sin asomar más que un ojo por encima de la borda, veía a cada momento alzarse y venir sobre mí una enorme cumbre azul; mas el coraclo no hacía sino dar un pequeño brinco, danzar como sobre muelles y descender por el otro lado en la hondonada, raudo como un pájaro.

Poco a poco me envalentoné e incluso me senté para probar mi habilidad con las palas. Pero la más mínima alteración en el reparto del peso producía violentos cambios en la manera de conducirse el coraclo. Apenas me había movido cuando el bote, abandonando el suave compás de baile, se precipitó recto por una pendiente tan inclinada que me dio vértigo, y fue a hundir el morro, con un gran chapuzón, contra el flanco de la ola que venía detrás.

Me quedé empapado y despavorido, y retomé al instante mi anterior posición, con lo cual el coraclo pareció recuperar el juicio y volvió a llevarme mansamente por entre las grandes olas. Era evidente que había que dejarlo a sus anchas, y a ese paso, y puesto que no podía en modo alguno influir en su ruta, ¿qué esperanza me quedaba de llegar a tierra?

Me entró un miedo espantoso, pero a pesar de eso no perdí la cabeza. Primero, moviéndome con todo cuidado, achiqué poco a poco la embarcación con mi gorra marinera; después, volviendo a asomar un ojo por encima de la borda, me puse a estudiar de qué manera se las manejaba para deslizarse tan tranquilamente entre las olas.

Observé que cada ola, en vez de ser una gran montaña lisa y lustrosa, como parece desde la costa o desde la cubierta de un barco, se asemejaba mucho a una sierra de montes en tierra firme, llena de picos y partes llanas y valles. El coraclo, abandonado a la deriva, girando de un lado para otro, iba serpenteando, por decirlo así, por esos sitios más bajos y esquivaba las cuestas abruptas y los picachos más altos y vacilantes de las olas.

«Pues ahora», me dije, «se ve claro que tengo que seguir tumbado como estoy, pero también se ve que puedo sacar la pala por encima del costado en los sitios llanos y dar al bote un empujón o un par de ellos hacia la costa.»

Dicho y hecho. Seguí tendido sobre los codos, en la más incómoda postura, y de cuando en cuando daba una débil remada para guiar al bote hacia tierra.

Era una tarea cansadísima y lenta, pero observé que ganaba terreno. A medida que nos acercábamos al cabo de los Bosques, comprendí que lo íbamos a pasar de largo, si bien habíamos ganado algunos centenares de varas hacia el este. La verdad es que estaba muy cerca. Podía ver ya las frescas y verdes copas de los árboles meciéndose al compás de la brisa. No me cabía duda de que podría alcanzar el siguiente promontorio.

Y la cosa urgía, pues empezaba a atormentarme la sed. Entre el sol que me abrasaba desde arriba, el resplandor de sus infinitos reflejos sobre las olas y el agua de mar que caía y se secaba sobre mí, dejándome costras de sal en los labios, se me había abierto un dolor de cabeza y la garganta me ardía por la sequedad. La vista de los árboles, tan cercanos, había aguzado mi sed hasta el punto de sentir vértigos, pero la corriente me hizo dejar atrás el promontorio, y cuando una vez pasado este se descubrió ante mí otra gran extensión de mar, el espectáculo que contemplé cambió por completo el rumbo de mis pensamientos.

Frente a mí, a menos de media milla, vi cómo la Hispaniola navegaba a toda vela. En ningún momento dudé de que terminarían por apresarme, pero estaba tan acongojado por la falta de agua que ya no sabía si lamentarme o alegrarme ante esa perspectiva. Antes de hallar la solución al dilema, la sorpresa se había apoderado de mí de tal modo que no pude hacer otra cosa que mirar y asombrarme.

La Hispaniola navegaba con la vela mayor y dos foques, y la bella lona blanca resplandecía al sol cual si fuera de nieve o plata. Cuando apareció ante mí, todas sus velas estaban desplegadas; se dirigía hacia el noroeste y me figuré que los que estaban a bordo se proponían dar la vuelta a la isla para regresar al fondeadero. Después empezó a virar más y más hacia el oeste, y entonces pensé que me habían visto y que iban a darme caza. Al fin, sin embargo, se atravesó al viento y se quedó allí un rato, sin poder moverse, con todas sus velas palpitando.

«¡Torpes!», me dije, «deben de seguir borrachos como cubas.»

Y me imaginé cómo el capitán Smollet los habría hecho andar derechos.

La goleta comenzó a virar. Tomó viento y empezó a correr otra bordada. Navegó con rapidez durante un minuto y volvió a quedar inmóvil de nuevo, atravesada al viento. La maniobra se repitió una y otra vez. De aquí para allá, arriba y abajo, del norte al sur y del este al oeste, navegó la Hispaniola en sus arrancadas y embestidas, y cada nueva escapada acababa como había empezado, con velas lacias y colgantes. Era evidente que no había nadie que dirigiese la maniobra. Entonces, ¿dónde estaban los dos hombres? Pensé que o bien estaban borrachos perdidos o bien la habían abandonado, y que si yo lograba subir a bordo acaso pudiera devolvérsela a su capitán.

La corriente se llevaba al coraclo y a la goleta con la misma velocidad hacia el sur. En cuanto a la última, navegaba de manera tan loca e intermitente, y en cada parada se quedaba tanto tiempo inmóvil, que no sacaba ventaja alguna, si es que no la perdía. Si me atreviese a sentarme y a remar, estaba seguro de que la alcanzaría. El proyecto tenía un sabor de aventura que me seducía, y el pensar en el tanque del agua junto a la escala de proa duplicaba mi renacido valor.

Me incorporé y casi en ese mismo instante me recibió una ducha de espuma, pero en esa ocasión me mantuve firme y me puse a remar con toda mi fuerza y gran precaución tratando de abordar la errática Hispaniola. De inmediato recibí un golpe de mar tan fuerte que tuve que detenerme y achicar el bote, con el corazón saliéndoseme del pecho como un pájaro dispuesto a salir de la jaula. Pero de manera gradual me hice con la embarcación y guie el coraclo entre las olas sin más contratiempo que algún golpe del agua en la proa y las consiguientes duchas de espuma sobre mi cara.

Me acercaba a la goleta a toda prisa y veía relucir los cobres en la caña del timón, según giraba de uno a otro lado, pero no se distinguía un alma sobre la cubierta. Cabría pensar que la habían abandonado. De no ser así, los marineros seguirían borrachos en la cámara, donde acaso podría molerlos a golpes y hacer con el barco lo que se me antojara.

Por un rato, la goleta había estado haciendo lo que era peor para mí: estar parada. Iba aproada casi al sur y no dejaba de dar bandazos. Cada vez que se desviaba, las velas volvían a tomar viento y la colocaban de nuevo en la misma posición. He dicho que esto era lo peor que me podía suceder porque, inmóvil como parecía entonces, con la lona flameando con golpes y dando bandazos sobre la cubierta, el barco seguía alejándose de mí, por supuesto no solo con la velocidad de la corriente sino también con el impulso que recibía del viento y que, naturalmente, era muy grande.

Pero al cabo, la suerte volvió a sonreírme. La brisa amainó durante unos segundos y la corriente empezó a dar vuelta a la Hispaniola, que giró lentamente sobre sí misma y acabó por presentarme la popa con la ventana de la cámara todavía abierta de par en par y la lámpara aún ardiendo sobre la mesa a la luz del día. La vela mayor colgaba inmóvil como una bandera. El barco no tenía otro movimiento que el de la corriente.

Llevaba ya un rato perdiendo terreno, pero ahora redoblé esfuerzos y decidí culminar la caza.

Apenas a unas cien varas, el viento volvió de golpe; las velas recogieron el viento por la amura de babor y la goleta empezó a correr otra bordada, inclinada y cortando las olas como una golondrina.

Mi primer impulso fue de desesperación, pero el segundo, de intenso gozo. El barco venía dando la vuelta hasta presentar el costado; volvía y ya había cubierto la mitad, y después dos tercios, y después tres cuartos de la distancia que nos separaba. Veía el blanco hervor de las olas bajo su roda. Me parecía de inmensa altura, visto desde la baja posición del coraclo.

Y de pronto empecé a comprender que me hallaba en peligro. No tuve tiempo para pensar, y casi me faltó para actuar y salvarme. Estaba a lomos de una ola cuando llegó la goleta inclinada sobre la siguiente. El bauprés estaba sobre mi cabeza. Me puse en pie y di un salto, hundiendo el coraclo bajo el agua. Me agarré con una mano al botalón del foque y afirmé un pie entre el estay y la braza; y cuando aún estaba allí, sosteniéndome jadeante, un golpe sordo me advirtió que la goleta había pasado por ojo al coraclo y que me había quedado en la Hispaniola. Ya no había marcha atrás.

IV
CÓMO ARRIÉ
LA BANDERA NEGRA

Apenas había logrado encaramarme sobre el bauprés cuando el petifoque dio un aletazo y tomó viento en otra bordada, con un estampido como el de un cañón. La goleta se estremeció hasta la quilla bajo el violento y repentino esfuerzo, pero en un instante, aunque las otras velas seguían trabajando, el petifoque, con otro aletazo, volvió a quedar colgado y flameando.

Poco me había faltado para ir al agua, y en ese momento me apresuré a gatear por el bauprés y me precipité de cabeza por la cubierta.

Estaba en el lado de sotavento del alcázar, y la vela mayor, que aún seguía turgente, me ocultaba una parte de la cubierta. No se veía un alma. En el entarimado, que había dejado de baldearse desde la sublevación, se veían las huellas de muchos pies, y una botella vacía, rota por el cuello, rodaba de un lado para otro, como una cosa viva, entre los imbornales.

La Hispaniola orzó de repente. Los foques, detrás de mí, estallaron ruidosamente; el timón dio un bandazo; todo el barco se inclinó con una sacudida mareante y, al mismo tiempo, la botavara dio la vuelta hacia el otro costado, chirriando la escota entre las garruchas, y me dejó ver el lado de barlovento de la cubierta.

Allí estaban, en efecto, los dos vigilantes: el del gorro rojo, tumbado de espaldas, tieso como un palo, con los brazos extendidos como los de un crucificado y enseñando los dientes a través de los labios entreabiertos; Israel Hands, sentado y caído contra la amurada, la barbilla hundida en el pecho, las manos abiertas apoyadas en la cubierta y la cara, a través de la piel curtida, tan blanca como una vela de cera.

El barco siguió un rato dando saltos y bandazos como un caballo resabiado, tomando viento las velas, ya en una bordada, ya en otra, y la botavara girando de un costado para otro, hasta hacer crujir el palo con el esfuerzo. De cuando en cuando saltaba una lluvia de agua y espuma por encima de la amura, y la proa daba fuertes golpetazos contra la marejada; la mar resultaba mucho más fuerte y severa para este gran barco, de alto aparejo, que para mi coraclo casero, derrengado y torcido, que ya estaba en el fondo del mar.

A cada salto de la goleta, el del gorro rojo resbalaba de un lado para otro, pero sin que, a pesar de tan rudo zarandeo —y esto es lo que producía una impresión macabra—, se alterase su actitud, ni la persistente mueca que le hacía enseñar los dientes. También a cada salto, Hands parecía hundirse más en sí mismo y se iba desplomando sobre la cubierta, escurriéndosele los pies cada vez más lejos; y todo su cuerpo se torcía hacia proa, de suerte que se me iba ocultando poco a poco su cara y, al fin, no llegué a ver más que una oreja y el bucle despeluchado de una patilla.

Al mismo tiempo observé que estaban rodeados de manchurrones oscuros de sangre que inundaban las tarimas, y casi estaba convencido de que se habían matado el uno al otro en el frenesí de la borrachera.

Mientras así miraba y discurría, y en un momento de calma en que el barco estaba tranquilo, Israel Hands se volvió un poco de un lado y, con un quejido ahogado y removiéndose lentamente, se volvió a colocar en la postura en que lo había visto por primera vez. El quejido, que indicaba un dolor y un desfallecimiento mortales, y el modo en que le colgaba la mandíbula, me ablandaron el corazón. Pero cuando recordé la conversación que le había oído desde el barril de manzanas, toda piedad desapareció.

Fui hacia popa hasta llegar al palo mayor.

—He venido a bordo, señor Hands —le dije con voz cargada de ironía.

Volvió los ojos hacia mí con esfuerzo, pero estaba demasiado agotado e insensible como para mostrar su sorpresa. Lo más que pudo hacer fue articular una palabra: «aguardiente».

Pensé que no había tiempo que perder y, sorteando la embestida de la botavara, que una vez más giró de banda a banda barriendo la cubierta, me deslicé hacia popa y bajé las escaleras de la cámara.

Resulta difícil imaginarse el desorden que reinaba allí. Todos los armarios y cajones habían sido forzados en busca del mapa. El piso estaba lleno de barro, porque seguramente los bellacos se habían sentado para beber y deliberar, después de haber chapoteado en los fangales que rodeaban el campamento. Los mamparos, todos pintados de blanco, con cenefas doradas, estaban cubiertos de señales de manos sucias. Docenas de botellas vacías se entrechocaban en los rincones con el vaivén del barco. Uno de los libros de medicina del doctor estaba abierto sobre la mesa, con la mitad de las hojas arrancadas, supongo que para encender las pipas. En medio de todo esto, la lámpara todavía esparcía un fulgor humoso, opaco y sombrío, como hollín.

Fui al pañol de los vinos: todos los barriles habían desaparecido y una cantidad sorprendente de botellas habían sido vaciadas y arrojadas fuera. Era indudable que, desde que empezó el motín, ni uno solo de ellos había permanecido sobrio ni por un instante.

Al rebuscar por aquí y por allá di con una botella, en la que aún quedaba aguardiente para Hands, y para mí descubrí galletas, frutas en conserva, un gran racimo de pasas y un pedazo de queso. Con todo ello volví a cubierta, puse mis provisiones detrás de la cabeza del timón y, zafándome del alcance del contramaestre, fui a proa al tanque del agua y me bebí un trago largo y copioso, y entonces, y solo entonces, le di a Hands el aguardiente.

Ya se habría bebido media botella cuando por fin se la quitó de los labios.

—¡Ay! —dijo—. ¡Rayos! ¡De verdad que lo necesitaba!

Yo estaba ya sentado en mi rincón y me había puesto a comer.

—¿Malherido? —le pregunté. Dio un gruñido, aunque sería más apropiado decir que aulló.

—Si aquel doctor estuviera a bordo —dijo—, me enderezaba en un pis-
pás, pero no tengo ni pizca de suerte, ya ves, y eso es lo malo que tengo. En
cuanto a este espantajo, está muerto, acabado; sí, señor —añadió, señalando al del gorro rojo—. Ni era marinero ni era nada. ¿Se puede saber de dónde sales?

—Pues se lo voy a contar —le dije—. He venido a bordo a tomar posesión de este barco, señor Hands, y tendrá usted la bondad de considerarme
como su capitán hasta nuevas órdenes.

Me miró con aire avinagrado, pero no replicó. Había vuelto algo de color
a sus mejillas, aunque conservaba el aspecto cadavérico y seguía deslizán-
dose y hundiéndose a cada bandazo que daba el barco.

—Y a propósito —continué—, no puedo tolerar esa bandera, señor
Hands, así que con su permiso la voy a arriar. Más vale no tener ninguna
que tener esa.

Y otra vez, sorteando la botavara, corrí adonde estaba la driza, arrié su
maldito Jolly Roger y lo tiré al agua.

—¡Dios salve al rey! —grité, agitando la gorra—. Hasta aquí ha llegado
el capitán Silver.

Él me miraba astutamente, sin quitarme ojo, siempre con la barbilla
hundida en el pecho.

—Me parece a mí —dijo al fin—, me parece a mí, capitán Hawkins, que
lo que más le apetece ahora es ir a tierra. Podríamos tener una conversación
acerca de ello, ¿no le parece?

—Sí, en verdad —respondí—, lo deseo con toda mi alma, señor Hands.
Hable usted.

Y seguí comiendo con muy buen apetito.

—Este hombre... —empezó, señalando débilmente con la cabeza al cadáver—, O'Brien se llamaba..., un cerdo irlandés..., este hombre y yo le pusimos el trapo al barco, para regresar al fondeadero. Bueno, él está ya difunto,
muerto como una rata, y no sé quién va a poder gobernar este barco. Si yo
no le digo lo que tiene que hacer, usted no va a ser capaz de hacerlo, por lo
que me es dado entender, así que podemos hacer un trato: usted me da de
comer y de beber y un trapo viejo o un pañuelo para vendarme la herida, y

yo le diré cómo ha de manejar el barco. Un toma y daca... y todos salimos ganando, creo yo.

—Le diré una cosa —le advertí—. No estoy dispuesto a volver al fondeadero del capitán Flint. Mi idea es llevar el barco a la cala del Norte y vararlo allí tranquilamente.

—¡Pues eso haremos! —exclamó Hands—. No soy tan mostrenco como se imagina, después de todo. Tengo ojos en la cara, ¿no es cierto? Aposté y perdí, porque usted me ha echado la zancadilla... ¿A la cala del Norte? ¡Qué le voy a hacer, si no me dan a elegir! Aunque fuera al muelle de las Ejecuciones, lo ayudaría a ir, ¡rayos!, vaya si lo haré.

Tal como yo lo veía, era un buen arreglo. Cerramos el trato allí mismo. Solo tres minutos después tenía yo a la Hispaniola navegando dócilmente con un buen viento, a lo largo de la costa de la isla del Tesoro, con la esperanza de doblar la punta septentrional antes del mediodía y bajar luego hasta la cala del Norte antes de la pleamar, momento en que podríamos embarrancarla sin daño y esperar luego a que la resaca nos permitiera desembarcar.

Entonces até la caña del timón y bajé adonde estaba mi cofre, del que saqué un pañuelo de seda de mi madre, muy suave. Con él y con mi ayuda, Hands se vendó la gran cuchillada sangrienta que había recibido en el muslo, y después de haber comido un poco, y con otro par de tragos de aguardiente, empezó a revivir por momentos, se enderezó, comenzó a hablar más fuerte y más claro y parecía en todo un hombre nuevo.

Resultaba admirable cómo nos asistía la brisa. La goleta se deslizaba cortando el agua como un ave, la costa pasaba veloz a nuestro lado y el paisaje cambiaba a cada minuto. No tardamos en dejar atrás las tierras altas y comenzamos a discurrir junto a un terreno bajo y arenoso, donde se veían algunos pinos enanos, que también quedaron atrás. Cuando quisimos darnos cuenta, ya habíamos doblado el cabo rocoso que es el extremo septentrional de la isla.

Me sentía muy ufano por mi flamante capitanía y encantado por la brillantez del sol y los variados aspectos de la costa. Tenía agua abundante y cosas buenas para comer, y la conciencia, que antes me remordía por mi fuga, ahora se había aplacado tras mi tremenda conquista. Creo que mi alegría habría sido completa si no hubiese tenido presentes los ojos del contramaestre, que me perseguían burlones por la cubierta y por esa extraña sonrisa que no se borraba de su cara. Era una sonrisa en la que había a la vez algo de dolor y de desfallecimiento, la sonrisa macilenta de un viejo; pero había, además de eso, una punta de mofa, una sombra de felonía en su expresión mientras lanzaba miradas arteras, sin quitarle ojo a ninguno de mis movimientos.

V

ISRAEL HANDS

El viento, como si adivinase nuestros deseos, saltó después al oeste, y con eso podíamos correr con mucha más facilidad desde el extremo noroeste de la isla hasta la boca de la cala del Norte. Pero como no había manera de que pudiésemos anclar y no nos atrevíamos a embarrancar la goleta hasta que hubiera subido mucho más la marea, nos sobraba el tiempo y no sabíamos qué hacer con él. El contramaestre me dijo cómo fachear el barco. Lo conseguí después de muchos intentos, y los dos nos sentamos silenciosos para despachar otra comida.

—Capitán —me dijo al cabo, con la misma sonrisa inquietante—. Aquí está mi antiguo camarada O'Brien. ¿Qué le parece si lo arrojamos por la borda? No suelo andarme con remilgos y no voy a culparme por haberlo despachado, pero no lo considero decorativo, ¿y usted?

—Ni tengo fuerzas suficientes ni me gusta la tarea, por mí ahí se queda —le contesté.

—Jim, esta Hispaniola es una nave que trae mal fario —prosiguió, haciendo un guiño—. En esta Hispaniola han muerto tantos hombres..., un montón de pobres marineros muertos que se han ido al otro mundo desde que tú y yo embarcamos en Bristol. No, nunca había visto una suerte tan perra. Aquí estaba este O'Brien y ahora... está muerto, ¿no es verdad? Pues bien, yo no soy hombre leído, y tú eres un mozo que sabe leer y manejar la pluma. Hablando en plata, ¿crees que los muertos están muertos para siempre o que vuelven a vivir de nuevo?

—Usted puede matar el cuerpo, señor Hands, pero no el espíritu. Tendría que saberlo —repliqué—. O'Brien está en otro mundo y tal vez nos esté mirando.

—¡Ah! —exclamó—. Pues mire que lo lamento... Parece como si matar a un sujeto fuera una auténtica pérdida de tiempo. De todos modos, los espíritus no cuentan mucho, por lo que yo he visto. No me importaría habérmelas con los espíritus, Jim. Y ahora que hemos hablado en confianza, te agradecería que bajases ahí a la cámara y me trajeras un... bien, un... ¡rayos!... no consigo dar con el nombre. Bueno, me traes una botella de vino, Jim, porque este aguardiente es demasiado fuerte para mi cabeza.

La vacilación del contramaestre no parecía natural, y en cuanto a que prefiriese vino al aguardiente sencillamente no me lo podía creer. Todo eso debía de ser un pretexto: quería alejarme de la cubierta. Hasta ahí no había duda, pero se me escapaba qué intenciones albergaba. Tenía la mirada esquiva en todo momento. Sus ojos miraban de un lado para otro, ora al cielo, ora furtivamente, al cadáver de O'Brien. Seguía sonriendo y sacando la lengua, con ademán tan avergonzado y sospechoso que hasta un niño habría visto que maquinaba algún engaño. Yo tenía, sin embargo, la respuesta pronta, porque veía dónde estaba mi ventaja, y que, con una persona tan lerda y obtusa, podía fácilmente ocultar mis sospechas hasta el fin.

—¿Vino? —dije—. Mucho mejor. ¿Lo quiere usted blanco o tinto?

—Me parece, camarada, que viene a ser la misma cosa para mí. Con tal de que sea fuerte y de que haya en abundancia, ¿qué importa lo demás?

—Muy bien. Voy a traerle oporto, señor Hands. Pero me va a costar trabajo desenterrarlo.

Dicho esto, bajé por la escalera de la cámara, haciendo el mayor ruido posible; me quité los zapatos, fui en silencio por el pasillo, subí por la escala del rancho de proa y asomé la cabeza al nivel de la cubierta. Yo sabía que él no podía esperar que apareciese por allí, pero lo hice con toda la cautela posible. Y lo cierto era que mis peores sospechas quedaron más que confirmadas.

Había abandonado su actitud de postración, levantándose sobre las manos y las rodillas, y aunque se notaba que al mover la pierna sentía intenso dolor —pues le oí reprimir un quejido—, cruzó, sin embargo, la cubierta arrastrándose con vigor y ligereza. Llegó en un instante hasta la banda de babor y sacó de entre un rollo de cuerda un largo cuchillo, o, mejor dicho, una daga corta, manchada de sangre hasta la empuñadura. La examinó por un momento adelantando el labio inferior, probó la punta en la palma de la mano y después se apresuró a esconderla en el pecho de la chaqueta, y volvió a arrastrarse hasta el sitio que había ocupado contra la amurada.

No necesitaba saber más. Israel podía moverse, iba armado, y dado el empeño que había puesto en verse libre de mi presencia, no cabía duda de que yo estaba destinado a ser la víctima.

En cuanto a lo que pensaba hacer después, si intentaría atravesar la isla a rastras desde la cala del Norte hasta el campamento en los pantanos, o si dispararía el cañón grande, confiando en que sus camaradas acudirían antes en su socorro, ni que decir tiene que no me lo podía ni imaginar.

Tenía, no obstante, la seguridad de que podía fiarme de él en una cosa, puesto que compartíamos idéntico interés: poner a salvo la goleta. Los dos queríamos vararla, sin daño, en un lugar seguro y hacerlo de manera que, llegado el momento, se pudiera poner de nuevo a flote, con poco riesgo y trabajo. Estaba seguro de que me respetaría la vida hasta que lo hubiéramos logrado. Pero yo no había permanecido ocioso mientras me devanaba los sesos buscando una solución. Me había vuelto a deslizar hasta la cámara, me había calzado los zapatos y había agarrado la primera botella de vino con que topé, y con ella como pretexto volví a aparecer sobre cubierta.

Hands estaba como lo había dejado, caído como un guiñapo y con los párpados entornados, como si estuviera tan débil que no pudiera soportar la luz. Sin embargo, al llegar yo alzó la mirada, rompió el cuello de la botella con la maestría de quien está muy acostumbrado a hacerlo, y se bebió un largo trago, que convirtió en solemne con su brindis favorito.

—¡Buena suerte!

Se quedó un rato tranquilo, y luego, sacando un rollo de tabaco, me pidió que le cortase un pedazo.

—Córtame un trozo de eso —me dijo—, porque no tengo cuchillo ni casi fuerzas para ello. Ojalá las tuviera. ¡Ay, Jim, Jim, me parece que he perdido los puntales! Córtamelo, pues me temo que ya no me cortarás más, muchacho. Voy a hacer el último viaje y no hay que darle vueltas.

—Pues le cortaré el tabaco —le dije—, pero si yo estuviese en su lugar, y me creyera tan malo, me pondría a rezar como un cristiano.

—¿Por qué? —contestó—. Vamos a ver, ¿por qué?

—¿Por qué? —exclamé—. Ahora mismo me estaba usted preguntando cosas de los muertos. Usted ha sido desleal, ha vivido en pecado, en falsedad y en sangre; a sus pies tiene usted un hombre a quien ha matado, y me pregunta por qué. ¡Por Dios, señor Hands, ese es el porqué!

Hablé un tanto acalorado, pensando en la daga que tenía oculta en el bolsillo y destinada, en sus malos pensamientos, a acabar conmigo. Él, por su parte, bebió un gran sorbo de vino y me dijo, con extraña e inesperada solemnidad:

—Durante treinta años he navegado los mares y he visto cosas buenas y malas, mejores y peores; buen tiempo y borrascas, las provisiones acabándose, los cuchillos al aire y todo lo que hay que ver. Pues voy a decirte: lo que no he visto nunca es que hacer el bien suponga consecuencias favorables. Yo prefiero dar el primero. Los muertos no muerden, esa es mi opinión, amén y así sea. Y ahora, oye —añadió, cambiando bruscamente de tono—, ya está bien de bobadas. La marea ya ha subido ahora lo necesario. Obedece mis órdenes, capitán Hawkins, y entremos con el barco y acabemos de una vez.

Tan solo teníamos que salvar unas dos millas, pero la navegación era difícil: la entrada a ese fondeadero del norte no solo era angosta y de poco fondo, sino que además formaba un recodo, de suerte que la goleta tenía que ser manejada con gran cuidado para conseguir meterla allá dentro. Creo que era yo un buen subalterno, atento y diligente, y estoy seguro de que Hands era un excelente piloto, porque fuimos de un lado para otro sorteando los bancos, con tal precisión y habilidad que habría sido un placer contemplarlo.

Apenas habíamos pasado las puntas de entrada cuando la tierra nos rodeó por todas partes. Las costas de la cala del Norte estaban cubiertas por bosques tan espesos como las del otro fondeadero, pero aquel era más largo y más estrecho, y parecía, y de hecho era, el estuario de un río. Frente a nosotros, al extremo sur, vimos los restos ya casi completamente echados a perder de un buque naufragado. Había sido un gran barco de tres palos, pero había estado tantos años expuesto a las inclemencias del tiempo que por todas partes colgaban de él grandes telarañas de algas que chorreaban agua, y sobre la cubierta habían arraigado los matorrales de la costa, que ahora se veían cubiertos de flores. Era un espectáculo triste, pero nos indicaba que el fondeadero era tranquilo.

—Ahora ten cuidado —dijo Hands—. Hay un trocito magnífico para varar un barco en él. Arena llana y fina, jamás la menor ventolina, árboles alrededor y flores como en un jardín en aquel viejo barco.

—Y una vez embarrancado —pregunté—, ¿cómo volveremos a ponerlo a flote?

—Pues de esta manera: te llevas un cabo a tierra, allí en el otro lado, en la bajamar; le das una vuelta alrededor de uno de aquellos pinos grandes, lo traes a bordo y le das otra vuelta en el cabrestante, y ya no hay más que esperar la marea. Viene la pleamar y se desatranca como las propias rosas. Y ahora, muchacho, atención. Estamos ya cerca del sitio y el barco navega demasiado rápido. Un poco a estribor..., así..., no guiñar..., estribor..., un poco a babor..., no guiñar... ¡Así!

Seguía dando órdenes que yo obedecía sin chistar hasta que de repente gritó:

—¡Ahora, muchacho! ¡Orza!

Metí toda la caña del timón y la Hispaniola viró rápidamente y corrió de proa hacia la costa baja y frondosa.

La emoción de estas últimas maniobras me había impedido hasta cierto punto mantener la vigilancia constante en que había tenido al contramaestre. Aun en aquel momento estaba todavía tan interesado, esperando el instante en que el barco tocase tierra, que había olvidado por completo el peligro que me amenazaba y estaba con el pescuezo estirado, mirando por encima de la borda las ondulaciones que la proa levantaba por delante. Habría caído sin poder luchar por mi vida de no haber sido por una repentina inquietud que me sobrecogió y me hizo volver la cabeza. Quizás oyera un crujido, o acaso vi moverse la sombra de Hands con el rabillo del ojo, pero el caso es que, cuando miré hacia atrás, allí estaba Hands, ya a medio camino, con la daga en la mano derecha.

Los dos debimos de gritar cuando nuestras miradas se encontraron, pero en tanto que el mío fue el grito estridente del terror, el suyo fue un bramido de furia, como el de un toro al embestir. Saltó él hacia delante al mismo tiempo que yo saltaba de costado hacia la proa. Al hacerlo solté la barra del timón, la cual giró violentamente a sotavento, y creo que esto me salvó la vida, pues fue a dar a Hands en mitad del pecho y por un momento lo dejó parado en seco.

Antes de que se repusiera, yo estaba ya a salvo fuera del rincón donde él me había acorralado, y con toda la cubierta por delante para sortear sus acometidas. Me detuve detrás del palo mayor, saqué una pistola del bolsillo, apunté tranquilamente, aunque él ya se había vuelto y venía derecho hacia mí, y apreté el gatillo. Al caer este no hubo fogonazo ni estampida, el cebo se había inutilizado con el agua del mar. Me maldije a mí mismo por mi descuido. ¿Por qué no habría recebado y vuelto a cargar mucho antes mis únicas armas? Entonces no habría sido, como era en ese momento, un mero corderillo fugitivo delante del carnicero.

Herido como estaba, resultaba maravillosa la presteza con que podía moverse, con el pelo greñudo cayéndole sobre la cara, y esta roja y encendida por el apresuramiento y la cólera. No tenía tiempo para comprobar con la otra pistola ni, la verdad, demasiada confianza, pues estaba seguro de que sería inútil. Una cosa vi con toda claridad: no debía limitarme a retroceder delante de él o enseguida me acorralaría en la proa, como había estado a punto de conseguirlo en popa. Una vez arrinconado así, solo podía esperar, en este lado de la eternidad, nueve o diez pulgadas de la daga ensangrentada dentro de mi cuerpo. Coloqué las dos manos contra el palo mayor, que era de muy respetable corpulencia, y esperé con todos mis nervios en tensión.

En vista de que yo trataba de jugar a una especie de escondite, él también se detuvo, y pasaron algunos momentos en falsas acometidas por su parte y en correspondientes movimientos por la mía. Era un juego en el que a menudo me había ejercitado en mi tierra entre las rocas de la ensenada del cerro Negro, pero nunca, como comprenderá el lector, con el corazón latiéndome de aquel modo. Sin embargo, como digo, era un juego de muchachos, y pensé que podría tenérmelas contra un marino ya mayor y herido en un muslo. Por cierto, que había empezado a crecer tanto mi valor que hasta me permití unos fugaces pensamientos sobre cuál sería el fin de aquel trance. Si bien me veía capaz de prolongarlo mucho tiempo, no albergaba la menor esperanza de salir de él.

Pues bien, mientras así estaban las cosas, la Hispaniola embarrancó de repente, se tambaleó, se afirmó por un momento en la arena y, de pronto, con la rapidez de una caída, se inclinó del lado de babor hasta formar la cubierta un ángulo de cuarenta y cinco grados; un poco de agua entró por los imbornales, y allí se quedó, haciendo una charca entre la cubierta y la amurada.

Caímos derribados a un tiempo y rodamos, casi juntos, hasta los imbornales; el muerto del gorro rojo, con los brazos aún estirados, cayó rígido detrás de nosotros. En efecto, estábamos tan cerca el uno del otro que mi cabeza chocó contra un pie del timonel con un golpe que me hizo rechinar los dientes. A pesar de todo, yo fui el primero que se levantó, pues Hands tenía que desembarazarse del cadáver. La repentina inclinación del barco no facilitaba las carreras por la cubierta, tenía que buscar alguna escapatoria de la manera más rápida posible, pues el enemigo me pisaba los talones. Rápido como el pensamiento, salté a la jarcia del palo de mesana, subí por ella más que deprisa y no respiré hasta que me vi sentado en la cruceta.

Me había salvado por mi ligereza: la daga había pegado a menos de medio pie por debajo de mí cuando subía en mi precipitada fuga; y allí estaba Israel Hands, boquiabierto y con la cara levantada hacia mí, encarnación perfecta de la sorpresa y del chasco.

Ahora que podía disponer de un momento me apresuré a cambiar el cebo de la pistola, y luego, teniendo ya una dispuesta, y para hacer mi defensa doblemente segura, me puse a descargar la otra y a cargarla de nuevo desde el principio. Mi nueva ocupación dejó a Hands desconcertado y perplejo; empezaba a ver que todo se volvía en su contra, y después de visibles vacilaciones también se subió pesadamente a la jarcia, y con la daga entre los dientes emprendió su ascensión lenta y dolorosa. Le costó no poco tiempo y muchos quejidos arrastrar tras él la pierna herida. Había yo acabado de cargar tranquilamente la pistola cuando aún estaba él a poco más de un tercio de la subida.

Entonces, con una pistola en cada mano, le grité:

—¡Un tramo más, señor Hands, y le vuelo los sesos! Los muertos —añadí ahogando la risa— no muerden, ya lo sabe usted.

Se detuvo al instante. A juzgar por los movimientos de su cara se veía que trataba de pensar, y que era para él una empresa tan lenta y laboriosa que, con el placer de mi recién adquirida seguridad, solté la carcajada. Al fin, después de tragar saliva dos o tres veces, habló, conservando aún la misma expresión de gran perplejidad. Para poder hablar se quitó la daga de la boca, pero sin hacer ningún otro movimiento.

—Jim —dijo—, me parece que tú y yo estamos en un aprieto y que tendremos que hacer algún tipo de arreglo. Te habría atrapado de no haber sido por el bandazo, pero yo no tengo suerte, no, señor; y me parece que tendré que capitular, aunque sea duro, ya ves, para un maestro marinero con un grumete como tú, Jim.

Estaba yo saboreando sus palabras, todo sonriente y tan ufano como un gallo en las bardas de un corral, cuando de pronto echó él la mano hacia atrás por encima del hombro. Una cosa zumbó en el aire como una flecha, sentí un golpe y después un dolor agudo, y allí me quedé clavado por un hombro al mastelero. En aquel momento de sorpresa y de intenso dolor —no podría decir que por mi propia voluntad, y desde luego fue sin propósito deliberado—, las dos pistolas se dispararon y ambas se me cayeron de las manos. Pero no cayeron solas. Con un grito ahogado, se soltó el timonel de la jarcia y cayó de cabeza al agua.

VI

¡DOBLONES DE A OCHO!

A causa de la inclinación del barco, los mástiles avanzaban un gran trecho sobre el agua, y en la altura que yo ocupaba en la cruceta solo tenía debajo de mí la superficie de la bahía. Hands, como no había llegado tan arriba, estaba, en consecuencia, más cerca del casco, y cayó al agua al lado de la borda. Salió una vez a la superficie, entre remolinos de espuma y de sangre, y volvió a hundirse para siempre. Al serenarse el agua, lo pude ver hecho un ovillo sobre la arena limpia y brillante, en la sombra que proyectaba el costado del buque. Un par de peces cruzaron rápidamente sobre su cuerpo. A veces, por el temblor del agua, parecía moverse un poco y como si tratara de levantarse. Pero estaba muerto y bien muerto, a pesar de eso: a tiros, y además ahogado, y ya no era sino pasto para los peces en el sitio mismo en que había resuelto asesinarme.

Apenas me cercioré de esto cuando empecé a sentirme mareado, desfallecido y lleno de espanto. La sangre caliente me corría por la espalda y el pecho. La daga, en el sitio donde me había clavado el hombro al mastelero, me quemaba como un hierro candente; y, sin embargo, no era tanto este sufrimiento efectivo lo que me acongojaba, pues me creía capaz de haberlo podido soportar sin un murmullo, como el horror enloquecedor de caer desde la cruceta en aquella agua tranquila y verdosa junto al cuerpo del timonel.

Me agarré con las manos con tal fuerza que me dolían las uñas, y cerré los ojos como para ocultarme el peligro. Recobré el ánimo poco a poco, el pulso volvió a latirme con ritmo más natural y me sentí de nuevo en posesión de mí mismo.

Lo primero que pensé fue en arrancarme la daga, pero o bien estaba clavada demasiado firme, o bien los nervios me fallaron, y desistí con un violento escalofrío. Y cosa rara: aquel mismo estremecimiento resolvió el problema. La verdad es que no le había faltado nada al cuchillo para no dar en el blanco, me tenía agarrado por un mero pellizco de la piel, y el escalofrío lo desgarró. La sangre corrió más copiosa, sin duda, pero otra vez era dueño de mis actos y solo estaba trincado al mastelero por la chaqueta y la camisa.

Rompí esa última ligadura de un tirón súbito y enseguida bajé a la cubierta por la jarcia de babor. Por nada del mundo me habría aventurado, nervioso como estaba, por la de estribor, suspendida en el agua y sobre la cual Israel Hands acababa de caer.

Bajé a la cámara y me curé la herida como pude. Me dolía mucho y todavía sangraba en abundancia, pero no era profunda ni peligrosa, ni me estorbaba demasiado para mover el brazo. Después eché un vistazo alrededor y, puesto que el barco era todo mío, pensé en desembarazarlo de su último pasajero, el muerto O'Brien.

Se había precipitado, como he dicho, contra la amurada, donde yacía como una especie de horrible y desmadejado pelele del mismo tamaño que los vivos, es cierto, pero ¡qué diferente del color o de la compostura y gracia de la vida! En la postura en que estaba podía yo fácilmente realizar mi propósito, y como el hábito de las aventuras trágicas había casi borrado por completo mi terror de los muertos, lo agarré por la cintura como un saco de afrecho y, de un buen empujón, lo tiré por la borda. Se hundió con un ruidoso chapuzón; el gorro rojo se desprendió y quedó flotando en la superficie, y tan pronto como el remolino se calmó, pude verlos a él y a Israel Hands tendidos uno al lado del otro, los dos ondulando con el trémulo movimiento del agua. O'Brien, aunque muy mozo todavía, era muy calvo. Y allí estaba, con la cabeza monda, apoyada en las rodillas de su matador, y los peces cruzando raudos sobre los dos.

Me encontraba ahora solo en el barco; la marea acababa de cambiar. Al sol le faltaba tan poco para ponerse que ya las sombras de los pinos de la costa occidental se alargaban a través de todo el fondeadero y tendían sobre la cubierta manchas de luz y sombra. La brisa del atardecer se había levantado, y aun bajo el resguardo de la colina de los dos picos, el cordaje había empezado a vibrar con un sordo zumbido y las velas colgantes a agitarse de un lado para otro.

Empecé a reparar en que un peligro se cernía sobre el barco. Pude arriar los foques sin dificultad y cayeron revueltos sobre la cubierta, pero, en cuanto a la vela mayor, esa era una empresa más ardua. Por supuesto, cuando la goleta se tumbó de costado, la botavara giró del mismo lado y salió por encima de la borda, y su punta, así como uno o dos pies de lona, estaban bajo el agua. Juzgué que aquello aumentaba el peligro, pero la tensión era tan violenta que tenía miedo de intervenir. Al fin saqué el cuchillo y corté la driza. El pico de la cangreja dobló enseguida y una gran panza de lona suelta flotó sobre el agua; como por mucho que tiré no conseguí mover la cargadera, eso fue todo cuanto pude hacer. Y ya solo le quedaba a la Hispaniola fiarlo todo a su propia suerte como yo lo había hecho a la mía.

Para entonces estaba ya en sombra todo el fondeadero, y recuerdo que los últimos rayos del sol entraban a través de un claro del bosque y caían resplandecientes como joyas sobre el manto florido de la nave náufraga. Empezó a hacer frío; la marea se retiraba rápidamente hacia el mar y la goleta se asentaba más y más sobre el costado.

Me encaramé hacia delante con dificultad y miré sobre la borda. Parecía haber poco fondo y, agarrando con ambas manos para mayor seguridad la driza que había cortado, me dejé caer suavemente al agua. Apenas me llegaba a la cintura; la arena era dura y estaba cubierta con marcas de ondulaciones y fui vadeando hasta la costa, animoso y contento, dejando tumbada a la Hispaniola y con su vela mayor arrastrándose desplegada sobre la superficie de la bahía. Casi al mismo tiempo el sol se ocultó del todo y la brisa silbó sutilmente en la oscuridad crepuscular por entre los pinos que cabeceaban.

Al menos ya había salido del mar y no volvía de allí con las manos vacías. Allí estaba la goleta, limpia al fin de bucaneros y en espera de nuestra gente para tripularla y hacerse otra vez a la mar. No albergaba otro pensamiento que el de regresar a la empalizada y vanagloriarme de mi hazaña. Era posible que me regañasen un poco por mi travesura, pero haber capturado la Hispaniola era una réplica aplastante, y esperaba que el propio capitán Smollet se viera obligado a reconocer que yo no había perdido el tiempo.

Pensando así, y alegre como unas pascuas, tomé la dirección del fortín y de mis camaradas. Recordaba que el más oriental de los ríos que desaguan en el fondeadero del capitán Flint corría desde el cerro de los dos picos hacia mi derecha. Di un rodeo para atravesarlo cerca de su nacimiento, donde debía de tener algún caudal. El bosque era bastante abierto y, siguiendo a lo largo de las estribaciones más bajas, pronto di vuelta a la ladera del cerro, y a poco, con el agua por debajo de las rodillas, atravesé la corriente.

Llegué así cerca del sitio donde había encontrado a Ben Gunn, el abandonado, y caminé con más circunspección. La noche había ido cerrando, y cuando llegó a dejarse ver la depresión entre los dos picachos advertí un oscilante fulgor en la atmósfera en el lugar donde, según pensé, el hombre de la isla estaría guisando la cena ante una gran hoguera. Y, sin embargo, no comprendía que fuera tan despreocupado. Si yo podía percibir aquel fulgor, ¿no podría verlo también el propio Silver desde el sitio de la costa en que estaba acampado entre los pantanos?

De manera gradual se fue haciendo más oscura la noche y me costaba cierto esfuerzo guiarme, aunque fuera vagamente, hacia mi destino; el cerro de los dos picos a mis espaldas, y el Catalejo a mi derecha, se entreveían cada vez más y más difusos; las estrellas eran pocas y apenas brillaban, y en el terreno bajo por donde yo vagaba no cesaba de tropezar en los matorrales y caía de cuando en cuando en algún hoyo de arena. De pronto se esparció una tenue claridad a mi alrededor y alcé la mirada: unos pálidos rayos de luz habían tocado la cumbre del Catalejo, y a poco rato vi una cosa ancha y plateada que se movía muy baja por entre los árboles, y comprendí que había salido la luna.

Con tal ayuda recorrí rápidamente lo que aún me quedaba de camino y, al paso unas veces, corriendo otras, me acerqué impaciente a la empalizada. Sin embargo, al entrar en la espesura que la rodeaba, no fui tan atolondrado como para no refrenar el paso y mostrarme precavido. Mi aventura habría tenido un triste final si mi propia gente me hubiera descerrajado un tiro por error.

La luna comenzaba a levantarse; su claridad caía aquí y allí en grandes manchas en los parajes más abiertos del bosque, y precisamente en frente de mí un resplandor de color muy diferente apareció entre los árboles. Era rojo y encendido y a veces se oscurecía un poco, como si fuera el rescoldo de una hoguera.

No tenía ni la más remota idea de qué era aquello.

Por fin salí a la orilla de la tala. El extremo occidental estaba ya iluminado por la luna; el resto, incluyendo el fortín, seguía envuelto en una sombra negra, salpicada aquí y allá con argentadas franjas de luz. Al otro lado de la casa había ardido una inmensa fogata, ya reducida a brillantes ascuas, e irradiaba un fuerte y rojizo resplandor que contrastaba con la blanquecina palidez de la luna. No se movía alma viviente ni se oía otro ruido que los rumores de la brisa.

Me detuve asombrado y perplejo, y acaso con un poco de miedo. No solíamos encender grandes fuegos. Por el contrario, el capitán había dispuesto que ahorrásemos leña, y comencé a temer que algo malo hubiera ocurrido durante mi ausencia.

Me deslicé dando la vuelta por el extremo oriental guarecido bajo la sombra y en un sitio a propósito donde la oscuridad era más densa crucé la empalizada.

Para mayor seguridad, me puse a gatas y me arrastré así sin el menor ruido hasta la esquina de la casa. Al acercarme se tranquilizó de pronto mi corazón. No es en sí un sonido agradable, y a menudo me he quejado de él en otras ocasiones, pero en aquella era como una melodía oír a mis amigos roncar al unísono tan sonora y plácidamente. El grito de la guardia en el mar, aquel hermoso «¡Todo bien!», nunca había caído en mis oídos de modo tan tranquilizador.

Pero, de todos modos, no había duda de una cosa: la vigilancia era pésima. De haber sido Silver y los suyos quienes se arrastrasen hacia ellos, ni uno solo habría vuelto a ver la luz del día. Eso pasaba, pensé, porque el capitán estaba malherido, y otra vez me reprendí severamente por haberlos dejado sumidos en aquel peligro siendo tan pocos para montar la guardia.

Ya había llegado a la puerta y me puse en pie. En el interior reinaba la oscuridad más absoluta y mis ojos no distinguían nada. En cuanto a los ruidos, se oía el tenaz zumbar de unos ronquidos, y de cuando en cuando un rumor como de aleteos o picotazos para los que no hallaba ninguna explicación.

Entré avanzando con los brazos extendidos.

«Me echaré en mi sitio de costumbre —pensaba yo regocijado—, y por la mañana me daré el gusto de ver las caras que ponen cuando me encuentren.»

Tropecé con el pie en una cosa blanda: era una pierna de uno de los durmientes, el cual gruñó y dio media vuelta, pero sin llegar a despertarse.

Y entonces, de pronto, una voz estridente rompió a chillar en la oscuridad:

—¡Doblones de a ocho! ¡Doblones de a ocho! ¡Doblones de a ocho!

Y así siguió, sin pausa ni cambio, como el tableteo de una carraca.

¡Era el loro verde de Silver, el capitán Flint! Era a él a quien había oído yo picoteando una corteza; era él quien, mejor centinela que los hombres, había anunciado mi llegada con su monótono estribillo.

No tuve tiempo para volver en mí. A los gritos agrios y metálicos del loro los durmientes se despertaron y se pusieron en pie, y con un formidable juramento gritó la voz de Silver:

—¿Quién va?

Me volví para echar a correr, choqué violentamente con uno, retrocedí y me precipité en los brazos de otro, el cual los cerró sobre mí y los apretó con fuerza.

—Trae una antorcha, Dick —dijo Silver, una vez asegurada mi captura.

Y uno de ellos salió de la cabaña y volvió al poco con una tea encendida.

SEXTA PARTE

EL CAPITÁN SILVER

I
EN EL CAMPAMENTO ENEMIGO

El fulgor rojizo de la antorcha, alumbrando el interior del fortín, me hizo ver que mis peores temores se habían confirmado. Los piratas estaban en posesión de la casa y de los repuestos: allí estaban el barril de aguardiente, allí la carne de cerdo y la galleta, lo mismo que antes, y —lo que aumentó cien veces más mi horror— no había la menor señal de prisioneros. No podía sino pensar en que todos habían perecido, y mi corazón se entristeció por no haber estado allí para perecer con ellos.

Había en total seis bucaneros, ni uno más había quedado vivo. Cinco de ellos estaban de pie, encendidos y con los ojos hinchados, despertados de pronto en el primer sueño de la borrachera. El sexto solo se había levantado sobre un codo, tenía una palidez mortal y las vendas ensangrentadas que le rodeaban la cabeza indicaban que hacía poco que había sido herido, y menos aún que había sido curado. Me acordé del que recibió el tiro y se volvió corriendo hacia el bosque durante el gran ataque y no dudé de que era el mismo.

El loro estaba posado en el hombro de John el Largo atusándose el plumaje. Este me pareció más pálido y más preocupado que de costumbre. Todavía llevaba el traje de rico paño con el cual había cumplido su misión, pero muy estropeado por el uso, lleno de barro y rasgado por las agudas zarzas del bosque.

—¡Vaya! —dijo—. ¡De modo que aquí está Jim Hawkins! ¡Voto al chápiro! Caído del cielo, como quien dice, ¿eh? Vamos, vamos, es una prueba de amistad.

Y al decir esto, se sentó en el barril de aguardiente y empezó a llenar una pipa.

—Préstame el eslabón, Dick —dijo.

Y después de haber encendido, añadió:

—Está bien, muchacho. Clava la tea en el montón de la leña. Y ustedes, caballeros, échense de nuevo: no necesitan seguir en pie por el señor Hawkins. Él se hace cargo, no les quepa la menor duda. De modo, Jim —prosiguió retacando el tabaco—, que aquí estás, y ¡qué sorpresa más agradable para el viejo John! Ya vi que eras listo en cuanto te eché la vista encima por primera vez, pero esto de ahora se me escapa del todo: no lo entiendo.

A todo esto, como puede suponerse, no di respuesta alguna. Me habían puesto de espaldas a la pared, y allí permanecí mirando a Silver cara a cara, creo que con gran valentía en apariencia, pero con un triste desconsuelo en el corazón. Silver dio un par de chupadas a la pipa con gran tranquilidad y prosiguió así:

—Ahora, Jim, y puesto que estás aquí, voy a decirte un poco de lo que pienso. Siempre me has gustado, sí, señor, por ser un mozo de empuje y el vivo retrato de mí mismo cuando yo era joven y gallardo. Siempre he querido que te unieses con nosotros y te ganases tu parte y vivieses como un caballero, y ahora, mi galán, no tienes más remedio que hacerlo. El capitán Smollet es un buen marino y siempre lo sostendré, pero es duro en la disciplina. «El deber es el deber», dice él, y tiene razón. Procura no acercarte al capitán. El doctor mismo está que arde contra ti. «Pícaro, desagradecido», es lo que él dijo; y el resumen de cuentas es este: no puedes volverte con los tuyos porque no quieren nada contigo y, a menos que formes una tercera tripulación tú solo, lo cual podría resultar demasiado solitario, tienes que unirte con el capitán Silver.

Hasta ahí todo iba bien. Aún vivían, pues, mis amigos, y aunque creía, en parte, lo dicho por Silver de que el partido de la cámara estaba enfadado conmigo por mi deserción, lo que había oído me ofrecía más consuelo que dolor.

—No digo nada de que te tenemos en nuestras manos —continuó Silver—, aunque te tenemos, y tenlo por seguro. Yo soy hombre que gusta de argumentar, no he visto nunca que se saque nada bueno de las amenazas. Si te gusta el servicio, está bien, puedes unirte a nosotros; si no te gusta, Jim, eres libre para decir que no, libre y más que libre, camarada. Y si te encuentras con un marinero nacido de madre que hable con mayor sinceridad que yo, ¡que me ahorquen!

—Entonces, ¿tengo que responder? —pregunté, con voz trémula.

A través de toda esta conversación irónica se me transmitía la amenaza de muerte que pesaba sobre mí, y las mejillas me ardían y el corazón me palpitaba dolorosamente en el pecho.

—Muchacho —dijo Silver—, nadie te mete prisa. Echa cuentas. Nadie de nosotros te empuja, camarada. ¡Tu compañía es un verdadero placer, ya lo ves!

—Bueno —dije envalentonándome un poco—. Si he de escoger, digo que tengo derecho a saber lo que pasa, y por qué estáis vosotros aquí y dónde están mis amigos.

—¿Lo que pasa? —repitió uno de los bucaneros con un ronco gruñido—. ¿Y quién será el afortunado que lo sepa?

—¿Harás el favor de cerrar las escotillas hasta que se te hable, amigo? —gritó Silver con voz truculenta al que había hablado.

Y después, volviendo al tono placentero, me contestó:

—Ayer por la mañana, señor Hawkins, en el transcurso del cuartillo, vino el doctor Livesey con bandera blanca y me dijo: «Capitán Silver, está usted perdido. El barco se ha ido». Bueno, puede ser que hubiéramos estado echando un vaso y una canción para ayudar a pasarlo. No diré que no. Al menos ninguno de nosotros había estado vigilando. Miramos y, ¡truenos!, el bueno del barco se había marchado. Nunca vi un hatajo de idiotas con las caras más largas, y ten por seguro que yo era el más cariacontecido de todos. «Bueno —dijo el doctor—, vamos a hacer un trato.» Lo hicimos él y yo, y aquí estamos: provisiones, aguardiente, fortín, la leña que tuvisteis la bondad y la previsión de cortar y, por así decirlo, todo el bendito barco desde las crucetas a la quilla. En cuanto a ellos, se largaron, no sé dónde están.

Volvió a chupar tranquilamente la pipa.

—Y para que no se te llegue a meter en esa cabeza —prosiguió— que tú estabas incluido en el trato, estas fueron las últimas palabras dichas: «¿Cuántos son ustedes los que se van?», pregunté. Y él me respondió: «Cuatro, y uno de nosotros herido. En cuanto a ese diablo de chico, no sé dónde anda, ni me importa. Estamos ya hartos de él». Estas fueron sus palabras.

—¿Y eso es todo? —pregunté.

—Bien, eso es todo lo que te incumbe, hijito.

—Y ahora, ¿tengo que escoger?

—Sí, ahora tienes que escoger. Tú lo has dicho.

—Pues bien —contesté—, no soy tan tonto como para no saber lo que me espera. Pues que venga lo peor, que a mí poco me importa. Ya he visto morir a demasiada desde que tropecé con ustedes. Pero le diré un par de cosas —proseguí, ya completamente fuera de mis casillas—. He aquí la primera: tienen un verdadero problema con el barco perdido, el tesoro perdido, los hombres perdidos y todo su negocio echado a perder. Si quieren saber quién fue el que hizo todo esto... ¡He sido yo! Yo estaba en el barril de manzanas la noche que avistamos tierra y los oí a usted, John, y a Dick Johnson y a Hands, que está ahora en el fondo del mar, y me apresuré a contar todo lo que oí. Y en cuanto a la goleta, fui yo quien cortó la amarra, quien mató a los dos que habíais dejado a bordo, quien la llevó adonde nunca más la veréis ninguno. Yo soy quien se ha reído de ustedes y quien ha llevado la batuta en todo este negocio desde el primer momento, y no les tengo más miedo que a una mosca. Mátenme, si quieren, o déjenme. Pero una cosa les digo: si me dejan, pelillos a la mar, y cuando estén ante el tribunal por piratería, salvaré a todos los que pueda. Ustedes escogen. Si matan a uno más, no habrán ganado nada, o respétenme la vida, y guardarán un testigo para salvaros del patíbulo.

Me detuve, falto de aliento, y para mi asombro ninguno de ellos se movió, sino que permanecieron sentados mirándome con los ojos abiertos en redondo como carneros. Y mientras seguían mirándome, proseguí:

—Y ahora, señor Silver, yo creo que es usted aquí el que más vale, y si las cosas van a peor yo le agradecería que hiciese saber al doctor mi verdadera conducta.

—Lo tendré en mi memoria —dijo Silver, con un tono tan enigmático que no podía yo deducir, con todo mi empeño, si se estaba riendo de mi petición o si mi valentía le había llegado a impresionar favorablemente.

—Voy a poner una más en la cuenta —exclamó el marinero viejo de la cara de caoba, que se llamaba Morgan, a quien yo había visto en la taberna de John el Largo en los muelles de Bristol—. Él es el que conoció a Perro Negro.

—Pues bien —dijo el cocinero—, yo voy a añadir otra encima, ¡rayos!, pues fue este mismo rapaz el que le robó el mapa a Billy Bones. ¡Desde el principio al fin nos hemos estrellado contra Jim Hawkins!

—¡Pues ahí va! —dijo Morgan con un juramento. Y se irguió de un salto y tiró del cuchillo como si tuviera veinte años.

—¡Atrás! —gritó Silver—. ¿Quién eres tú, Tom Morgan? Puede ser que te hayas creído que eres tú aquí capitán. ¡Por Belcebú que voy a darte una lección! Ponte delante de mí y vas a ir a donde muchos guapos han ido antes que tú, del primero al último, de treinta años acá: unos a colgar de una verga y otros por encima de la borda, y todos a cebar los peces. No ha habido nadie que me haya mirado entre los ojos y que no se haya arrepentido de haber nacido, Tom Morgan, tenlo por seguro.

Morgan se detuvo, pero se oyó un ronco murmullo de los demás.

—Tom tiene razón —dijo uno.

—Bastante mangoneo he tenido que aguantar de uno —añadió otro de ellos—, que me ahorquen si me vas a mangonear tú, John Silver.

—¿Quiere alguno de vosotros, caballeros, salir a habérselas conmigo? —rugió Silver, echándose hacia delante desde su asiento en el barril y con la pipa aún ardiendo en la mano derecha—. Decid lo que andáis buscando; no sois mudos, me parece. Al que quiera le daré con gusto. ¿He vivido yo todos estos años para que un hijo de perra venga al final a cruzárseme por la proa? Ya sabéis el camino: todos sois caballeros de fortuna, según decís. Bien, pues estoy listo. Que agarre un machete el que se atreva, y voy a ver el color que tiene por dentro con muleta y todo, antes de que se acabe la pipa.

Ninguno de ellos se movió. Nadie contestó.

—Así sois vosotros, ¿eh? —añadió, poniéndose otra vez la pipa en la boca—. Es una gentecita que da gusto ver. Para batiros sois poca cosa... Pero acaso podáis entender el inglés del rey Jorge. Yo soy capitán aquí por elección. Soy aquí el capitán por ser el que más vale, con una buena milla náutica de ventaja sobre los demás. No queréis batiros como deben hacer los caballeros de fortuna, pues entonces, ¡rayos!, tendréis que obedecer, ¡tenedlo por seguro! Me gusta este chico ahora, nunca vi un chico mejor. Es más hombre que cualquier par de ratas como vosotros, los que estáis en esta casa, y lo que digo es esto: que vea yo a uno poner la mano sobre él... Eso es lo que digo, y nada más.

Sobrevino después un largo silencio. Yo estaba estirado contra el muro, con el corazón golpeándome todavía como un martillo, pero con un rayo de esperanza fulgurando en mi pecho. Silver se apoyó también en el muro, cruzados los brazos, la pipa en el rincón de los labios, tan tranquilo como si hubiera estado en la iglesia; sin embargo, su mirada furtiva se movía sin cesar, y con el rabillo del ojo no perdía de vista a sus indómitos subordinados. Estos, por su parte, fueron poco a poco agrupándose en el otro extremo del fortín, y el apagado siseo de su conversación sonaba en mis oídos con la persistencia de una corriente. Uno tras otro levantaba de vez en cuando la mirada, y la luz roja de la antorcha caía un instante sobre las caras nerviosas, pero no era a mí, sino hacia Silver, donde volvían las miradas.

—Parece que tenéis mucho que decir —observó Silver, lanzando un salivazo muy lejos—. Pues fuera con ello y que lo oiga yo, o a dormir.

—Con su permiso —contestó uno de ellos—. Usted no hace mucho caso de algunas de las reglas, puede ser que tenga la bondad de tener presentes las demás. Esta tripulación está descontenta y a esta tripulación no se la trata a porrazos; esta tripulación tiene sus derechos como otras tripulaciones, y me tomo la libertad de decirlo, y por nuestras propias reglas entiendo que podemos reunirnos para hablar. Con la venia de usted, reconociéndolo como capitán por el presente, pero reclamo mi derecho y salgo fuera para tener junta.

Y con una ceremoniosa venia marinera, aquel sujeto, un hombre larguirucho, feo, de ojos amarillentos y de unos treinta y cinco años, avanzó sereno hasta la puerta y salió de la casa. Uno tras otro siguieron los demás su ejemplo, cada uno haciendo el saludo al pasar, y cada uno añadiendo alguna disculpa: «Conforme a las reglas», dijo uno. «Consejo del alcázar», dijo Morgan. Y así, con una observación u otra, fueron saliendo todos y nos dejaron solos a Silver y a mí con la antorcha.

El cocinero se quitó rápido la pipa de la boca.

—Óyeme, Jim Hawkins —me dijo en un continuo murmullo que apenas se oía—: estás a menos de un pelo de la muerte y, lo que es muchísimo peor, de que te den tormento. Me van a echar fuera. Pero fíjate que estoy de tu parte, ocurra lo que ocurra. No era esa mi intención, no, hasta que hablaste. Yo estaba loco y desesperado de perder tanto dinero y que además me ahorcasen. Pero he visto que eres hombre que vales. Me digo a mí mismo: tú te pones al lado de Hawkins, John, y Hawkins estará a tu lado. Tú eres su última baza y, ¡por todos los demonios, John!, él es la tuya. Espalda con espalda, digo yo. Tú salvas a tu testigo y él te salva el pescuezo.

Empecé a comprender vagamente.

—¿Usted quiere decir que todo está perdido? —pregunté.

—Sí, ¡rayos!, claro que sí. El barco perdido, el pescuezo perdido... Eso es lo que hay. Cuando eché la vista por aquella bahía, Jim Hawkins, y no vi la goleta..., pues bien, soy hombre duro de pelar, pero me di por vencido. En cuanto a esa gente y su junta, fíjate en lo que te digo: son tontos de remate y cobardes. Yo salvaré tu vida, si puedo hacerlo, de manos de ellos. Pero oye aquí, Jim: toma y daca. Tú salvarás al pobre John de la horca.

Yo estaba sumido en la confusión, pues lo que me pedían era imposible: él, el antiguo bucanero, el cabecilla del motín.

—Haré lo que pueda —le dije.

—¡Trato hecho! —exclamó—. Hablas con valentía y, ¡truenos!, tendré un portillo abierto.

Fue renqueando hasta la antorcha y, apoyándose en la leña, volvió a encender la pipa.

—Entiéndeme, Jim —dijo al volver—. Tengo la cabeza sobre los hombros, sí, señor. Estoy ahora del lado del caballero. Sé que vosotros tenéis el barco seguro en alguna parte. ¿Cómo lo habéis hecho? No lo sé, pero seguro está. Me figuro que Hands y O'Brien se ablandaron. Nunca creí mucho en ninguno de ellos. Y ahora, fíjate, yo no hago preguntas ni voy a dejar que otros las hagan. Yo reconozco cuándo una jugada está perdida, sí, señor; y conozco un muchacho que es firme. ¡Ay!, tú, que eres joven..., tú y yo podíamos haber hecho muchas cosas buenas juntos.

Sacó aguardiente del barril en un vaso de estaño.

—¿Gustas, camarada? —me preguntó. Y cuando me negué—: Bueno, yo sí que tomaré un trago, Jim —dijo—. Necesito un calafate, porque hay jaleo en puerta. Y hablando de jaleo, ¿por qué me dio el doctor el mapa, Jim?

Mi cara debió de expresar un asombro tan ingenuo que consideró inútil hacer más preguntas.

—Bien, pues el caso es que me lo dio —dijo—. Y eso esconde alguna artimaña, no hay duda. Seguro que eso tiene una explicación, Jim, para bien o para mal.

Y tomó otro sorbo de aguardiente, sacudiendo su cabeza rubia como un hombre que se prepara para un mal trance.

II
OTRA VEZ LA MOTA NEGRA

La junta de los bucaneros había ya durado algún tiempo cuando uno de ellos volvió a entrar en la casa, y después de repetir el mismo saludo, que a mis ojos tenía no sé qué de irónico, pidió que se le prestase por un momento la antorcha. Silver accedió lacónicamente y el emisario se volvió a marchar, dejándonos a oscuras.

—Ya viene la brisa, Jim —dijo Silver, que ya para entonces había adoptado un tono de lo más amistoso y familiar.

Me volví hacia la tronera más cercana y miré al exterior. Las ascuas de la gran hoguera ya se habían consumido tanto y su resplandor era ya tan débil y opaco, que comprendí por qué los conspiradores deseaban una antorcha. A mitad de la cuesta que descendía a la empalizada estaban reunidos en un grupo; uno sostenía la luz, otro estaba de rodillas en el medio y vi la hoja de una navaja brillar en su mano, con fulgor, a la luz de la luna y de la antorcha. Los demás estaban algo inclinados, como observando las maniobras del último. Pude llegar a percibir que tenía un libro, además de la navaja, en la mano, y estaba aún preguntándome cómo se encontrarían en su posesión cosas tan heterogéneas, cuando el arrodillado se levantó, y todos ellos empezaron a acercarse a la casa.

—Aquí vienen —dije, y volví a ocupar mi sitio, pues me parecía incompatible con mi dignidad que me hubiesen encontrado observándolos.

—Pues que vengan, muchacho, que vengan —repuso Silver jovialmente—. Todavía me queda un tiro en la cartuchera.

Se abrió la puerta y los cinco, apelotonados en la parte de afuera, empujaron a uno de ellos hacia dentro. En otras circunstancias hubiera sido cómico verlo avanzar tan pausadamente, vacilando cada vez que ponía un pie en el suelo, pero estirando el brazo por delante con el puño cerrado.

—Adelante, muchacho —exclamó Silver—, que no voy a comerte. Dámelo, ganso. Conozco las reglas, sí, señor. No voy a hacerle mal a un emisario.

Más animado, el bucanero se adelantó con mejor garbo, y después de darle algo a Silver de mano a mano, se retiró aún con más presteza para unirse a sus camaradas.

El cocinero miró lo que le había dado.

—¡La mota negra! La esperaba —observó—. ¿Y de dónde habéis sacado el papel? ¡Qué! ¿Qué es esto? Esto trae desgracias. Habéis tomado una biblia y lo habéis arrancado. ¿Quién ha sido el idiota que ha cortado una hoja de la biblia?

—¡Ya lo veis! —dijo Morgan—. ¡Ya lo veis! ¿Qué decía yo? De aquí no puede salir nada bueno.

—Bueno, pues ya habéis hecho la jugada —continuó Silver—. Acabaréis todos en la horca. ¿Quién era el asno que tenía una biblia?

—Era Dick —dijo uno.

—Pues ya puede ponerse a rezar. Ya se le ha acabado la buena suerte a Dick, que lo tenga por seguro.

Entonces, el hombre largo de ojos amarillentos tomó la palabra.

—Déjate de chácharas, John Silver —dijo—. Esta tripulación te ha echado la mota negra en plena junta, como es de ley; anda y dale la vuelta como es tu deber, y mira lo que hay escrito. Solo entonces podrás hablar.

—Muchas gracias, George —dijo el cocinero—. Eres siempre rápido para los negocios y te sabes las reglas de carrerilla. Bien, ¿y de qué se trata? ¡Ah! «Depuesto», eso es. Muy bien escrito, por cierto, con letra como de imprenta. ¿Lo has escrito tú, George? La verdad es que te estabas convirtiendo en el protagonista de esta tripulación. No tardarás en llegar a capitán, y no me extraña. Haz el favor de darme otra vez esa antorcha, esta pipa no tira.

—Vamos, basta ya —dijo George—. Deja ya de burlarte de esta tripulación. Eres muy gracioso, o eso crees, pero ya no eres nadie, y puedes bajar de ese barril y ayudar a votar.

—Me pareció que habías dicho que conocías las reglas —contestó Silver con tono desdeñoso—. Pues al menos, si tú no las sabes, las sé yo, y espero aquí, y soy todavía vuestro capitán, acuérdate, hasta que vosotros echéis fuera vuestros agravios y yo conteste; mientras tanto, vuestra mota negra no vale un rábano. Después de eso, veremos.

—No te apures por eso —replicó George—, que no nos pillas en descubierto. Primero: has echado a perder esta expedición; te haría falta mucha desfachatez para negarlo. Segundo: has dejado al enemigo escapar de esta ratonera. ¿Por qué necesitaban irse? No lo sé, estaba claro que lo necesitaban. Tercero: no nos dejaste que los atacásemos durante la retirada. ¡Ah! Te hemos calado, John Silver: te las entiendes con el enemigo, y ahí es donde te duele. Y, para acabar, cuarto: ahí está ese muchacho.

—¿Eso es todo? —preguntó Silver con tono sosegado.

—Y suficiente —replicó George—. Nos colgarán a todos y secarán nuestros cuerpos al sol debido a tus torpezas.

—Está bien. Y ahora, oídme, que voy a responder a esos cuatro puntos, uno por uno. Conque yo he echado a perder este viaje, ¿no? Muy bien. Todos vosotros sabéis lo que yo quería que se hiciese, y todos vosotros sabéis que, si se hubiera hecho aquello, en este momento estaríamos a bordo de la Hispaniola con todos los nuestros vivos y sanos y ahítos de buen pastel de ciruelas, y el tesoro en la bodega del barco. ¡Rayos! Bien, ¿y quién se me puso por delante? ¿Quién me forzó la mano, siendo yo el legítimo capitán? ¿Quién me echó la mota negra el mismo día en que desembarcamos y empezó esta danza? ¡Ah! Es una danza hermosa, en eso estoy de acuerdo con vosotros, y se parece mucho a un zapateado en la punta de un dogal en el muelle de las Ejecuciones, junto a la ciudad de Londres, sí, señor. Pero ¿quién lo hizo? Pues fuisteis Anderson, Hands y tú, George Merry. Y tú eres el que más tiene que tapar entre los que lo echaron a perder, y tú tienes la desvergüenza de darte aires y aspirar a ser el capitán para echarme a mí... ¡Tú eres el que nos ha hundido a todos! ¡Juro por Satanás que nunca había oído nada parecido!

Silver hizo una pausa, y vi en las caras de George y de los que habían sido sus secuaces que la arenga había surtido efecto.

—Eso en cuanto al primer punto —exclamó el acusado enjugándose el sudor de la frente, pues había hablado con tal vehemencia que hacía retemblar la casa—. ¿Qué estáis mirando? Os doy mi palabra de que me da asco hablar con vosotros. No tenéis ni sentido común ni memoria, y no puedo comprender en qué estaban pensando vuestras madres cuando os dejaron ir a la mar. ¡A la mar!... ¡Caballeros de fortuna!... Me parece que era para sastres para lo que habíais nacido.

—Sigue, John —dijo Morgan—, y responde a los otros tres.

—¡Ah, los otros! —contestó John— Son cosa buena, ¿no es eso? Decís que esta aventura se ha malogrado. ¡Ay, si vosotros fueseis capaces de daros cuenta de todo lo malograda que está, veríais entonces! Estamos tan cerca del patíbulo que el pescuezo se me estira solo de pensar en ello. Acaso los habréis visto vosotros colgados con cadenas, con pajarracos alrededor, y los marineros señalándoselos unos a otros con el dedo mientras bajan por el río con la marea. «¿Quién es aquel?», dice uno. «¡Aquel! ¡Pues si es John Silver! Lo conocía mucho», dice otro. Y se pueden oír chirriar las cadenas según sigue uno hasta alcanzar la boya siguiente. Pues a un pelo de eso estamos todos nosotros, gracias a ese, a Hands, a Anderson y a otros imbéciles que han sido nuestra perdición. Y si necesitáis enteraros de lo del número cuatro y de este muchacho, ¿qué? ¡Rayos! ¿No es un rehén? ¿Vamos nosotros a desperdiciar un rehén? De ningún modo, puede ser nuestra última salvación, y no me chocaría. ¿Matar a este muchacho? No seré yo, camaradas, el que lo haga. ¿Y del número tres? Pues habría mucho que decir del número tres. Acaso no cuente nada para vosotros el tener un doctor de verdad, de colegio, que vaya a visitaros todos los días: a ti, John, con la cabeza rota, o a ti, George Merry, que no hace ni seis horas estabas tiritando con la terciana y tienes los ojos de color de corteza de limón en este momento. Y puede ser, acaso, que no sepáis tampoco que va a venir un barco de socorro. Pero va a venir, y no falta mucho para entonces, y ya veremos quién se alegra de tener un rehén cuando se presente la ocasión. Y en cuanto al número dos y por qué hice el trato..., ¡pues si vosotros vinisteis a mí arrastrándoos de rodillas para que lo hiciera, tan amilanados estabais!... Y, además, os habríais muerto de hambre si no lo hubierais concertado. ¡Pero eso no era nada! Mirad aquí... ¡Por eso lo hice!

Y tiró al suelo un papel que reconocí enseguida; no era otro que el mapa en papel amarillento, con las tres cruces, que yo encontré envuelto en hule en el fondo del cofre del capitán. No alcanzaba a comprender por qué se lo había dado el doctor.

Pero si eso me resultaba inexplicable, la aparición del mapa era increíble para los supervivientes de los amotinados. Saltaron sobre él como gatos sobre un ratón. Pasó de mano en mano, arrancándoselo los unos a los otros; y por los juramentos, gritos y risotadas con que acompañaban su examen, creyérase no solo que estaban ya palpando el oro mismo, sino en el mar con él, salvos y seguros.

—Sí —dijo uno—, ese es Flint, y no hay duda: J. F., y un trazo por debajo con una lazada, así lo hacía siempre.

—Muy bonito —dijo George—, pero ¿cómo nos vamos a marchar con el tesoro si no tenemos barco?

Silver se irguió de un salto y se apoyó con la mano en el muro:

—Mira que te lo aviso, George —vociferó—. Una palabra más impertinente y te obligo a batirte conmigo. ¿Cómo vamos a irnos? ¿Acaso te crees que lo sé? Tú eras el que debías decir cómo. Tú y los que me habéis perdido la goleta por entrometeros. Pero ¡quita! ¡No sois capaces! No tenéis la inteligencia de una cucaracha. Pero sabes hablar con respeto, y tendrás que hacerlo, George Merry, tenlo por seguro.

—Eso es justo que se reconozca —dijo el viejo Morgan.

—¡Justo! Me parece que sí —dijo el cocinero—. Tú perdiste el barco, yo he encontrado el tesoro. ¿Quién ha sido el que ha quedado mejor en la empresa? Y ahora dimito, ¡rayos! Elegid a quien os dé la gana para vuestro capitán, yo ya no quiero serlo.

—¡Silver! —gritaron—. ¡Viva Barbacoa! ¡Barbacoa para capitán!

—Por ahí va la tonada, ¿no es eso? —exclamó el cocinero—. George, me parece que tendrás que esperar a otra vacante, amigo; y da gracias que no soy hombre vengativo. Pero no fue esa nunca mi tendencia. Y ahora, camaradas, ¿qué hay de esta mota negra? No es ya de mucho valor, ¿verdad? Dick se ha echado una maldición y ha estropeado su biblia, y eso es todo.

—¿No se remediará besando el libro? —murmuró Dick, que indudablemente estaba intranquilo por la maldición que se había traído sobre sí.

—¡Una biblia con una hoja cortada! —se mofó Silver—. No sirve. Jurar sobre ella no obliga más que si se jurase sobre un cancionero.

—¿De veras no obliga? —preguntó Dick con cierta alegría—. Pues entonces me parece que vale la pena guardarla.

—Toma, Jim, ahí tienes una cosa curiosa para ti —dijo Silver, y me tiró el papel.

Era un redondel del tamaño de una moneda de una corona. Un lado estaba en blanco porque era de la última hoja, el otro contenía uno o dos versículos del Apocalipsis y, entre otras, estas palabras causaron una profunda impresión en mi mente: «Quedaron fuera los perros y los homicidas». El lado impreso había sido ennegrecido con carbón, el cual comenzaba ya a desprenderse, manchándome los dedos; en el lado en blanco estaba escrita, con carbón también, la sola palabra «Depuesto». En este momento tengo este curioso recuerdo conmigo, pero no queda otra huella de lo escrito que un mero arañazo, como el que se pudiera haber hecho con una uña.

Con aquello dio fin el quehacer de la noche. Poco después, con una ronda de aguardiente, nos echamos todos a dormir, y la venganza de Silver consistió en dejar a George Merry de centinela y amenazarle de muerte si resultaba traidor.

Tardé mucho en poder cerrar los ojos, y Dios sabe si tenía bastante en qué pensar con el hombre a quien había matado aquella tarde, con mi situación peligrosísima y, sobre todo, con el asombroso juego en que veía metido a Silver, tratando de conservar unidos a los sediciosos con una mano, y agarrándose con la otra a todos los medios posibles e imposibles de hacer la paz por su parte y salvar su mísera vida. El propio interesado durmió plácidamente y roncó con estrépito; sin embargo, mi corazón se condolía de él pensando en los sombríos peligros que lo rodeaban y en el infamante patíbulo que le estaba esperando.

III

PALABRA DE HONOR

Me despertó, mejor dicho, nos despertó a todos —pues vi que hasta el centinela se despabilaba levantándose del sitio donde se había dormido contra la jamba de la puerta— una voz clara y jovial que nos llamaba desde la orilla del bosque.

—¡Ah del fortín! —gritaba—. ¡Aquí está el doctor!

Y era, en efecto, el doctor. Aunque me alegré al oír el sonido de su voz, mi alegría no estaba exenta de preocupaciones. Recordé, abochornado, mi conducta indisciplinada y clandestina; y al ver adónde me había conducido, entre qué camaradas y a qué peligros me condenaba, sentí vergüenza de presentarme ante él y mirarlo la cara.

Debió de haberse levantado cuando todavía era de noche, porque apenas empezaba a clarear; y cuando fui corriendo a mirar por una de las troneras, lo vi que estaba como la otra vez Silver, sumergido hasta la rodilla en vapores trepadores.

—¿Es usted, doctor? ¡Tenga usted muy buenos días! —gritó Silver alerta, despierto y resplandeciente de bondad en un instante—. Animoso y madrugador como siempre; y es el pájaro madrugador, según el dicho, el que se lleva el grano. George, vamos, sacúdete y ayuda al doctor Livesey a subir por el costado del barco. Todos marchan bien, supongo que sus pacientes están bien y contentos.

Y así siguió parloteando, de pie en lo alto del montículo, con la muleta bajo el brazo y con una mano apoyada en el muro de la casa: reconocí al John de antes en la voz, en los modales, en la expresión.

—También tenemos una sorpresa para usted, señor —continuó—. Tenemos un forasterito aquí. ¡Ja, ja!... ¡Un huésped nuevo y que está que da gusto verlo! Ha dormido como un sobrecargo, sí, señor, pegadito a John, proa a proa, toda la noche.

Ya el doctor Livesey había saltado la empalizada y estaba muy cerca del cocinero, y pude notar cómo se alteraba la voz al decir:

—¿No será Jim?

—El mismísimo Jim en persona —dijo Silver.

El doctor se quedó parado y suspenso, aunque no dijo nada, y pasaron algunos segundos antes de que pareciera recobrar suficiente ánimo para seguir su camino.

—Bueno, bueno —dijo al fin—, el deber primero y el gusto después, como usted mismo diría, Silver. Vamos a hacer una ronda con esos enfermos suyos.

Un momento después había entrado en el fortín y, con una severa inclinación de cabeza hacia mí, se puso a examinar a sus pacientes. No parecía tener el menor cuidado, aunque debía saber que su vida, entre aquellos demonios traicioneros, pendía de un pelo, y departía con sus enfermos como si estuviera haciendo su acostumbrada visita profesional en una apacible familia inglesa. Creo que su actitud producía algún efecto en aquellos hombres, pues lo trataban como si nada hubiera ocurrido, como si aún fuese médico del barco y ellos siguiesen siendo leales y fieles tripulantes.

—Esto marcha bien, amigo —le dijo al de la cabeza vendada—, y si alguno ha escapado de milagro, has sido tú; debes de tener la mollera dura como el hierro. Bien, George, ¿cómo va eso? Bonito color tienes; por cierto, ese hígado está patas arriba. ¿Has tomado aquella medicina? ¿Tomó la medicina, muchachos?

—Sí, señor, sí que la tomó —contestó Morgan.

—Porque sabréis que, desde que soy médico de amotinados, o médico de presidio, como prefiero llamarme —dijo el doctor en su tono más agradable—, he hecho juramento de no perder un solo hombre para el rey Jorge, que Dios guarde, y para la horca.

Los rufianes se miraron unos a otros, pero se tragaron la pulla en silencio.

—Dick no se siente bien, señor —dijo uno de ellos.

—¿No? Ven aquí, Dick, y enséñame la lengua. ¡Lo sorprendente sería que se sintiese bien! Tiene este hombre una lengua capaz de asustar a los franceses. Otra fiebre.

—¡Ahí tienes —dijo Morgan— lo que se consigue por destrozar biblias!

—Eso es lo que se consigue, como tú dices, por ser unos perfectos asnos —replicó el doctor— y no tener suficiente sentido para distinguir el aire sano del veneno, y la tierra seca de un fangal infecto y pestilente. Lo más probable es (aunque, por supuesto, solo sea una opinión) que tengáis que pagar caro antes que logréis echar de vuestros cuerpos esa malaria. ¡Conque acampar en los pantanos! Silver, en usted me sorprende. Tiene usted mucho menos de tonto que todos los demás, pero no me parece que tenga ni el menor rudimento de las reglas para conservar la salud.

—Bueno —añadió después de darles la medicación a todos y de que ellos se lo tomaran todo con una humildad verdaderamente risible, más como escolares que como rebeldes y sanguinarios piratas—, ya hemos acabado por hoy. Y ahora quisiera hablar con ese muchacho.

Y señaló con la cabeza hacia mí como por descuido.

George Merry estaba en aquel momento en la puerta, escupiendo y carraspeando a causa de algún medicamento de mal sabor, pero a la primera palabra de la proposición del doctor, se volvió, muy arrebatado, y gritó: «¡No!», soltando un juramento.

Silver golpeó el barril con la palma de la mano.

—¡Silencio! —rugió, y miró a su alrededor con la fiereza de un león—. Doctor —continuó con su tono habitual—, he estado pensando en eso, sabiendo la debilidad que usted tiene por ese rapaz. Todos le estamos humildemente agradecidos por sus bondades y, como puede ver, tenemos fe en usted y nos tragamos las drogas como si fueran aguardiente. Y me parece que he encontrado un médico que puede satisfacernos a todos. Hawkins, ¿quieres darme tu palabra de honor, como un caballero mozo (pues un caballero mozo eres, aunque nacido de baja cuna), tu palabra de honor de que no cortarás la amarra?

De muy buena gana le di la garantía exigida.

—Entonces, doctor —dijo Silver—, tenga la bondad de irse del otro lado de la empalizada y, cuando esté usted allí, yo llevaré al muchacho por la parte de dentro y calculo que podrán hablar por entre los postes. Muy buenos días a usted, doctor, y todos nuestros respetos al caballero y al capitán Smollet.

La explosión de disgusto, que solo las amenazadoras miradas de Silver habían podido refrenar, estalló en cuanto el doctor abandonó la casa. Silver fue acusado sin rodeos de jugar con dos barajas, de procurar hacer para sí mismo una paz separada, de sacrificar los intereses de sus cómplices y de sus víctimas y, en pocas palabras, de la propia e idéntica cosa que, en efecto, estaba haciendo. Tan obvio me parecía en este caso, que no podía imaginarme cómo se iba a manejar para aplacar su cólera. Pero él era mucho hombre para ellos. Los puso de tontos y lerdos que no hubo más que pedir. Les dijo que era necesario que yo hablase con el doctor, les paseó el mapa por las narices, les preguntó si podían permitirse romper el pacto el mismo día en que iban a salir a la caza del tesoro.

—No, ¡rayos! —gritaba—, nosotros romperemos el pacto en su momento, y hasta entonces yo trastearé a ese doctor, aunque tenga que untarle las botas con aguardiente.

Y enseguida les ordenó que encendiesen el fuego y salió zanqueando con la muleta, con la mano sobre mi hombro, dejándolos en gran desconcierto y silenciosos por su volubilidad, más que convencidos.

—Despacio, chico, despacio —dijo—. Pueden echarse sobre nosotros en un abrir y cerrar de ojos, si ven que nos apresuramos.

Con gran compostura, pues, avanzábamos por la arena adonde el doctor nos esperaba del otro lado de la empalizada y, tan pronto como nos acercamos a una distancia a la que pudiera oír, Silver se detuvo.

—Tome usted todo esto en consideración, doctor —dijo—, y el muchacho le dirá también cómo le salvé la vida y fui depuesto por ello. Doctor, cuando un hombre está navegando tan ceñido al viento como yo (jugándose a cara y cruz el último aliento de su cuerpo), no crea usted que es pedir demasiado darle alguna palabra de esperanza. Hágame el favor de tener en cuenta que no se trata ahora solo de mi vida, sino de la de este muchacho, por añadidura; y usted me va a dar un poco de esperanza para ir tirando, por misericordia.

Silver se había trocado en otro hombre en cuanto salió fuera y hubo vuelto la espalda a sus camaradas del fortín, parecía que se le habían hundido las mejillas y le temblaba la voz. Jamás había visto a nadie en tan sincera ansiedad.

—¿Qué es eso, John? ¿No será que tiene usted miedo? —preguntó el doctor Livesey.

—Doctor, yo no soy cobarde; no, no lo soy... ni tanto así —y se mordió una uña—. Pero lo confieso con sinceridad: la horca me da escalofríos. Usted es un hombre bueno y leal, ¡nunca lo he visto mejor! Y no puede olvidar lo que he hecho de bueno, ni tampoco olvidará lo que he hecho de malo, ya lo sé. Yo me voy a un lado, vea usted, y lo dejo solo con Jim, y ha de apuntar esto también en la cuenta, porque es estirar la cuerda más de lo necesario, créame.

Dicho esto, se apartó un poco hacia atrás y, sentado en las raíces de un árbol, empezó a silbar; de cuando en cuando se removía algo en su asiento, con el fin de no perder de vista, unas veces al doctor y a mí, y otras a sus indómitos rufianes, que iban y venían sobre la arena, entre el fuego, que se ocupaban de avivar, y la casa de donde sacaban puerco salado y galleta para aderezar el desayuno.

—De modo, Jim —dijo el doctor con pena—, que aquí estás. Lo que has sembrado lo estás recogiendo, hijo. Bien sabe Dios que no quisiera hacerte cargos, pero si quieres que te diga una cosa, sea o no sea dura, cuando el capitán Smollet estaba sano, no habrías osado escaparte, y cuando estaba malo y no podía remediarlo, el hacerlo, ¡voto a tal!, fue una cobardía.

Confieso que me eché a llorar.

—Doctor —le dije—, no necesita usted reprenderme. Bastante me he culpado yo a mí mismo. Mi vida está de todos lados amenazada, y ya estaría muerto si Silver no se hubiera puesto de mi parte. Y, doctor, créame esto que le digo: puedo morir, y quizá lo merezco, pero de lo que tengo miedo es de que me den tormento. Si llegan a torturarme...

—Jim —dijo el doctor, interrumpiéndome con la voz completamente alterada—, no puedo con esto. Salta y vámonos corriendo.

—Doctor, he dado mi palabra.

—Lo sé, lo sé —exclamó—. Eso ya no tiene remedio, Jim. Yo echaré sobre mis hombros la culpa y el deshonor, muchacho, pero no puedo dejarte ahí. ¡Salta! Un salto y ya estás fuera, y corremos como antílopes.

—No —contesté—. Sabe muy bien que usted mismo, de estar en mi lugar, no sería capaz de hacerlo; ni usted, ni el caballero, ni el capitán. Así pues, tampoco lo he de hacer yo. Silver se ha fiado de mí, he dado mi palabra, y con ellos me vuelvo. Pero no me deja usted acabar. Si me torturaran, se me podría escapar algún detalle acerca del paradero del barco, porque yo fui quien lo tomó, en parte por suerte y en parte porque corrí el riesgo. Está ahora en la cala del Norte, en la playa del mediodía, y un poco más abajo de donde llega la pleamar. A media marea debe de estar fuera del agua.

—¡El barco! —exclamó el doctor.

Le resumí mis aventuras de manera sucinta y él me escuchó en silencio.

—Todo esto entraña una especie de fatalidad —observó cuando hube terminado—. A cada paso que das nos estás salvando las vidas. ¿Me creerás si te digo que por nada en el mundo consentiríamos en dejar que perdieses la tuya? Mal pago sería, hijo mío. Descubriste la conspiración. Has encontrado a Ben Gunn, la mejor cosa que has hecho en tu vida o que podrás hacer por cien años que vivas. ¡Ah! Hablando de Ben Gunn. He aquí la peor calamidad. ¡Silver! —exclamó—. ¡Silver, voy a darle a usted un consejo! —prosiguió, cuando el cocinero se volvió a acercar—: ¡No se apresure en buscar el tesoro!

—Pues mire, señor, yo hago lo que es posible, pero eso no lo es —dijo Silver—. Yo solo puedo, con perdón de usted, salvar mi vida y la de este muchacho buscando ese tesoro, téngalo por seguro.

—Bueno, Silver —replicó el doctor—, si es así, iré más lejos: vaya preparándose para una tormenta cuando dé con él.

—Señor —dijo Silver—, aquí, entre nosotros, le diré que eso es decir demasiado o no decir nada. ¿Qué es lo que se traen entre manos? ¿Por qué dejaron el fortín? ¿Por qué me han dado este mapa? No lo sé. ¿No es verdad? Y, sin embargo, he hecho lo que me han mandado, a ojos ciegos y sin que me dieran una palabra de esperanza, pero esto no me dice lo que quiere significar, declárelo así y yo dejo el timón.

—No —musitó el doctor—, no tengo derecho a decir más, pero llegaré tan lejos como me atreva y un paso más allá, porque temo que el capitán me va a pelar la peluca, o mucho me equivoco. Ante todo, Silver, le daré un atisbo de esperanza: si los dos salimos vivos de esta trampa, haré todo lo que pueda, excepto jurar en falso, para salvarlo a usted.

La faz de Silver se puso radiante.

—No podría usted decir más ciertamente, no, señor, si fuera usted mi madre —exclamó.

—Bueno, pues esa es mi primera concesión —añadió el doctor—. La segunda es otro consejo: tenga siempre al muchacho junto a usted, y cuando necesite auxilio, grite para pedirlo. Me voy ahora mismo a buscárselo. Y eso basta para probarle que no hablo por hablar. Adiós, Jim.

Y el doctor Livesey me estrechó la mano a través de la empalizada, hizo una inclinación de cabeza a Silver y se metió a buen paso por el bosque.

IV

A LA CAZA DEL TESORO.
LA SEÑAL DE FLINT

—Jim —dijo Silver cuando nos quedamos solos—, si yo salvé tu vida, tú has salvado la mía, y no lo olvidaré. He visto al doctor con el rabillo del ojo hacerte señas para que te escaparas, y te he visto a ti decir que no, tan claro como si lo oyera. Jim, esa es una en tu cuenta. Es el primer atisbo de esperanza que he tenido desde que falló el ataque y te lo debo a ti. Y ahora, Jim, vamos a meternos en esta caza de tesoros, con «órdenes selladas», además, y no me gusta; tú y yo tenemos que estar juntos, hombro con hombro, como quien dice, y salvaremos nuestros pellejos contra viento y marea.

Uno de los hombres nos gritó desde la hoguera que el desayuno estaba listo, y pronto estuvimos sentados todos aquí y allá sobre la arena, comiendo galletas y tasajo frito. Habían encendido un fuego como para asar un buey y despedía ya tal calor que solo podían acercarse por el lado del viento, y esto no sin precauciones.

Vi que habían guisado con el mismo espíritu de despilfarro, tres veces más de lo que podíamos comer, y uno de ellos, con una necia risotada, echó las sobras al fuego, que chisporroteó y se elevó en fieras llamaradas con aquel desusado combustible. En mi vida vi hombres que menos se cuidaran del mañana, «del plato a la boca» era la única norma de su modo de vivir, y aquella falta de previsión en cuanto a los víveres y el plácido sueño de sus centinelas me hizo ver que, aunque valientes para luchar en una refriega y jugárselo todo de una vez, eran por completo incapaces para nada que se pareciese a una campaña prolongada.

Ni siquiera el mismo Silver, que estaba engullendo con el capitán Flint encima del hombro, tenía una palabra de censura por la falta de previsión de aquellos hombres. Y esto me sorprendía aún más, porque me parecía que nunca se había mostrado tan sagaz y astuto como entonces.

—¡Ay, camaradas! —dijo—. Podéis dar gracias de que tenéis a Barbacoa, con esta cabeza que está aquí, para pensar por vosotros. He conseguido lo que quería, sí, señor. Ellos tienen el barco, no hay que darle vueltas. Dónde lo tienen, eso no lo sé todavía, pero una vez que demos con el tesoro, tendremos que ir a buscarlo por todos lados. Y entonces, camaradas, me parece que nosotros, que disponemos de los botes, tendremos la sartén por el mango.

Y así continuó perorando, con la boca llena de tocino frito; de ese modo restablecía la esperanza y la tranquilidad de sus gentes, y a la vez, según sospecho, la suya propia.

—En cuanto a los rehenes —prosiguió—, de eso ha debido de estar hablando el médico con este, a quien tanto quiere. He logrado pescar noticias, y a él se lo tengo que agradecer, pero eso es cuestión aparte. Le voy a llevar conmigo bien atado a una cuerda cuando vayamos a la caza del tesoro, porque lo hemos de guardar como si fuera oro molido por si ocurren accidentes. Una vez que tengamos el barco y el tesoro también, y nos larguemos a la mar como buenos amigos, entonces será cuando hablemos de Hawkins, sí, señor, y le daremos todo lo que le corresponda, sin falta, por todas sus bondades.

No era de extrañar que los piratas estuviesen ahora de buen talante. En cuanto a mí, estaba atrozmente descorazonado. Si el plan que acababa de bosquejar resultase factible, Silver, ya doblemente traidor, no vacilaría en adoptarlo. Tenía aún un pie en cada campo, y no había duda que preferiría riqueza y libertad con los piratas a la posibilidad de librarse de la horca, que era lo más que podíamos prometerle.

Y aun en el caso de que las cosas se pusieran de manera que se viera forzado a guardarle fidelidad al doctor Livesey, ¡qué peligros nos aguardaban! ¡Qué momento nos esperaba cuando las sospechas de sus secuaces se tornaran en incertidumbre y él y yo tuviésemos que luchar por nuestras vidas —él, un inválido, y yo, un muchacho— contra cinco marineros ágiles y fuertes!

A estas preocupaciones hay que añadir el misterio que aún envolvía la conducta de mis amigos, su inexplicado abandono de la empalizada, su inexplicable cesión del mapa o, aún más difícil de entender, el último aviso del doctor a Silver: «Vaya preparándose para una tormenta cuando dé con él», y fácilmente se comprenderá lo poco gustoso que encontré el desayuno y con qué intranquilo pecho eché a andar detrás de mis captores en demanda del tesoro.

Si alguien nos hubiera podido ver, habríamos ofrecido un espectáculo muy curioso: todos vestidos con sucias ropas de mar, y todos, menos yo, armados hasta los dientes. Silver llevaba dos mosquetes en bandolera, uno por delante y otro a la espalda, además del enorme machete en la cintura y una pistola en cada bolsillo de las faldas de la casaca. Para completar tan extraña figura, el capitán Flint en su hombro mascullando retazos y cabos sueltos de incoherente charla náutica. Yo iba atado con una cuerda a la cintura y seguía, sumisamente, al cocinero, que tiraba del otro extremo de la soga, a ratos con la mano libre y a ratos con sus formidables dientes. Marchaba yo, pues, a guisa de oso danzarín.

Los otros llevaban diversos cargamentos; algunos, picos y palas —pues eso fue lo primero que llevaron a tierra desde la Hispaniola—, y otros iban cargados con tocino, galleta y aguardiente para el almuerzo. Todas las vituallas procedían, según observé, de nuestros víveres. Me convencí de lo que Silver había dicho aquella noche. Si no hubiera hecho un pacto con el doctor, él y sus cómplices, abandonados por el barco, se habrían visto forzados a vivir de agua potable y de lo que cazasen. El agua no habría sido muy de su gusto, y un marinero no es, generalmente, un buen tirador. Además de todo eso, cuando andaban tan escasos de comestibles no era probable que estuvieran muy sobrados de pólvora.

Equipados de esta guisa, nos pusimos en marcha —incluso el de la cabeza rota, que mejor habría estado a la sombra— y nos encaminamos, unos a la zaga de los otros, hacia la playa donde nos esperaban las dos barcas. Hasta en ellas se veían las trazas de la insensatez y las borracheras de aquellos piratas, pues una tenía una bancada rota y ambas estaban llenas de barro y sin achicar. Íbamos a llevarnos las dos para estar más seguros y, con la mitad de nosotros en cada una de ellas, empezamos a cursar las aguas del fondeadero.

Según bogábamos, hubo alguna discusión sobre el mapa. La cruz era, por supuesto, demasiado grande para servir de guía, y los términos de la nota escrita al dorso, un tanto ambiguos. Decían así, como el lector recordará:

> Árbol alto, cerro del Catalejo demorando una cuarta al N. de NNE.
> Isla del Esqueleto, ESE, y una cuarta al E.
> Diez pies.

Un árbol alto era, pues, la señal más importante. Ahora bien: enfrente de nosotros el fondeadero estaba limitado por una meseta de doscientos a trescientos pies de altura, unida por el norte a la estribación meridional del Catalejo, que volvía a elevarse hacia el sur formando la eminencia, abrupta y cortada por acantilados, que se llamaba el cerro de la Mesana. Lo alto de la meseta estaba cubierto de pinos de diversa talla. Aquí y allá, uno de distinta especie se alzaba cuarenta o cincuenta pies, limpio y escueto, sobre sus vecinos; y cuál de ellos era el «árbol alto» del capitán Flint solo podía decidirse en el sitio mismo y por las indicaciones de la brújula.

Sin embargo, a pesar de eso, cada uno de los que iban a bordo de los botes había ya escogido su pino favorito antes de que estuviéramos a mitad del camino, y solo John Silver se encogía de hombros y les decía que esperasen a estar allí. Bogábamos despacio, por disposición de Silver, para no cansar a los hombres prematuramente y, después de una larga travesía, desembarcamos en la orilla del segundo río, el que baja por uno de los barrancos del Catalejo. Desde allí, torciendo a la izquierda, empezamos a subir la pendiente que conduce a la meseta. Al principio, el terreno pesado y fangoso y la enmarañada vegetación de pantano retardaron mucho nuestra marcha, pero poco a poco la cuesta se fue haciendo más áspera y pedregosa, y el boscaje fue cambiando de aspecto y clareando más. Era, en verdad, una parte muy agradable de la isla a la que nos íbamos acercando. Una especie de retama muy aromática y abundantes arbustos floridos habían sustituido casi por completo a la hierba. Unos bosquecillos de verdes mirísticas alternaban con las rojas columnatas y las anchas sombras de los pinos, y el olor de las especies de los unos se unía al aroma de los otros. El aire, además, era fresco y vigorizante, y esto, bajo los ardorosos rayos del sol, refrescaba deliciosamente nuestros sentidos.

Los expedicionarios se esparcían como en abanico, gritando y saltando de un lado a otro. Hacia el centro, y un buen trecho detrás de ellos, seguíamos Silver y mi persona; yo, atado a la cuerda; él, renqueando, jadeante entre las pedrezuelas escurridizas. De vez en cuando tuve hasta que darle la mano, pues si no hubiera perdido pie, cayendo de espaldas cuesta abajo.

Habíamos caminado así cerca de media milla y nos acercábamos ya al borde de la meseta, cuando el que iba más apartado hacia la izquierda comenzó a gritar, como sobrecogido por el terror. Oímos un grito tras otro, y todos los demás empezaron a correr en aquella dirección.

—No puede haber encontrado el tesoro —dijo el viejo Morgan al pasar por delante de nosotros desde la derecha—, pues tiene que estar más arriba.

Y en verdad, lo que pasaba era algo muy distinto, como pudimos ver cuando también nosotros llegamos al sitio. Al pie de un pino bastante alto y envuelto en una planta trepadora que había levantado alguno de los huesecillos más menudos, yacía un esqueleto humano, con unos harapos de ropa, tendido en el suelo. Creo que, por un instante, corrió por todos nosotros un escalofrío.

—Es un marinero —dijo George Merry, quien, más osado que los otros, se había acercado y estaba examinando los trozos de tela—. Al menos, este es un buen paño marinero.

—Sí, sí —dijo Silver—, es muy probable. No esperaríais encontrar aquí un obispo, digo yo. Pero ¿quién ha dispuesto así estos huesos? Esto no es natural.

Era cierto que, mirando más despacio, parecía imposible imaginar que el cuerpo estuviera en una postura natural. Aparte de algún desarreglo —producido acaso por las aves que lo habían devorado o por el lento crecer de la planta que había llegado a envolver los restos—, el hombre estaba perfectamente recto: los pies, apuntando en una dirección; las manos, levantadas y unidas sobre la cabeza, como las del que va a dar una zambullida, apuntando en dirección opuesta.

—Se me ha metido una idea en la cabeza —observó Silver—. Aquí está la brújula; aquella es la punta principal de la isla del Esqueleto, que sobresale como un diente. Pues hay que tomar el rumbo siguiendo la línea de los huesos.

Así se hizo. El cuerpo apuntaba directamente en la dirección de la isla y la brújula señalaba, en efecto, ESE y una cuarta al E.

—Ya me lo figuraba —exclamó el cocinero—. Esto que está aquí es un indicador. Por allí encima está nuestro rumbo hacia la estrella polar y al preciado tesoro. Pero, ¡rayos!, me da frío por dentro pensar en Flint. Esta es una de sus bromas, no hay que darle vueltas. Él y los otros seis estuvieron aquí solos; él los mató uno por uno y a este se lo trajo aquí y lo orientó por la brújula, ¡rayos! Son huesos grandes, y el pelo era amarillo. ¡Ay! ¡Este debía de ser Allardyce! ¿Te acuerdas de Allardyce, Tom Morgan?

—Sí, sí —contestó Morgan—, me acuerdo de él. Me debía dinero. Me lo debía, y se llevó mi cuchillo cuando vino a tierra.

—Hablando de cuchillos —dijo otro—, ¿por qué no vemos el de este por aquí? Flint no era hombre capaz de afanarle a un marinero lo que llevaba en los bolsillos, y los pájaros me parece que no se lo iban a llevar.

—¡Por el diablo, que dices verdad! —exclamó Silver.

—Aquí no han dejado nada —dijo Merry, palpando alrededor de los huesos—, ni una moneda de cobre ni una caja de tabaco. A mí no me parece natural.

—No, diablos, no —asintió Silver—. No es natural, ni bueno tampoco, como quien dice. Vamos, camaradas, que si Flint estuviera vivo, mal lo íbamos a pasar aquí vosotros y yo. Seis eran aquellos y seis somos nosotros, y de aquellos no quedan más que huesos.

—Yo lo vi muerto con estos propios ojos —dijo Morgan—. Billy me hizo entrar con él. Allí estaba con dos monedas de un penique puestas sobre los ojos.

—Muerto, sí, ya lo creo que está muerto y allá abajo —dijo el de las vendas—, pero si algún espíritu anduviera por ahí, sería el de Flint. ¡Vaya, pero si murió de mala manera!

—Eso es verdad —observó otro—. Unas veces rabiaba, otras vociferaba pidiendo ron y otras cantaba. «Quince hombres...». Era su única canción, camaradas, y digo la verdad, no me ha gustado nunca oírla desde entonces. Hacía mucho calor y la ventana estaba abierta, y yo oía la vieja canción salir tan clara..., y el hombre ya con las ansias de la muerte.

—Vamos, vamos —dijo Silver—, no se hable más de eso. Muerto está, no anda por el mundo, y eso lo sé; al menos, no andará de día, y tenedlo por seguro: la curiosidad mató al gato. Y ahora, adelante, a buscar los doblones.

Y, en efecto, nos pusimos en marcha, pero a pesar del calor del sol y de la luz deslumbrante, los piratas no corrían ya dispersos y gritando por entre el bosque, sino que marchaban reunidos y hablando en voz baja. El terror del bucanero muerto había sobrecogido sus espíritus.

V

A LA CAZA DEL TESORO.
LA VOZ ENTRE LOS ÁRBOLES

En parte por la influencia deprimente del susto y en parte para dar descanso a Silver y a los enfermos, toda la partida se sentó en el suelo tan pronto como alcanzó lo alto de la meseta.

Como esta descendía un poco hacia occidente, el lugar donde nos detuvimos dominaba una amplia vista por ambos lados. Delante de nosotros, por cima de las copas de los árboles, veíamos el cabo de los Bosques, donde rompía el oleaje; por detrás, no solo divisábamos, allá abajo, el fondeadero y la isla del Esqueleto, sino también, más allá de la punta de arena y del terreno bajo de la parte occidental, una gran extensión de mar hacia el oeste. El Catalejo se alzaba ingente sobre nosotros: aquí con algunos pinos aislados; allá, negro, con formidables precipicios. No se oía otro ruido que el de las rompientes lejanas, que de todas partes llegaba hasta aquella altura, y el chirrido de infinitos insectos en los matorrales. No se veía a nadie, no había una sola vela en el mar; la misma magnitud del panorama aumentaba la sensación de soledad.

Silver, mientras estaba sentado, se demoró un tanto con la brújula.

—Hay ahí tres «árboles altos» —dijo—, casi en la línea de la isla del Esqueleto. «Cerro del Catalejo», entiendo que quiere significar aquella punta más baja. Ahora ya es un juego de niños dar con lo que queremos. Casi me dan ganas de que comamos antes.

—Yo no tengo apetito —gruñó Morgan—. Se me ha debido de quitar el hambre de tanto pensar en Flint.

—Sí, es verdad, amigo, ya puedes decir que tienes suerte de que esté muerto —dijo Silver.

—Era un demonio que espantaba —exclamó un tercer pirata estremeciéndose—. ¡Y con aquel tono azul en la cara, además!

—Así es como lo había puesto el ron —añadió Merry—. ¡Azul! Sí, es verdad que era azul. Esa es la palabra verdadera.

Desde que habían topado con el esqueleto y empezaron a pensar en esas cosas, habían ido bajando la voz cada vez más y ya se hablaban casi al oído, de suerte que el rumor de su conversación apenas interrumpía el silencio del bosque. De pronto, saliendo de entre los árboles que se alzaban ante nosotros, una voz delgada, aguda y temblorosa rompió con la tonada tan conocida:

> Quince hombres van en el cofre del muerto.
> ¡Ay, ay, ay, la botella de ron!

No vi nunca hombres tan espantados y despavoridos como los piratas. El color desapareció de las seis caras como por encanto, algunos se pusieron en pie, los demás se agarraron los unos a los otros, Morgan se arrastraba por el suelo...

—¡Es Flint, por el...! —exclamó Merry. La canción había acabado de manera tan repentina como empezó; podría decirse que cortada en la mitad de una nota, como si alguien hubiera tapado con la mano la boca del cantor. Como venía de tan lejos, a través de la atmósfera clara y llena de sol, por entre las copas verdes de los árboles, me pareció que tenía algo de etéreo y encantador, y esto hacía aún más extraño su efecto sobre mis camaradas.

—Vamos —dijo Silver, luchando para hacer salir las palabras por sus labios de color ceniza—. ¡No hay que hacer caso! ¡Listos para la maniobra!

Este es un buen comienzo, y no puedo decir de quién es la voz, pero es de alguno que está de broma, uno que es de carne y hueso, tenedlo por seguro.

Había ido recobrando el valor según hablaba y, al mismo tiempo, algo del color perdido. Ya los otros prestaban oídos a esas animosas razones y empezaban a volver en sí cuando tornó a oírse la misma voz. Pero esta vez no cantaba: era como una llamada débil y lejana, que repercutía, aún más débilmente, en los peñascales del Catalejo.

—¡Darby M'Graw! —decía el lamento, pues esta es la expresión más propia para describir su tono—. ¡Darby M'Graw! ¡Darby M'Graw!

Otra vez, y otra, y otra; y después, alzándose más y con un juramento que me callo.

—¡Vete a popa a traer el ron, Darby!

Los bucaneros se quedaron clavados en el suelo, con los ojos fuera de las órbitas. Mucho después de extinguirse la voz, aún seguían mirando fijamente, delante de ellos, mudos de espanto.

—Después de esto, no hay más que hablar —farfulló uno—. Demos la vuelta.

—Esas fueron las últimas palabras —gruñó Morgan—, sus últimas palabras a bordo de este mundo.

Dick había sacado la biblia y rezaba apresurado. Había recibido buena crianza aquel mozo antes de irse a la mar y caer entre malas compañías.

A pesar de todo, Silver no se rendía. Le oía castañetear los dientes, pero aún no se había entregado.

—Nadie en la isla ha oído hablar de Darby —murmuró—, nadie más que los que estamos aquí.

Y después, haciendo un gran esfuerzo, exclamó:

—Yo estoy aquí para hacerme con esos dineros y ni hombre ni demonio me harán desistir. Nunca tuve miedo de Flint en vida y, ¡rayos!, le voy a plantar cara después de muerto. Ahí están setecientas mil libras esterlinas, a menos de un cuarto de milla. ¿Cuándo se vio que un caballero de fortuna volviese la espalda a tanto dinero por un marinero borracho, con el hocico azul... y muerto, por añadidura?

Pero sus secuaces no daban muestras de recuperar el brío; por el contrario, parecían aún más aterrados por la irreverencia de aquellas palabras.

—¡Ojo, John! —le advirtió Merry—. No irrites a un espíritu.

Todos los demás estaban demasiado amedrentados como para contestar. Habrían huido cada uno por su lado, pero el miedo los mantenía juntos, y se apiñaban alrededor de John como si su audacia les prestase amparo. Él, por su parte, ya casi se había sobrepuesto a su debilidad.

—¿Espíritu? Bien, acaso lo sea —dijo—, pero hay una cosa que no tengo clara. Se oía un eco. Pues bien, nadie ha visto nunca un espíritu con sombra. Y yo me pregunto: ¿qué iba a hacer este con un eco a la cola? Eso no es natural, ¿verdad?

El argumento me pareció muy endeble, pero nadie es capaz de predecir qué puede afectar a los supersticiosos y, para mi sorpresa, George Merry se quedó mucho más tranquilo.

—Muy bien, esa es la verdad —dijo—. Hay pocas cabezas como la tuya, John, eso no se puede negar. ¡A nuestros puestos, camaradas! Yo creo que esta tripulación está corriendo una bordada en falso. Y, volviendo a pensar en ello, era como la voz de Flint, pero no era, digamos, tan de mando y tan de quitarse de en medio como aquella. Se parecía a la voz de algún otro, sí, era más parecida a la de...

—¡Rayos! ¡Ben Gunn! —rugió Silver.

—Sí, así la tenía —exclamó Morgan, enderezándose y poniéndose luego de rodillas—. ¡Era Ben Gunn!

—No hay mucha diferencia, ¿verdad? —preguntó Dick—. Ben Gunn tampoco anda por aquí corporalmente, sino lo mismo que Flint.

Pero los veteranos recibieron esta reflexión con desdén.

—¿Qué le importa a nadie Ben Gunn? —dijo Merry—. Vivo o muerto, no cuenta para nada.

Era extraordinario ver cómo habían vuelto a tranquilizarse y cómo el color había revivido en sus caras. Enseguida reanudaron la animada charla, parándose a veces a escuchar, y poco después, como no se oía nada, se echaron al hombro las herramientas y emprendieron la marcha. Merry iba delante, con la brújula de Silver, para que no se apartasen de la dirección que debían seguir en línea con la isla del Esqueleto. Había dicho la verdad: vivo o muerto, Ben Gunn no le importaba a nadie.

Dick era el único que seguía agarrado a su biblia y, al avanzar, echaba alrededor temerosas miradas, pero no encontraba conmiseración en nadie, y Silver hasta se mofaba de él por sus precauciones.

—Ya te lo dije, que habías echado a perder la biblia. Si ya no sirve para jurar, ¿qué caso crees tú que va a hacer de ella un espíritu? ¡Ni esto! —E hizo chasquear sus dedos enormes, parándose apoyado en la muleta.

Pero Dick no estaba para bromas; a decir verdad, pronto pude ver que el muchacho se estaba poniendo enfermo. Fomentada por el calor, la fatiga y la impresión del susto sufrido, la fiebre anunciada por el doctor Livesey se iba apoderando de él.

La marcha por lo alto de la meseta era cómoda y fácil; nuestro camino iba cuesta abajo, pues, como ya he dicho, la altiplanicie descendía hacia el oeste. Los pinos, pequeños y grandes, crecían muy apartados, y hasta entre los bosquecillos de mirísticas y azaleas quedaban anchos espacios estériles abrasados por el sol. Avanzando como íbamos casi en dirección noroeste, a través de la isla, nos íbamos acercando cada vez más a las estribaciones del Catalejo por un lado y, por el otro, se iba ensanchando la perspectiva de aquella bahía occidental, donde yo había estado una vez, zarandeado y tembloroso, en el coraclo.

Llegamos al primero de los árboles altos y, por la demora, vimos que no era el que buscábamos. Lo mismo ocurrió con el segundo. El tercero se alzaba cerca de doscientos pies en el aire, por encima de una espesura de matorrales: verdadero gigante del reino vegetal, con un tronco rojizo del grosor de una casa mediana y una ancha sombra en derredor, en la cual hubiera podido maniobrar una compañía. Era muy visible a gran distancia en el mar, a la vez por poniente y saliente, y podía haber sido anotado en los mapas como una marca para navegar.

Pero no era su tamaño lo que en aquel momento emocionaba a mis camaradas. Era la idea de que había setecientas mil libras en oro enterradas por allí, bajo su anchurosa sombra. El ansia del dinero, a medida que se acercaban, disipó su anterior sobresalto. Los ojos centelleaban, los pies se tornaban más veloces y ligeros; toda su alma pendía de aquella fortuna, de aquella vida entera de disipación y placeres que a cada uno de ellos le estaba aguardando.

Silver gruñía mientras renqueaba con su muleta. Tenía las ventanas de la nariz distendidas y vibrantes. Maldecía como un loco a las moscas que se posaban en su rostro ardoroso y reluciente. Daba furiosos tirones a la soga que me unía a él y, de cuando en cuando, se volvía para lanzarme una mirada asesina. La verdad era que ya ni se molestaba en disimular sus pensamientos, y era cierto que yo los leía como si estuvieran impresos. En la inmediata cercanía del oro, todo lo demás se había echado en olvido; su promesa y el aviso del doctor eran cosas del pasado, y no me podía caber duda de que esperaba apoderarse del tesoro, buscar y abordar el barco a favor de la noche, cortar el pescuezo a toda persona honrada que quedase en la isla y hacerse a la vela, como en un principio había pensado, cargado de crímenes y de riquezas.

Agitado como estaba con tales temores, me era muy difícil mantener el paso de los cazadores de tesoros. De cuando en cuando daba un tropezón, y entonces era cuando Silver tiraba con violencia de la soga y me dirigía sus miradas asesinas. Dick, que se había ido quedando atrás y ahora venía a la zaga de todos, balbuceaba a la vez, entre dientes, plegarias y maldiciones, según le iba subiendo la fiebre. También esto se añadía a mi tribulación, y para mayor angustia me perseguía el pensamiento de la tragedia que un día se había desarrollado en aquella meseta: cuando el desalmado bucanero de la faz azul, el que había muerto en Savannah cantando y pidiendo ron a gritos, había sacrificado allí por su propia mano a sus seis cómplices. Este bosquecillo, ahora tan apacible, debió de haber resonado con alaridos y gritos; y todavía, con el pensamiento, creía sentirlos vibrar en el aire tranquilo.

Estábamos ahora en el borde de la espesura.

—¡Hurra, camaradas, todos a ello! —gritó Merry.

Y los que iban delante echaron a correr. Repentinamente, diez varas más allá, vimos que se detenían. Se oyó un grito ahogado. Silver dobló la marcha empujando con el regatón de la muleta, como un poseído, y un instante después también él y yo nos habíamos parado en seco.

Ante nosotros había una gran excavación, no muy reciente, pues los taludes se habían desmoronado y la hierba crecía ya en el fondo; en él se veían el mango de un pico roto por la mitad y esparcidas las tablas de varias cajas de embalar. En una de aquellas vi, estampada con un hierro candente, la palabra «Walrus»: el nombre del barco de Flint.

Todo estaba claro como la luz. El tesoro había sido descubierto y saqueado. Las setecientas mil libras habían volado.

VI

LA CAÍDA DE UN CABECILLA

Jamás se vio a nadie venirse abajo de esa manera. Todos los piratas se quedaron como si un rayo hubiera caído a sus pies. Pero Silver reaccionó casi en el acto. Todos los pensamientos de su alma habían estado tensos y dirigidos como un caballo de carreras hacia aquel dinero. Pero se refrenó en firme en un solo segundo y conservó la cabeza, recuperó el humor y cambió de planes antes de que los otros acabaran de darse cuenta del desengaño.

—Jim —murmuró—, toma esto y estate atento, porque se va a armar.

Y deslizó en mi mano una pistola de dos cañones.

Al mismo tiempo empezó a moverse, tranquila y cautelosamente, hacia el norte, y a los pocos pasos había puesto distancia entre nosotros dos y los otros cinco. Me miró entonces y movió la cabeza como si me dijera: «¡En buena estamos metidos!», que era exactamente lo que yo pensaba. Su mirada era ahora completamente amistosa, y sus cambios constantes de ánimo me parecían tan repugnantes que no pude menos de decirle en voz baja: «De modo que ya ha cambiado usted otra vez de chaqueta».

No le quedó tiempo para contestarme. Los bucaneros, con gritos y juramentos, empezaron a saltar al fondo de la excavación y a escarbar con los dedos, tirando a un lado y otro las tablas. Morgan encontró una moneda de oro. La levantó por encima de su cabeza con una verdadera tromba de blasfemias. Era una pieza de dos guineas y, por unos instantes, fue pasando de mano en mano.

—¡Dos guineas! —vociferó Merry, mostrando la moneda a Silver—. Estas son las setecientas mil libras, ¿no es eso? Tú eres el hombre que tenía que hacer pactos, ¿no es verdad? Tú eres el que nunca echó a perder nada, tú, ¡idiota y mamarracho!

—Escarbad, escarbad, muchachos —dijo Silver con la más insolente frescura—, que no me extrañaría que encontraseis algunas trufas.

—¡Trufas, dice! —replicó Merry, dando un chillido—. ¡Camaradas! ¿Habéis oído eso? Pues ahora os digo que ese hombre que está ahí lo sabía ya todo. Miradlo y en la cara se lo veréis escrito.

—¡Ah, Merry! —observó Silver—. ¿Otra vez dándotelas de capitán? Chico, sé que te abrirás camino. De veras que sí.

Pero ya todos estaban a favor de Merry. Empezaron a encaramarse fuera de la hondonada, echando hacia atrás furibundas miradas. Y observé que en principio nos beneficiaba: todos subían por el lado opuesto al de Silver.

Pues bien, así nos quedamos; dos en un lado, cinco en el otro, el hoyo entre los dos grupos y nadie con el valor suficiente como para descargar el primer golpe. Silver no se movió. Los observaba, muy tieso sobre su muleta, y nunca lo había visto tan fresco e impávido. Era valiente, de eso no cabía duda.

Al fin, Merry creyó que un discurso podía servir de algo.

—Camaradas —dijo—, ahí tenéis delante a los dos solos. Uno es el viejo tullido que nos ha traído aquí y nos ha puesto con sus torpezas en esta situación. El otro es ese cachorro a quien le voy a arrancar el corazón. Ahora, camaradas...

Estaba levantando el brazo al mismo tiempo que la voz y se veía claramente que iba a iniciar una embestida. Pero en aquel instante... ¡pum!, ¡pum!, ¡pum!..., tres tiros de mosquete relampaguearon en la espesura. Merry cayó de cabeza en el hoyo, el hombre de las vendas giró en redondo como un monigote y cayó a lo largo de costado, y allí se quedó herido de muerte, pero aún retorciéndose. Los otros tres volvieron la espalda y echaron a correr con toda su alma.

En un abrir y cerrar de ojos, John el Largo había descargado los dos cañones de su pistola sobre Merry, que luchaba por levantarse. Cuando el hombre alzó los ojos, en el último estertor de la agonía, le dijo: «George, me parece que acabamos de ajustar cuentas».

En aquel momento, el doctor, Gray y Ben Gunn, saliendo de entre las mirísticas, se unieron a nosotros con los mosquetes todavía humeantes.

—¡Adelante! —gritó el doctor—. ¡A paso ligero, muchachos! Tenemos que apartarlos de los botes.

Y nos lanzamos a todo correr, hundiéndonos, a veces hasta el pecho, en los matorrales.

Doy fe de que Silver no quería que le dejásemos atrás. El esfuerzo que hizo aquel hombre, saltando con la muleta hasta que los músculos del pecho estaban a punto de estallar, no fue igualado nunca por ninguna persona dotada de ambas piernas. Lo mismo opina el doctor. A pesar de ello, ya estaba treinta varas detrás de nosotros cuando alcanzamos el borde de la meseta.

—¡Doctor! —gritó—. ¡Mire hacia allá! ¡No hay prisa!

Y la verdad era que no la había. En una parte más despejada de la planicie podíamos ver a los tres supervivientes corriendo todavía en la misma dirección en que habían arrancado, enfilando derechos hacia el cerro de la Mesena. Estábamos ya entre ellos y los botes; así pues, nos sentamos los cuatro a respirar mientras John Silver, enjugándose la cara, venía lentamente hacia nosotros.

—Muchísimas gracias, doctor —dijo—. Llegó usted en el momento justo, me figuro, para Hawkins y para mí. ¡De modo que eres tú, Ben Gunn! —añadió—. Menuda pieza estás tú hecho.

—Soy Ben Gunn. Yo soy —contestó el abandonado, temblando como una anguila de pura vergüenza y azoramiento. Y después de una larga pausa, añadió—: ¿Y cómo está usted, señor Silver? Muy bien, muchas gracias, dice usted...

—Ben, Ben —murmuró Silver—, ¡y pensar que me la has pegado!

El doctor envió a Gray a buscar uno de los picos que los amotinados habían abandonado en su fuga. Y entonces, conforme caminábamos descansadamente cuesta abajo, hacia donde estaban los botes, me refirió en pocas palabras todo cuanto había sucedido. Era una historia que le interesaba sobremanera a Silver, y en la cual Ben Gunn, el abandonado y medio idiota, era el héroe desde el principio al fin.

Ben, en sus largos y solitarios vagabundeos por la isla, había encontrado el esqueleto, y fue él quien lo despojó de todo. Él había hallado el tesoro y él lo desenterró —suyo era el pico cuyo mango estaba roto en la excavación—, y él lo había transportado a cuestas en infinitas y fatigosas jornadas, desde el pie del pino gigante hasta una cueva que tenía en el cerro de los dos picachos, en el ángulo noroeste de la isla. Y allí estaba almacenado y a buen recaudo el tesoro desde dos meses antes de la llegada de la Hispaniola.

Cuando el doctor logró sonsacarle este secreto, la misma tarde del ataque, y después de descubrir, a la siguiente mañana, que el fondeadero estaba desierto, fue a ver a Silver, le entregó el mapa que ya no servía para nada, y le dio las provisiones, porque la cueva de Ben Gunn estaba bien abastecida con carne de cabra que él mismo había salado. Así, le dio todo y más que hubiera pedido con tal de poder ir con seguridad desde la empalizada hasta el cerro de los picos, para estar allí libres de fiebres y custodiar el dinero.

—En cuanto a ti, Jim —dijo—, me dolió mucho, pero hice lo que creí mejor para aquellos que no se habían apartado de su deber, y si tú no eras uno de ellos, ¿de quién era la culpa?

Aquella mañana, al comprender que yo me vería complicado en la tremenda broma que tenía dispuesto para los amotinados, había ido corriendo todo el camino hasta la cueva y, dejando al capitán al cuidado del caballero, se puso en marcha acompañado por Gray y Ben Gunn, atravesando la isla en diagonal para estar a mano junto al pino. Pronto vio, sin embargo, que los de mi expedición le habían tomado la delantera y, como Ben Gunn era ligero de pies, lo envió por delante para que hiciese lo que mejor pudiera por sí solo. Entonces se le ocurrió a este valerse de la superstición de sus antiguos camaradas de barco. Lo hizo con tan buen acierto que Gray y el doctor estaban ya allí, y se emboscaron antes de la llegada de los bucaneros.

—¡Ay! —dijo Silver—. He tenido mucha suerte de tener allí a Hawkins. Habría usted dejado que hiciesen trizas al pobre John, doctor, sin pensar en él ni por un solo momento.

—Ni por un solo momento —replicó, jovial, el doctor Livesey.

Ya habíamos llegado adonde estaban los botes. El doctor destrozó una de ellas con la piqueta, y enseguida embarcamos todos en la otra y desatracamos para dar la vuelta por mar hasta la cala del Norte. Poco tiempo después pasábamos el canal y doblábamos la punta suroeste de la isla, alrededor de la cual habíamos remolcado a la Hispaniola cuatro días antes.

Al pasar la colina de los dos picos pudimos ver la negra boca de la cueva de Ben Gunn y, cerca de ella, la figura de un hombre en pie, apoyado en un mosquete. Era el caballero, y lo saludamos agitando un pañuelo y con tres hurras, en los cuales tomó parte Silver con tanto calor como el que más.

Tres millas más allá, cuando apenas habíamos entrado en la boca de la cala del Norte, ¡cuál no sería nuestra sorpresa al ver a la Hispaniola navegando por su propia cuenta! La última pleamar la había puesto a flote, y si llega a haber viento recio o una fuerte corriente de la marea, como ocurría en el fondeadero del sur, no la habríamos vuelto a ver, o la habríamos encontrado encallada sin remedio posible. Tal como sucedieron las cosas, no hubo que lamentar ningún percance fuera del destrozo de la vela mayor. Se preparó otra ancla y la fondeamos en braza y media de agua. Todos nos pusimos a los remos para dar la vuelta otra vez hasta la ensenada del Ron, el punto que distaba menos de la morada de Ben Gunn, mansión del tesoro. Desde allí, Gray regresó solo con la canoa a la Hispaniola, donde iba a pasar la noche de guardia.

Una cuesta suave llevaba desde la playa a la entrada de la gruta. En lo alto nos encontramos con el caballero. Me recibió bondadoso y cordial, sin decir nada de mi fuga, ni para elogiarla ni para censurarla. Se salió un tanto de sus casillas al oír el cortés saludo de Silver.

—John Silver —le dijo—, es usted un grandísimo villano y un impostor…, un desaforado impostor, sí, señor. Me dicen que no debo denunciarlo a la justicia. Está bien, no lo haré. Pero los muertos deben pesar sobre usted como ruedas de molino colgadas al cuello.

—Muchísimas gracias por sus mercedes, señor —contestó Silver, volviendo a hacer el saludo.

—¡Y todavía se atreve a darme las gracias! —exclamó el caballero—. Es una grave omisión de mi deber. Retírese usted.

Y dicho esto, todos entramos en la cueva. Era espaciosa y ventilada, con un minúsculo manantial y una charca de agua cristalina cobijada bajo un dosel de helechos. El suelo era de arena. Delante de un gran fuego estaba el capitán Smollet, y allá, en un rincón del fondo, tan solo iluminado por débiles reflejos de las llamas, vi grandes montones de monedas y torrecillas hechas con lingotes de oro. Aquel era el tesoro de Flint, que desde tan lejos habíamos venido a buscar y que ya había costado las vidas de diecisiete hombres de la Hispaniola. Cuántas había costado amasarlo, cuántas gallardas naves hundidas en el fondo del mar, cuántos valientes obligados a «pasar por la tabla» con los ojos vendados, cuántos cañonazos, cuánta infamia e impostura y crueldad, quizá nadie pudiera decirlo. Sin embargo, aún estaban tres hombres en aquella isla —Silver, el viejo Morgan y Ben Gunn—, cada uno de los cuales había tomado parte en esos crímenes, como esperaban tenerla en el despojo.

—Pasa adelante, Jim —dijo el capitán—. Eres un buen muchacho en tu género, Jim, pero no creo que tú y yo volvamos juntos a la mar. Te conceden demasiados privilegios y favoritismos para mi gusto. ¿Es usted, John Silver? ¿Qué lo trae a usted por aquí?

—Señor, he vuelto a mi deber —contestó Silver.

—¡Ah! —exclamó el capitán, y fue eso todo lo que dijo.

¡Qué cena tuve aquella noche con todos los míos alrededor y qué sabrosa pitanza con la cabra salada de Ben Gunn y las gustosas golosinas y una botella de vino añejo traídas de la Hispaniola! Jamás se sintió nadie tan gozoso y contento como nosotros. Y allí estaba Silver, sentado detrás, casi fuera del resplandor del fuego, pero comiendo con fiero apetito, solícito para acudir cuando algo faltaba, y hasta participando, discretamente, de nuestras risas; el mismo Silver amable, cortés y obsequioso marinero de nuestra primera travesía.

VII
Y POR ÚLTIMO...

A la mañana siguiente nos pusimos a trabajar temprano, pues acarrear aquella gran masa de oro cerca de una milla por tierra hasta la playa, y desde allí, tres millas en bote hasta la Hispaniola, era una tarea formidable para un número tan escaso de trabajadores. Los tres individuos que aún andaban sueltos por la isla no nos preocupaban demasiado: un solo centinela en el lomo de la colina bastaba para resguardarnos de cualquier agresión repentina, y pensábamos, además, que debían de estar más que hartos de pelea.

Por consiguiente, retomamos el trabajo con ganas. Gray y Ben Gunn iban y venían con el bote, y los demás, durante su ausencia, íbamos apilando riquezas en la playa. Dos de los lingotes colgados en un cabo de cuerda eran una carga más que suficiente para un hombre fornido, de modo que había que llevarla despacio. En cuanto a mí, como no era capaz de cargar demasiado peso, me pasaba el día en la cueva empaquetando el dinero acuñado en sacos de galleta.

Era aquella una curiosa colección de monedas, como las del cofre de Billy Bones, por la diversidad de cuños, pero tanto mayor y tanto más variada que nunca experimenté deleite igual que el de irlas clasificando. Inglesas, francesas, españolas, portuguesas, jorges y luises, doblones y dobles guineas, moidores y cequíes, los retratos de todos los reyes de Europa en los últimos cien años, extrañas monedas orientales estampadas con dibujos que parecían trozos de tela de araña, monedas redondas y cuadradas, otras taladradas por el medio, como para llevarlas alrededor del cuello. Casi todas las variedades de dinero del mundo debían de haber ido a parar a aquella colección; y en cuanto a cantidad, seguro estoy de que eran como las hojas de otoño, de suerte que la espalda me dolía de inclinarme y los dedos de separarlas.

Prosiguió este trabajo día tras día: cada atardecer quedaba una fortuna estibada a bordo, pero otra fortuna se quedaba allí esperando para el día siguiente, y en todo este tiempo no vimos señal alguna de los tres amotinados que quedaban.

Al fin —creo que fue durante la tercera noche—, estábamos paseando el doctor y yo en lo alto de la colina, desde donde se dominan las tierras bajas de la isla, cuando de la densa oscuridad de allá abajo nos trajo el viento un rumor como de alaridos o de risas. Solo un retazo llegó a nuestros oídos, y el silencio se restableció al cabo.

—¡Dios los perdone! —dijo el doctor—, son los amotinados.

—Todos borrachos, señor —dijo detrás de nosotros la voz de Silver.

Debo decir que a Silver se le concedía plena libertad y, a pesar de los continuos desaires, parecía que había vuelto otra vez a considerarse como un dependiente privilegiado y de confianza. Era, en verdad, admirable lo bien que soportaba esos desaires, y con qué incansables cortesía y amabilidad persistía en tratar de congraciarse con todos. Creo, sin embargo, que todos lo trataban como a un perro; a no ser Ben Gunn, que aún tenía un miedo terrible a su antiguo cabo de mar, o yo mismo, que realmente tenía algo que agradecerle, aunque en este punto me parece que no me faltaban razones para pensar de él peor que otro cualquiera, pues lo había visto maquinando una nueva traición en la meseta. Por eso, el doctor le contestó un tanto desabridamente:

—Borrachos o delirando.

—No le falta razón al señor —replicó Silver—, y lo mismo nos da que sea una cosa u otra.

—Supongo que no pretenderá usted que lo tenga por hombre compasivo —contestó el doctor con ironía—, y por eso acaso le extrañe mi modo de sentir. Pero si supiera que estaban delirando (como sé al menos que uno de ellos está postrado con fiebre), saldría ahora mismo de aquí y, sin cuidarme del peligro que pudiera correr mi pellejo, les llevaría el auxilio de mi profesión.

—Con perdón de usted, señor, haría muy mal —respondió Silver—. Perdería la vida, que tanto vale, eso téngalo por seguro. Yo estoy ahora muy comprometido con su partido, y no me gustaría verlo menguar, y menos tratándose de usted, a quien tanto debo. Pero esos que están allá abajo no pueden dar su palabra, no, ni aunque quisieran hacerlo. Es más, no lo creerían a usted capaz de darla.

—No —replicó el doctor—, usted es muy dado a mantener la suya, ya lo sabemos.

Después de eso, nada supimos de los piratas. Una vez oímos un escopetazo a gran distancia y nos figuramos que estaban cazando. Se celebró un consejo y se decidió que debíamos abandonarlos en la isla, con gran alegría, debo decirlo, de Ben Gunn, y con la firme aprobación de Gray. Les dejamos una buena provisión de pólvora y perdigones, la mayor parte de la salazón de cabra y algunas medicinas y otras cosas necesarias, como herramientas, ropa, una vela de repuesto y un par de brazas de cuerda y, por especial deseo del doctor, un espléndido lote de tabaco.

Y casi fue eso lo último que hicimos en la isla. Ya antes habíamos cargado el tesoro a bordo y embarcado suficiente agua y el resto del tasajo de cabra, en caso de apuro; y al fin, una buena mañana levamos anclas, con no poca dificultad y trabajo, y zarpamos de la cala del Norte, izando la misma bandera que el capitán había hecho ondear sobre la empalizada y bajo la cual habíamos luchado.

Los tres sujetos debían de haber estado espiándonos con más cuidado del que suponíamos, pues al pasar la entrada de la bahía tuvimos que arrimarnos mucho a la punta meridional, y allí vimos a los tres arrodillados junto a un arenal y levantando en alto sus brazos suplicantes. Creo que a todos se nos enterneció el corazón al dejarlos en tan miserable estado, pero no podíamos correr el riesgo de sufrir otro motín, y llevarlos a Inglaterra para que allí los ahorcasen habría sido un acto de cruel benevolencia. El doctor les dijo a gritos que les habíamos dejado utensilios y provisiones y dónde podrían encontrarlos. Pero ellos siguieron llamándonos por nuestros nombres y nos suplicaron por Dios que tuviésemos compasión y no los dejásemos morir en un lugar como aquel.

Por último, viendo que el barco seguía su curso y poniéndose rápidamente fuera del alcance de la voz, uno de ellos —no sé cuál— se levantó, se descolgó el mosquete, echándoselo a la cara, y envió una bala, que pasó silbando sobre la cabeza de Silver y atravesó la vela mayor.

Después de esto, nos guarecimos al abrigo de la amurada, y cuando volví a mirar otra vez, habían desaparecido del arenal, y el arenal mismo casi no se percibía en la distancia. Aquello, al menos, se había acabado; y antes de mediodía, con inefable gozo mío, la más alta cima de la isla del Tesoro se había hundido tras la azul redondez del mar.

Estábamos tan escasos de gente que todos a bordo teníamos que echar mano, menos el capitán Smollet, que impartía sus órdenes tendido en un colchón a popa, pues, aunque muy repuesto, aún necesitaba reposo. Pusimos la proa hacia el puerto más cercano de la América española porque no podíamos arriesgarnos a emprender el regreso a Inglaterra sin enrolar nuevos tripulantes; con todo, sufrimos vientos adversos y un par de temporales, y antes de arribar a nuestro destino ya estábamos completamente agotados.

Fue en el preciso momento de ponerse el sol cuando soltamos el ancla en un bellísimo golfo bien cerrado, y enseguida nos vimos rodeados de botes tripulados por negros, indios mexicanos y mestizos, que vendían frutas y verduras y se ofrecían a bucear si les echábamos algo de dinero. La vista de tanto rostro jovial —sobre todo, los de los negros—, lo exquisito de los frutos tropicales y, más que nada, las luces de la ciudad que se iban encendiendo, contrastaban de manera deliciosa con nuestra trágica y sangrienta estancia en la isla. El doctor y el caballero, llevándome consigo, bajaron a tierra a pasar las primeras horas de la velada. Allí se tropezaron con el capitán de un navío de guerra inglés, trabaron conversación con él, fuimos a bordo de su barco y, en suma, lo pasamos tan bien, que ya amanecía cuando llegamos al costado de la Hispaniola.

Ben Gunn estaba solo sobre cubierta, y tan pronto como subimos a bordo empezó, con inusitados gestos y ademanes, a hacernos una confesión. Silver había volado. El abandonado había sido cómplice de su fuga, en un bote del puerto, hacía ya unas horas, y nos juraba que solo lo había hecho para salvar nuestras vidas, las cuales hubieran seguramente peligrado si «aquel hombre, con una sola pierna, siguiera a bordo». Pero no era eso todo. El cocinero de a bordo no se había ido con las manos vacías. Había perforado un mamparo, a hurtadillas, y había sacado uno de los sacos de dinero, que valdría, quizá, de trescientas a cuatrocientas guineas, para costear sus futuras peregrinaciones. Creo que todos nos alegramos de pagar un precio tan bajo por librarnos de él.

Añadiré, por abreviar, que contratamos unos pocos marineros, que tuvimos una feliz travesía hasta Inglaterra y que la Hispaniola arribó a Bristol justo cuando el señor Blandy estaba ya pensando en fletar y pertrechar el barco de socorro. Tan solo regresamos cinco de los que nos habíamos hecho a la mar. «La bebida y el diablo dieron con el resto», con ensañamiento, aunque, en verdad, no era nuestro caso tan desesperado como el de aquel otro barco del que cantaban:

> Y solo uno vivo, los demás han muerto,
> de setenta que eran al zarpar del puerto.

A todos nos tocó un pellizco importante del tesoro, que utilizamos con mesura o con desenfreno, según la naturaleza de cada cual. El capitán Smollet está ahora retirado del mar. Gray no solo supo guardar sus dineros, sino que, habiéndole entrado un súbito afán de elevarse, estudió su profesión, y es ahora piloto y copropietario de una bella fragata; está casado, además, y es padre de familia. En cuanto a Ben Gunn, se le dieron mil libras, y las gastó o perdió en tres semanas o, para ser más precisos, en solo diecinueve días, pues al vigésimo estaba ya de vuelta mendigando. Se le concedió entonces un trabajo como guardés, precisamente lo que él se temía en la

isla. Y allí sigue todavía, muy querido y popular entre los muchachos campesinos, aunque harto, a veces, de sus burlas y cuchufletas, y muy notable cantor en la iglesia los domingos y fiestas de guardar.

De Silver no hemos vuelto a oír nada. Aquel formidable navegante de una sola pierna ha desaparecido, al fin, por completo de mi vida, pero quiero creer que se reunió con su mujer de tez morena, y que acaso viva todavía a cuerpo de rey con ella y con el capitán Flint. Y pienso que hay que esperar que así sea, pues sus probabilidades de pasarlo bien en el otro mundo son harto escasas.

Los lingotes de plata y las armas aún están, que yo sepa, donde Flint las enterró, y juro que, por lo que a mí respecta, allí se han de quedar. Las yuntas de bueyes y las maromas no bastarían para hacerme volver a aquella isla de maldición, y los peores sueños que me perturban son aquellos en que oigo la marejada rompiendo atronadora contra sus costas, o en los que me incorporo sobresaltado en la cama con la desgarrada voz del capitán Flint resonando en mis oídos: «¡Doblones de a ocho! ¡Doblones de a ocho!».